PETER MÄRKERT

UNTER DIE RÄDER GEKOMMEN

EIN JUSTIZKRIMI

AF281842

Das Buch: »Es gibt kein Halten mehr, wenn man einen Berg hinabstürzt, nichts, um sich festzuklammern. Man traut sich nicht mal, den Blickwinkel zu ändern, sondern starrt gebannt in die Tiefe.« Kristof Driesen wird nach seiner Entlassung aus der Untersuchungshaft in der Bochumer Altstadt erschossen. Gibt es einen Zusammenhang mit seinen Überfällen? Oder dem heftigen Streit in der Familie? Hauptkommissar Kramer erhofft sich Unterstützung bei Marie Marler, die als Bewährungshelferin Kristofs Freunde betreut. Sie erfährt von einem zurückliegenden Missbrauch.

Der Autor: Peter Märkert ist in Bochum aufgewachsen und wohnt auch dort. Er studierte Informatik und Sozialwesen und arbeitete als Taxifahrer, als Sozialarbeiter im Vollzug und als Bewährungshelfer. Die Erfahrungen aus dem Milieu verarbeitet er in seinen Justizkrimis, die im Ruhrgebiet zwischen JVA, Drogen, Mord spielen und in denen er den Hintergründen von Schuld und Sühne nachspürt.

PETER MÄRKERT

UNTER DIE RÄDER GEKOMMEN

EIN JUSTIZKRIMI

Diese Publikation ist in der Nationalbibliothek verzeichnet; detaillierte bibliographische Daten sind im Internet abrufbar.

Dürerstraße 62
D-44795 Bochum
Telefon: 023498031336
Online: petermaerkert.de
eMail: kontakt@petermaerkert.de
Coverfotografie: Aylin Reckermann
Covergestaltung: Jen Maerkert
Autorenfotografie: Ulf Peter Quooß
Verlag: BoD · Books on Demand GmbH,
In de Tarpen 42, 22848 Norderstedt,
bod@bod.de
Druck: Libri Plureos GmbH,
Friedensallee 273, 22763 Hamburg
ISBN: 978-3-7693-0572-2

Für Isa

»Wir leben in einem System, in dem man Rad sein muss, oder unter die Räder gerät.«
Friedrich Nietzsche

Prolog

Das Glück trägt häufig den Mantel des Unglücks. Während des Abendessens erinnert er sich an das Sprichwort seines Vaters. Warum schenkt ihm Onkel Wolfgang das Handy zum zwölften Geburtstag? Hätte Vater nicht damit vorbeikommen können? Ein ganzes Jahr hat er ihn nicht gesehen. Er mag den Onkel nicht, der immer so nah an ihn heranrückt, dass ihm allein vom Mundgeruch schlecht wird. Mutter sieht ihn an, als ließe sich Dankbarkeit mit einem Blick befehlen: Los, nimm deinen Onkel in den Arm, mach schon! Ob er will oder nicht, er kann sich nicht gegen sie wehren. Er stellt sich die neidischen Blicke der Mitschüler vor, wenn er ihnen das Handy zeigt, und überwindet sich. Eine schnelle Umarmung und zurück auf den Stuhl.

Der Onkel schüttet mit fleischigen Händen Bier und Schnaps in sich hinein. Glasige Augen starren ihn an, die Stimme schwärmt von seiner Figur und fragt, ob er sich für Mädchen interessiert. Er schämt sich, überlegt, auf sein Zimmer zu gehen, doch fürchtet die Reaktion seiner Mutter. Sie betont bei jeder Gelegenheit, wie wichtig es ist, sich mit dem Onkel gut zu stellen, weil der so großzügig ist.

Mit einem gekünstelten Lächeln lässt er sich auf das Gespräch ein, schwärmt von einer Mitschülerin, die mit den Jungen in der Klasse Fußball spielt und sich sogar für Ballerspiele interessiert. An den Stirnfalten seiner Mutter erkennt er, dass ihr die Geschichte nicht gefällt. Schon schimpft sie, dass er auf Vater herauskommt, der nur an seine Interessen gedacht hat, nicht an die Kinder, nicht einmal an ihren Geburtstagen. Immer die gleiche Aufregung, wenn sie zu viel Wein getrunken hat. Sie könne die große Wohnung nicht halten, ihm kein Taschengeld geben. Vaters Unterhalt reiche vorne und hinten nicht, obwohl er in Afghanistan ein Vermögen verdiene. Soll er ihn verteidigen oder sich auf sein Zimmer zurückziehen? Er sagt kein Wort und hofft, dass ihr Anfall vorübergeht. Schon wegen des kleinen Bruders, der ihn mit panischem Blick vom anderen Ende des Tisches ansieht.

Die fleischigen Hände kramen im Portemonnaie, fingern Geldstücke heraus. Wieder muss er sich bedanken, den Onkel umarmen, der ihn drückt, als wolle er ihn nicht mehr loslassen. Er ekelt sich vor dem Geruch nach Alkohol und Schweiß, will weg, nur weg. Mutter lacht über seinen gequälten Gesichtsausdruck. Er reißt sich los, sieht, wie sein kleiner Bruder aufsteht, um ihm zu folgen, doch von Mutter zurückgehalten wird.

Für den Geburtstag hat er sein Zimmer aufgeräumt, seine Sachen im Schrank verstaut. Hätte ja sein können, dass Vater auftaucht. Ob er noch daran denkt, wie sie auf dem Spielplatz tobten? Auf der Schaukel, am Drehkreuz. Welchen Spaß sie auf der Rutsche im Freizeitpark Lago hatten. Er denkt immer daran und würde so gerne die

Zeit zurückdrehen. Mutter sagt, er müsse sich mit der Situation abfinden, dabei hat er den Eindruck, dass sie sich selbst damit nicht abgefunden hat.

Er hört, wie sie den kleinen Bruder ins Bett bringt. Erst gehen sie ins Bad, dann ins Kinderzimmer. Sie wird ihm vorlesen, bis er eingeschlafen ist, um zu verhindern, dass er zu ihm kommt. Nach zwanzig Minuten hört er, wie sie vorsichtig die Tür schließt. Soll er nachsehen, ob sein Bruder schläft? Er lauscht in den Flur hinein. Aufgeregte Stimmen dringen aus dem Wohnzimmer. Onkel Wolfgang verteidigt ihn vor seiner Mutter. Er will das nicht, der soll sich nicht für ihn einsetzen. Er holt das Handy aus der Verpackung, dreht es in den Händen und überlegt, es wortlos zurückzugeben, doch kann sich nicht überwinden. Stattdessen zieht er die Folie vom Bildschirm, schließt es an das Ladegerät an. Dann legt er sich aufs Bett und schaltet den kleinen Fernseher ein, den Vater ihm schenkte, als die Welt noch in Ordnung war.

In der Nacht sieht er sich an der Haustür, während sein Vater zu der fremden Frau in den Jeep steigt, der Wagen sich in Bewegung setzt, immer kleiner wird und im Nichts verschwindet. Er wartet auf die Rückkehr, spürt gleichzeitig, dass es sinnlos ist. Er wacht schweißgebadet auf.

Wolfgang kommt ins Zimmer, legt sich wie selbstverständlich zu ihm aufs Bett. Er dreht sich zur Wand, der Onkel rückt näher an ihn heran, er spürt den Bauch an seinem Rücken. Das ist noch nie passiert. Er ist völlig panisch. Warum ist Wolfgang nicht auf der Couch im

Wohnzimmer geblieben, die Mutter immer für ihn bezieht? Er stellt sich schlafend. Hoffentlich bemerkt sein Onkel den Irrtum und verschwindet wieder. Oder soll er ihn schlafen lassen und selbst auf die Couch ausweichen?

Hände berühren seinen Rücken, streichen über die Haut, tasten sich nach vorne zu den Brustwarzen. Hätte er sich bloß ein T-Shirt angezogen. Die Hände gleiten abwärts. Über den Bauch unter seine Shorts. Er kann nicht glauben, was da passiert, fühlt sich lebendig begraben, zwei Meter unter der Erde. Mit Onkel Wolfgang. Kein Mensch kann ihn hören, kein Laut dringt nach außen. Sein Herz rast, er wünschte zu sterben. Er hört den Onkel stöhnen, liegt mit dem Gesicht zur Wand, die Augen geschlossen, wie tot.

Wolfgang versucht, ihm einzureden, dass er ihn dazu verleitet hat durch sein ständiges In-den-Arm-nehmen. Ist das wahr? Ist es wirklich wahr? Nein! Mutter wollte es, er nicht. Warum hat er das Handy nicht zurückgegeben? Warum ist er nicht gleich aufgesprungen, als der Onkel sich zu ihm ins Bett legte? Warum hat er es sich gefallen lassen? Die Fragen kreisen in seinem Kopf, nachdem Wolfgang das Zimmer längst verlassen hat. Bis zum Morgen liegt er wach, unfähig, sich zu bewegen. Sein Onkel hat ihm verboten, darüber zu reden. Es ginge nur sie beiden etwas an, sei ihr Geheimnis. Andere würden es nicht verstehen. Er entdeckt fünfzig Euro auf dem Schreibtisch. Meint Wolfgang, ihn dafür bezahlen zu können? Er möchte den Geldschein vernichten, das

Handy, den Geburtstag, alles, was ihn an die Nacht erinnert. Er springt aus dem Bett, wundert sich, dass es so leicht ist, als wäre nichts passiert. Dabei würde er sich am liebsten auf den Boden werfen und schreien. Er zieht sich an, um es seiner Mutter zu sagen, läuft in die Küche. Der Blick verrät ihre schlechte Laune. Sie wird ihm die Schuld geben oder die ganze Sache ins Lächerliche ziehen. Nein, soweit darf er es nicht kommen lassen. Er schämt sich zu Tode, schenkt ihr den Fünfziger, um ihre Stimmung zu heben. »Von Onkel Wolfgang«, sagt er und verschwindet ins Bad, um Nachfragen zu entgehen. Er kann sich nicht von der Dusche lösen, bis Mutter an die Tür klopft und ihn an die Schule erinnert.

Beim Frühstück bedankt sie sich bei ihrem Bruder für die Großzügigkeit und lädt ihn ein, bald wieder bei ihnen zu übernachten. Der Onkel verspricht, auf ihr Angebot zurückzukommen. Beim Abschied drückt er seine Hand, bis sie schmerzt, sieht ihm dabei fest in die Augen.

Kapitel 1

Sechs Jahre später. An einem Mittwoch im September. Verhandlungspause im großen Sitzungssaal des Bochumer Amtsgerichts. Richter und Schöffen ziehen sich zur Beratung ins Hinterzimmer zurück. »Höchstens zehn Minuten«, verkündet der Vorsitzende und bittet die Anwesenden, auf ihren Plätzen zu bleiben.

Was gibt es da zu beraten? Für Bewährungshelferin Marie Marler ist die Beweislage nach den Geständnissen der drei Heranwachsenden eindeutig. Sie kann sich nur vorstellen, dass der Vorsitzende die beiden Schöffen überzeugen will, auf die Zeugenaussagen zu verzichten. Das wäre großartig, dann könnte sie direkt nach der Pause ihre Stellungnahme abgeben und ins Büro fahren, wo jede Menge Arbeit auf sie wartet. »Meinst du, sie hören noch die Zeugen an?«, fragt sie ihren Kollegen Udo Fröbel, der neben ihr am Tisch der Sachverständigen sitzt.

»Keine Ahnung«, brummt der in sich hinein, ohne den Blick von seinem Smartphone zu nehmen. Marie greift automatisch in ihre Tasche. Nein, jetzt nicht. Sie möchte nicht von irgendwelchen Nachrichten abgelenkt werden. Sie könnte die junge Staatsanwältin am Nachbartisch nach deren Einschätzung fragen, doch die scheint zu sehr in die Akten vertieft, um ihren Blick zu bemerken. Sie betrachtet die modische Brille, die zurückgekämmten Haare. Unter der Robe trägt die Staatsanwältin einen dunklen Hosenanzug. Sie strahlt Eleganz und Wichtigkeit aus. Marie wirft einen Blick auf ihre Klamotten. Lederjacke mit Nieten, kurzer schwarzer Rock, in aller Eile am Morgen aus dem Schrank gezogen. Sie schlägt die Beine übereinander, um die tätowierte Schlange um den Stab an ihrer Wade zu verdecken. Eine Erinnerung an eine Sommerliebe in Griechenland. Konnte sie keine Jeans anziehen mit einem Jackett? Es ging am Morgen wieder alles viel zu schnell. Sie muss früher aufstehen, um sich Zeit für ein passendes Outfit zu nehmen. Vor allem, wenn sie zum Gericht geladen ist. Immerhin ist sie vor ein paar Tagen sechsundzwanzig geworden. Wieder fragt sie sich, ob sie irgendwann erwachsen wird. Anderen scheint es zu gelingen. Ihr Blick wandert zu ihrem Klienten auf der Anklagebank. Fabian Meisner, dunkle Locken, fast kindliche Gesichtszüge. Zwischen den Mittätern wirkt er klein, zerbrechlich, dazu passte die traurige Stimme bei dem Geständnis. Was soll sie sich vormachen? Er war bei den Straftaten dabei, daran gibt es nichts zu rütteln. Er hat es zugegeben. Nur darauf kommt es an. Nicht mal einen Monat nach dem Urteil zu einer Jugendstrafe wegen räuberischer Erpressung mit Aussetzung zur Bewährung lässt er sich von den Mittätern zu neuen Straftaten hinreißen. Schuld ist dieser Kristof Driesen, der mit der Anwältin neben Fabian sitzt. Dem möchte Marie nicht im Dunkeln begegnen. Glatze, kalter Blick, groß und kräftig, eine vorgebeugte Haltung.

Den Dritten im Bunde, Timo Mitter, kann sie nicht einschätzen. Kleiner als Driesen, etwas untersetzt. Er trägt die ganze Zeit ein Grinsen auf dem Gesicht, das hier völlig fehl am Platz ist. Er scheint in dem Vorsitzenden seinen Vater zu sehen, dem er beweisen will, dass ihm Strafen nichts ausmachen, er sie mit einem Lächeln auf dem Gesicht erträgt. Übertreibt sie mit ihren Deutungen? Wenn schon, sie liebt es, die Gedanken fließen zu lassen. In der Fußgängerzone in einem Straßencafé zu sitzen, Vorbeiziehende zu betrachten und zu überlegen, was sie mit ihrem Leben anfangen. Grandios!

»Hat dein Klient sich verlaufen oder was macht er auf der Anklagebank?« Die leise Stimme ihres Kollegen. »Ehrlich, was hat er mit Kristof und Timo zu schaffen? Die spielen in einer anderen Liga.«

»Sie haben ihn beschützt, als er in seiner Klasse gemobbt wurde«, flüstert Marie ihm zu. »Das hat er mir beim Besuch in der Untersuchungshaft erzählt.« Hat ihr Kollege es geschafft, sich vom Smartphone zu lösen.

Udo flüstert zurück: »Hat er gesagt, warum er gemobbt wurde?«

»Nein. Nur, dass er anders ist als die Mitschüler in seiner Klasse. Das haben sie gespürt.«

Sie wird lauter: »Ich brauche Zeit, um sein Vertrauen zu gewinnen. Im Knast gerät er unter die Räder. Da bin ich mir sicher.«

»Du plädierst für eine erneute Jugendstrafe mit Aussetzung zur Bewährung«, stellt Udo ebenfalls mit lauter Stimme fest. Wie abgesprochen blicken sie zur Staatsanwältin. Marie überlegt, ob sie selbstständig über den Strafantrag in ihrem Plädoyer entscheiden kann oder im Referendariat ist und den Anweisungen des Sachbearbeiters zu folgen hat.

Die Staatsanwältin dreht sich mit ernster Miene und aufrechter Haltung zu ihnen, wobei ihre hohe Stimme ein Klingeln in Maries Ohren verursacht. »Für eine Strafaussetzung zur Bewährung verlangt das Gesetz eine günstige Prognose. Die kann ich aufgrund der Rückfallgeschwindigkeit mit einschlägigen Taten bei keinem der Beschuldigten erkennen.« Sie sieht zur Anklagebank und wendet sich wieder ihren Akten zu.

Fabians Blick beschwört Marie, ihm zu helfen. Klar, die Worte der Staatsanwältin waren nicht zu überhören. Sie sucht nach einer passenden Antwort, sagt lauter als gewollt: »Hinsichtlich der Tatbeteiligung erkenne ich Unterschiede zwischen den Beschuldigten. Fabian Meisner hat nie in das Geschehen eingegriffen.«

Die Staatsanwältin schüttelt den Kopf, wobei eine Haarsträhne über ihrem rechten Auge zum Liegen kommt. Sie streicht sie mit der Hand zurück und spricht in die Akten hinein: »Alles wie gehabt. Kristof Driesen als Frontmann, Timo Mitter direkt daneben und Fabian Meisner im Hintergrund. Ich war schon vor drei Monaten gegen eine Aussetzung zur Bewährung. Für die Angeklagten ist sie gleichbedeutend mit einem Freispruch.« Sie betont die Worte in einer Weise, als wollte sie das Urteil vorwegnehmen. Marie bleibt nicht einmal Zeit, sich aufzuregen. Das Gericht kehrt aus der Beratungspause zurück. Die Anwesenden erheben sich. Der Vorsitzende bittet sie, wieder Platz zu nehmen. Es würden die Geschädigten gehört, um ein umfassendes Bild von der Tatbeteiligung der Beschuldigten zu erhalten.

»Das Gericht erkennt Unterschiede zwischen den Dreien«, frohlockt Marie.

»Warten wir ab, was die Zeugen sagen. Das kann nach hinten losgehen«, bemerkt ihr Kollege.

Er nervt sie mit seinem Pessimismus. Marie sieht zu den Zuschauerbänken und versucht, Blickkontakt zu Fabians Mutter herzustellen. Vergeblich, die starrt stur geradeaus. Marie wundert sich, wie die Frau sich für die Verhandlung aufgestylt hat. Hochgesteckte Haare, kurzes Kleid mit tiefem Dekolleté. Um den Vorsitzenden zu beeindrucken oder ihren Sohn? Schon bei ihrem Besuch in der vergangenen Woche vermittelte Frau Meisner den Eindruck einer in die Jahre gekommenen Barbiepuppe. Dazu fielen ihr die vielen Stofftiere in der Wohnung auf. Stopp! Dieses Mal wird sie nicht psychologisieren. Was hatte Freud gesagt? Eine Zigarre kann auch mal eine Zigarre bedeuten oder so ähnlich. Außerdem sollte nicht mit Steinen werfen, wer im Glashaus sitzt. Sie versucht, an ihrem Rock zu ziehen.

Die Protokollantin ruft den ersten Zeugen auf: Wilhelm Neuberger. Die schwere Holztür öffnet sich, ein Mann Mitte sechzig mit vollem weißem Haar kommt herein. Er sieht sich im Gerichtssaal um und nähert sich dem Zeugentisch im Saal.

Marie meint, ein mildes Lächeln auf seinem Gesicht zu

erkennen. Na ja, sie lag mit ihrer Einschätzung schon daneben. Mit dem gutmütigsten Gesichtsausdruck hat so mancher Höchststrafen gefordert. Der Vorsitzende reißt sie aus ihren Gedanken. Er belehrt den Zeugen über die Wahrheitspflicht vor dem Gericht und befragt ihn zu seinen Personalien.

Wilhelm Neuberger, neunundsechzig Jahre alt, Rentner, wohnhaft in Bochum, mit den Beschuldigten nicht verwandt oder verschwägert. Zum Tatgeschehen schildert er, gegen Nulluhrdreißig aus der Gaststätte gekommen und zu seinem Auto gegangen zu sein, das in unmittelbarer Nähe parkte. Noch bevor er sich anschnallen konnte, sei die Fahrertür aufgerissen worden. Zwei junge Männer hätten ihn aus dem Auto gezerrt, dabei lautstark nach Portemonnaie und Handy verlangt. Er habe sofort zugestimmt, spiele nicht gerne den Helden. Die jungen Männer hätten ihn zur Eile angetrieben, ihm die Sachen regelrecht aus der Hand gerissen. Den Schlag habe er nicht kommen sehen, nur den Schmerz gespürt und das Blut geschmeckt. Er sei neben dem Auto in sich zusammengesunken und für kurze Zeit bewusstlos gewesen, habe zumindest so getan in der Hoffnung, keine weiteren Schläge zu kassieren. Es sei ihm gelungen, sie hätten sich nicht mehr um ihn gekümmert, sondern wären mit der Beute geflohen.

Auf die Frage des Vorsitzenden, ob er den Schlag einem der Anwesenden zuordnen könne, deutet er auf den jungen Glatzkopf, der am nächsten zum Richterpult sitzt. Den Beschuldigten auf der anderen Seite erkennt er als denjenigen, der half, ihn aus dem Auto zu zerren. Den dritten in der Mitte der Anklagebank habe er bei dem Vorfall nicht wahrgenommen.

Marie spürt einen Hoffnungsschimmer. Die Aussage des Zeugen bestätigt, dass Fabian nicht aktiv ins Geschehen eingegriffen hatte. Neuberger hatte ihn nicht mal bemerkt. So kann ihn die Staatsanwältin nicht ernsthaft in das Bedrohungsszenario einbauen. Sie lächelt zu Fabian herüber. Wenn die anderen Zeugen sich ähnlich äußern, wird sie eine Bewährungsstrafe für ihn herausholen.

Neuberger erklärt, sein Portemonnaie nach wenigen Tagen mit den Karten und Ausweisen im Briefkasten gefunden zu haben. Lediglich das Bargeld von hundert Euro habe gefehlt. Es sei ihm vom Rechtsanwalt des dunklen Lockenkopfs, er zeigt auf Fabian, in voller Höhe erstattet worden.

Oberler nickt zustimmend und erklärt, dass er mit seinem Mandanten und der Jugendgerichtshilfe übereingekommen sei, vor der Verhandlung eine Wiedergutmachung zu leisten.

Auf Nachfragen des Vorsitzenden erwidert Neuberger, seine Verletzungen seien ausgeheilt. Er sei von dem Vorfall nicht dauerhaft beeinträchtigt, habe keine psychologische Hilfe in Anspruch genommen und fürchte sich nicht vor ähnlichen Taten.

»Läuft doch gut«, meint Marie zu ihrem Kollegen. Aus den Augenwinkeln beobachtet sie, wie Fabian sich vorbeugt, um etwas zu sagen. Kristof Driesen kommt ihm zuvor, zaubert für einen Moment sogar Reue auf sein

Gesicht. Er sei auf die Idee gekommen, das Portemonnaie in den Briefkasten zu werfen, um dem Geschädigten die Laufereien und den Ärger zu ersparen. Er sieht kurz zu Fabian, wendet sich schnell wieder dem Zeugen zu. Marie hofft, dass der Vorsitzende es gesehen hat und die richtigen Schlüsse daraus zieht.

»Ich möchte mich in aller Form bei Ihnen entschuldigen. Ich verspreche, dass es nie wieder vorkommt. Die Tage auf der Zelle haben mich verändert. Glauben Sie mir, ich hatte zum ersten Mal Zeit, über mein Leben nachzudenken. Ich möchte nicht im Knast enden, sondern mich beruflich fortbilden. Ich möchte mein eigenes Geld verdienen und ein ordentliches Leben führen.«

Zu viele: »Ich möchte, mein und mich«, denkt Marie. Dazu die Redewendung: »Glauben Sie mir«. Klingt doch nicht echt, oder? Fortbilden! Als hätte er jemals im Leben eine Ausbildung begonnen. Sie sollte nicht übertreiben, redet sich ein, dass in jedem Menschen eine Begabung steckt, auch in Driesen. Sie wurde durch unzählige Konflikte in die Ecke gedrängt, statt sich entfalten zu können, daher rührt sein Hass. Sie muss sich zurücknehmen, um über ihre Schönfärberei nicht zu lachen. Ein Überfall ist ein Überfall ist ein Überfall.

Der Vorsitzende sieht zu Fabian und Timo, die sich wie auf Kommando bei dem Zeugen entschuldigen. Nach Sekunden der Stille sagt Neuberger: »Ich hoffe, ihr meint es ehrlich und denkt nicht nur an eine milde Strafe.«

Er wird aus dem Zeugenstand entlassen und erhält seine Legitimation für Fahrgeld mit dem Angebot, die weitere Verhandlung von den Besucherplätzen aus zu verfolgen. Mit einem Blick zur Anklagebank zögert er und setzt sich auf einen freien Stuhl in der hinteren Reihe.

Kapitel 2

Marie Marler massiert sich die Schläfen. Von der Klima-anlage im Gerichtssaal und dem gleißenden Neonlicht bekommt sie bei den Sitzungen regelmäßig Kopfschmer-zen. In ihrer Handtasche sucht sie nach Tabletten, er-innert sich an die letzte Verhandlung, wo sie sich ver-schluckt hatte. Sie musste fürchterlich husten und vor die Tür gehen, um sich zu fangen. Sie wird in der nächsten Pause in der Gerichtskantine einen Kaffee trinken und dabei die Tablette einnehmen. Sie beneidet ihren älteren Kollegen, der voller Gleichmut der Verhandlung folgt. Zumindest sieht es so aus. Sie fragt sich, ob sie auch so wird, ob es erstrebenswert ist oder sie die Bewährungs-hilfe vorher verlassen sollte. Doch wann ist der richtige Zeitpunkt? Spürt man ihn? Wird man nicht von dem regelmäßigen Einkommen abhängig? Sie muss schmun-zeln. Sie hat nicht mal eine unbefristete Stelle bei der Justiz und macht sich solche Sorgen. Ihr Vater würde sagen, erst das eine, dann das andere. Sie kann das nicht, denkt immer an alles zugleich. Mit einer Spannung im Bauch, als ginge es um ihr Leben, als würde es sich in diesem Moment entscheiden. Irgendwo hat sie diesen Satz gelesen: Jeder Schritt, den du heute gehst, bestimmt dein Leben von morgen.

Die Protokollantin ruft Philipp Christiansen auf. Ein Zwanzigjähriger mit weißem Hemd, Jackett und dunkler Jeans kommt herein. Die angespannten Gesichtszüge vermitteln Marie seine Wut im Bauch. Bestimmt hat er auf den Moment gewartet, um sich Luft zu verschaffen. Sie kann ihn verstehen. Ein Horror, auf der Straße ausgeraubt zu werden. Sie hofft, dass er bei seiner Aussage Fabian ausspart.

Der Vorsitzende belehrt den Zeugen über die Wahrheitspflicht und erkundigt sich nach den Personalien.

Philipp Christiansen, 21 Jahre, Student der Rechtswissenschaften, wohnhaft in Witten, mit den Beschuldigten nicht verwandt oder verschwägert.

Zu dem Vorfall teilt er mit, dass die Angeklagten seiner Freundin Lena und ihm nach einem Besuch der Diskothek Zeche in Bochum hinterherliefen. In Höhe der Bushaltestelle hätten sie sie eingeholt und um Feuer gebeten. »Sie waren sehr aggressiv. Die Haltung, die Sprache. Ich nahm in aller Ruhe mein Feuerzeug aus der Jackentasche.«

So ruhig wirkt er nicht, denkt Marie. Seine Hände zittern auf der Bank, obwohl er sie zu einem Gebet gefaltet hat.

»Da schlug Driesen zu«, sagt er. »Einfach so, ohne jeden Anlass.« Er schüttelt den Kopf, deutet mit dem Zeigefinger zur Anklagebank, zieht die Hand sofort zurück, als hätte er sich verbrannt, faltet die Hände wieder und wendet sich an den Vorsitzenden: »Mit der Faust schlug er mir ins Gesicht … verlangte unsere

Handys und Portemonnaies … meine Freundin gab ihre Sachen sofort ab. Ich zögerte einen Moment. Da schlug er erneut zu. Das Blut lief mir aus der Nase. Das rechte Augenlid schwoll an.« Er stockt.

Auf die Frage des Vorsitzenden, ob sie nicht fliehen konnten, schildert der Zeuge, dass er festgehalten wurde. »Von dem Angeklagten Mitter. Meisner hielt in der Zeit meine Freundin fest. Das wird sie bestätigen.«

Damit hat Fabian aktiv ins Geschehen eingegriffen. Marie sieht das überhebliche Lächeln der Staatsanwältin und das Kopfschütteln der Besucher. Die Stimmung im Saal ist vollends gegen die Angeklagten gekippt. Wen wundert es? Die sanfte Stimme des Vorsitzenden holt sie aus ihren Gedanken zurück. »Sie erkennen in den drei Beschuldigten zweifelsfrei diejenigen wieder, die Ihnen unter Anwendung körperlicher Gewalt das Portemonnaie und das Handy weggenommen haben.«

Christiansen nickt bestätigend und macht ein ernstes Gesicht. »Ich bin mir hundertprozentig sicher.«

»Gibt es weitere Fragen an den Zeugen?« Der Vorsitzende sieht zu den beiden Schöffen.

Die junge Frau mit dem blonden Zopf neben ihm wendet sich mit eindringlicher Stimme an Christiansen: »Wenn ich Sie richtig verstehe, haben die Beschuldigten den Raubüberfall gemeinsam geplant und ausgeführt. Sie schließen aus, dass es ein alleiniger Plan von Kristof Driesen war, der die anderen erst am Tatort einbezog?«

Hätte die Schöffin die Frage nicht dem älteren Zeugen stellen können?, ärgert sich Marie. Bei Christiansen ist die Antwort vorhersehbar.

»Sie hatten uns zu dritt von der Zeche aus verfolgt«, erläutert er prompt. »Der Disco an der Prinz-Regent-Straße. In Höhe der Bushaltestelle griffen sie uns an. Es war abgesprochen … meine Freundin wird es Ihnen bestätigen. Sie wartet draußen.«

Marie starrt in die Akte auf ihrem Tisch. Warum erwähnt er ständig die Freundin. Traut er der eigenen Meinung nicht? Das kann ja heiter werden. Sie hätte Lust, ihre Sachen zu packen und sich in der Kantine zu stärken. Ihr ist schwindelig, sie braucht auf der Stelle etwas Süßes, sonst fällt sie vom Stuhl. Stopp! Sie darf sich da nicht hineinsteigern. Sie sollte der Verhandlung folgen, statt sich mit dem eigenen Befinden zu beschäftigen.

Die junge Schöffin äußert keine weiteren Fragen, der Schöffe winkt ebenfalls ab. Die Staatsanwältin schaltet sich ein: »Der Raubüberfall liegt etwas mehr als zwei Monate zurück. Leiden Sie noch unter den Verletzungen?«

»Nein, sie sind verheilt. Allerdings träume ich von dem Überfall … wache schweißgebadet auf. Auf der Straße überkommen mich Panikattacken. Ich gehe kaum raus, bleibe meistens auf dem Grundstück meiner Eltern.«

Er übertreibt, oder rührt sein Zittern von der Tat her? Sie sollte objektiver sein, kann nicht erwarten, dass jeder die Sache kleinredet. Der Zeuge vor ihm hatte eine gewisse Altersmilde. Die haben nicht alle Senioren, sie möchte nichts verallgemeinern.

»Haben die Angeklagten versucht, mit Ihnen Kontakt

aufzunehmen, um eine Wiedergutmachung zu leisten?«, setzt die Staatsanwältin die Befragung fort.

»Nein!«, kommt es wie aus der Pistole geschossen. »Das will ich nicht.« Seine Stimme zittert vor Anspannung. »Ich will ihr Geld nicht und überhaupt keinen Kontakt zu ihnen.«

Dabei zieht er an dem linken Hemdsärmel. Marie erkennt eine Rolex-Uhr. Möchte er darstellen, wie wohlhabend er ist? Sie wundert sich. Gerade die Reichen versuchen doch, aus allem Geld zu scheffeln, Steuern zu hinterziehen, an der Börse zu spekulieren, die Armen zu betrügen, um noch reicher zu werden. Sie hätte Lust, ihn zu fragen, ob er die teure Uhr zur Tatzeit trug, doch lässt es bleiben.

Der Vorsitzende sieht zur Staatsanwältin und zu den Rechtsanwälten. Es gibt keine weiteren Fragen an den Zeugen.

Kristof Driesen räuspert sich. »Ich entschuldige mich in aller Form bei Ihnen und verspreche, dass ich mein Leben von Grund auf ändern werde.«

Niemand rührt sich oder sagt etwas. Der Satz steht leer im Raum. Es glaubt ihm keiner, denkt Marie. Ist auch absolut unglaubwürdig. Der Zeuge blickt demonstrativ zur Staatsanwältin. Die Angeklagten existieren in seiner Welt höchstens als Schreckgespenster, die es wegzusperren gilt. Hoffentlich wird er kein Richter, wenn er das Jura-Studium beendet hat. Sie sieht an dem Zeugen vorbei zu Fabian und Timo. Offenbar erwartet der Vorsitzende auch von ihnen eine Entschuldigung. Sie scheinen sich nicht zu trauen, weil Christiansen in die andere Richtung blickt. Marie ist erleichtert, als der Vorsitzende das Schweigen bricht. Er bittet den Zeugen, im Saal zu bleiben, falls sich aus der Aussage seiner Freundin Nachfragen an ihn ergeben. Er erhebt sich langsam, bewegt sich zu den Besucherreihen und setzt sich in die erste Reihe.

Lena Lindner wird in den Zeugenstand gerufen. Herein kommt eine zierliche Schülerin in flauschigem Pulli, schwarzer Lederhose und Sneakers aus Leder und Metall. Ein Parfümduft streift Marie, während sich die junge Frau auf den Zeugenstuhl setzt und den Vorsitzenden aus großen Augen ansieht.

Marie beobachtet Kristofs Blicke. Es ging ihm nicht nur um die Wertsachen. Er wollte sich vor der Frau aufspielen, kapiert nicht, in was er sich und seine Freunde mit dem idiotischen Balzgehabe hineingeritten hat. Sie vernimmt die schüchternen Worte der Zeugin auf die Fragen des Vorsitzenden.

Lena Lindner, achtzehn Jahre, Abiturientin, wohnhaft in Bochum, mit den Angeklagten nicht verwandt oder verschwägert.

Bei den Angaben zum Tatgeschehen blickt sie zu Boden, weint in der Erinnerung. Totenstille im Raum, nur ihre leise Stimme und die vorsichtigen Fragen des Vorsitzenden. Der Schrecken des Überfalls spiegelt sich auf ihrem Gesicht wieder, die Angst vor der Wiederholung des Schrecklichen, ihr Zurückziehen in den familiären Kreis. Ein Besucher verlässt den Sitzungssaal, ein hagerer, mittelgroßer Typ, es könnte Fabians Vater sein, dieselben lockigen Haare, allerdings vollständig ergraut. Marie hat ihn vorher nicht beachtet, er war von der rothaarigen Nachbarin verdeckt worden. In Fabians Blick liest sie seine Aufregung. Er rückt den Stuhl zurück, als plane er, aufzustehen und ihm nachzulaufen. Der Anwalt beruhigt ihn, indem er ihm eine Hand auf die Schulter legt.

Marie sieht zu Fabians Mutter. Sie starrt stur geradeaus, als ginge sie das alles nichts an. Eine seltsame Frau, sie wirkt wie versteinert. Was mag mit ihr geschehen sein, dass sie so hart wurde? Liegt darin die Ursache für Fabians Auffälligkeit?

»Sein Vater?« Udo Fröbel weist mit der Hand zur Tür.

Sie muss sich sammeln. »Dem Aussehen nach könnte es hinkommen. Außerdem versprach er am Telefon, zur Verhandlung zu kommen«, flüstert sie. »Was soll`s, ich werde ihn fragen … bin gleich zurück.«

»Das geht nicht«, vernimmt sie die Worte des Kollegen im Rücken und verlässt schnell den Saal. An der Treppe holt sie ihn ein. »Hallo, ich bin Marie Marler, die Bewährungshelferin Ihres Sohnes. Wir haben miteinander telefoniert.«

Er mustert sie, lächelt. »Der Äskulapstab. Um meinen Sohn zu heilen? Entschuldigen Sie, Jürgen Meisner. Sie sehen, ich bin gekommen, aber habe mich dabei übernommen. Die Verhandlung strengt mich zu sehr an. Entschuldigen Sie mich bitte bei meinem Sohn. Sagen Sie ihm, er wird von mir hören.« Er wendet sich zur Treppe.

Marie gibt sich alle Mühe, freundlich zu bleiben, obwohl sie ihn am liebsten zurechtweisen würde. »Besteht keine Chance, Sie zu bewegen, den Urteilsspruch abzuwarten?«, flötet sie.

Er dreht sich zu ihr, sieht sie an und schüttelt den Kopf. »Sagen Sie, warum hat Fabian die junge Zeugin festgehalten? Was meinen Sie?«

»Sie tat ihm leid. Er wollte sie vor den anderen schützen. Sie hat es falsch verstanden. Kein Wunder in der Situation.«

»Schön, dass Sie es so sehen. Wissen Sie, vor Afghanistan haben wir viel Zeit miteinander verbracht. Fabian ist ein guter Junge. Es wäre nie passiert, wenn ich zuhause geblieben wäre.«

»Das glaube ich Ihnen, nur im Augenblick hilft es Fabian nicht. Bleiben Sie, das wird ihm helfen. Wollen Sie es sich nicht überlegen?«

Er steigt die nächsten Stufen herab. »Nein, es ist zu viel passiert. Man kann die Zeit nicht zurückdrehen. Leider. Sagen Sie ihm, dass ich ihn verstehen kann … und ihm die Daumen drücke.«

»Nun warten Sie! Ich schlage vor, Sie entspannen sich in der Kantine und kommen später in den Gerichtssaal zurück.« Sie eilt ihm nach. »Es würde ihm viel bedeuten.«

»Ich kann nicht.« Er schüttelt den Kopf, drückt ihr eine Visitenkarte in die Hand. »Mein Anwalt wird sich mit Ihnen in Verbindung setzen. Auf mich wartet die Therapiestunde.«

»Die rothaarige Frau im Saal ... Ihre neue Partnerin?«, ruft sie ihm nach.

Er dreht sich um, hat Tränen in den Augen. »Nein. Sie kam wegen Fabian … um mir Mut zuzusprechen.« Er winkt ab. »Sprechen Sie mit Dr. Krone, bitte.« Er deutet auf die Visitenkarte in ihrer Hand und verschwindet in Richtung Ausgang.

Eine Anwaltspraxis in Münster. Marie geht zurück in den Gerichtssaal, entschuldigt sich beim Vorsitzenden und setzt sich neben ihren Kollegen. »Er erträgt es nicht«, flüstert sie ihm zu. »Die Therapiestunde würde warten. Was weiß man schon von dem anderen, was er durchgemacht hat.«

Udo Fröbel deutet zur Besucherbank. Sie sieht direkt in die Augen von Fabians Mutter, die sich schnell abwendet. Überlegt sie, was ihr Exmann erzählt hat? Die Maske ist nicht zu durchdringen. Marie erinnert sich an das Gespräch mit Fabian im Jugendvollzug, an seine Angst vor den Mitgefangenen. Was hatten die mit ihm angestellt? Eine laute Stimme lässt sie aufblicken. Der letzte Zeuge, Simon Wrede. Er trägt Lederjacke und Lederhose, dazu ein weißes Hemd.

»Ich fuhr mit dem Fahrrad vom Bermuda3eck in Richtung Schauspielhaus. Unter der Brücke kamen mir die Angeklagten entgegen. Sie stellten sich vor mich. Ich kam nicht vorbei.« Er zeigt mit dem Finger zur Anklagebank.

»Sie meinen den Beschuldigten Driesen«, ergänzt der Vorsitzende mit freundlicher Stimme.

»Interessiert mich nicht, wie der heißt«, braust Wrede auf. »Jedenfalls verlangte er eine Zigarette. Ich rauche nicht, erklärte ich ihm. Er nannte mich einen verdammten Lügner, riss mich vom Rad und versetzte mir einen Faustschlag ins Gesicht.« Der Zeuge verstummt und starrt zur Anklagebank.

Wenn die Tische nicht im Weg stünden, würde er sich auf Driesen stürzen, denkt Marie. Überhaupt wirkt er dermaßen aufgedreht, als hätte er vor der Verhandlung eine ordentliche Dosis Amphetamine eingenommen.

»Würden Sie bitte zu mir sehen«, fordert der Vorsitzende ihn auf. »Was geschah nach dem Schlag?«

»Ich sollte die Taschen leeren. Verstehen Sie, es waren drei. Mit einem wäre ich fertig geworden«, sagt er in Richtung Driesen. »Ich holte das Handy und die Brieftasche heraus. Er nahm die Sachen und verschwand mit den anderen.«

»Erkennen Sie die Mittäter im Gerichtssaal?«, erkundigt sich die Schöffin.

»Ja, sicher.« Er zeigt auf die beiden Mitangeklagten.

»Ich möchte mich in aller Form bei Ihnen entschuldigen und verspreche, dass es nie wieder vorkommt.«

»Nicht in diesem Ton, Herr Driesen, außerdem sind Sie noch nicht dran.« Die Stimme des Vorsitzenden, sanft, aber entschieden. »Gibt es weitere Fragen an den Zeugen?«, wendet er sich an die Schöffen und die Staatsanwältin.

»Waren Sie an dem Abend alkoholisiert?«, fragt die junge Schöffin.

»Wir hatten ein Bier getrunken, wenn Sie das meinen. Unter Freunden. Mit dem Fahrrad konnte ich fahren.«

»Danke, das ist alles. Ich habe keine weiteren Fragen.« Die Schöffin lehnt sich zurück. Die Sache ist entschieden. Marie überlegt, ob sie noch Bewährung für Fabian beantragen kann, ohne sich lächerlich zu machen. Vielleicht sollte sie Udo fragen, was er davon hält. Sinnlos, sie kennt seine Antwort.

Die Stimme der Staatsanwältin: »Leiden Sie noch unter dem Vorfall?«

»Das Hämatom an dem rechten Auge ist verheilt, wenn Sie das meinen.« Er grinst zur Anklagebank rüber.

»Ich möchte mich entschuldigen, es wird nicht mehr vorkommen.« Driesen mit der gleichen Aggression in der Stimme.

»Was ist in ihn gefahren?«, fragt Marie ihren Kollegen.

»Keine Ahnung. Bei den anderen Zeugen klang es entschieden besser«, bestätigt Udo Fröbel. »Wir sollten ihnen einen Boxring empfehlen.« Er lacht.

Der Vorsitzende lässt sich von der angespannten Stimmung im Saal nicht beeindrucken, sondern sieht zu den Mitangeklagten, ob sie sich Kristof anschließen. Tatsächlich nutzen sie die Stille, um ihre Entschuldigungen vorzubringen. Der Zeuge schüttelt den Kopf. Es gibt keine weiteren Fragen an ihn, der Vorsitzende reicht ihm die Legitimation für die Auszahlung von Fahrtkosten und Verdienstausfall. Simon Wrede begibt sich betont lässig zu den hinteren Besucherplätzen.

Der Vorsitzende schließt die Beweisaufnahme. Die

Bundeszentralregisterauszüge werden verlesen, ebenso das letzte Urteil des Schöffengerichts und ein schriftlicher Bericht der Jugendgerichtshilfe, indem Jugendstrafen für die drei Beschuldigten angeregt werden. Eine Teilnahme an der Verhandlung wurde aufgrund von Krankheit abgesagt, auf die Mitwirkung der Bewährungshilfe verwiesen. Der Vorsitzende bittet um kurze Stellungnahmen in der Reihenfolge Driesen, Mitter, Meisner. Marie Marler versteht kaum, was ihr Kollege für seine Klienten vorträgt, zu sehr ist sie mit der eigenen Einlassung beschäftigt. Sie ergänzt ihre Notizen in der Akte für den Fall, dass sie den Faden verliert. Ist ihr schon passiert. Wieder überkommt sie das Gefühl, ob es nicht besser wäre, sich anderswo als Sozialarbeiterin zu bewerben, vielleicht in einer Therapieeinrichtung. Oder neu zu starten mit einer Ausbildung oder einem Studium. Sie interessiert sich für Kunst, Gestaltung, alles, was mit Inneneinrichtung und Dekoration zu tun hat. Die Gerichtsverhandlungen regen sie zu sehr auf, es graut ihr davor, Jugendliche einzusperren. Sie muss sich immer wieder sagen, dass sie nicht jeden schützen kann. Die letzte Entscheidung trifft das Gericht. Ihr Kollege schließt eine günstige Prognose für Driesen und Mitter aus, plädiert auf Jugendstrafen mit dem vordringlichen Ziel, sie aus ihrem Umfeld zu lösen. Im offenen Vollzug könnten sie einen Schulabschluss erreichen, um die Voraussetzung für eine Ausbildung nach der Entlassung zu schaffen. Seine Ausführungen decken sich mit den Berichten der Jugendgerichtshilfe, die allgemeine Zustimmung im Saal ist ihm sicher. Marie fragt sich, ob der Umgang im Jugendvollzug weniger schädlich ist, doch sieht zumindest bei Driesen keine positive Prognose. Vielleicht würde ihn eine intensive Betreuung auf dem Bauernhof verbunden mit einer Ausbildung auf einen anderen Weg bringen. Auf keinen Fall dürfte er in die bisherigen Verhältnisse zurückkehren. Udo ist mit der Stellungnahme fertig, er beugt sich zu ihr. »Spar dir lange Ausführungen, die Sache ist entschieden.« Er lehnt sich zurück.

Sie sieht zum Vorsitzenden, zur Staatsanwältin, zu Fabian, seiner Mutter. Soll sie auf den Kollegen hören? Nein, sie lässt sich nicht von ihrer Überzeugung abbringen, auch wenn das Urteil feststeht. Sollen sie von ihr denken, was sie wollen. Wenn sie anfängt, sich zu verbiegen, gibt es kein Halten mehr. Dann wird sie die Bewährungshilfe schneller verlassen, als es ihr lieb ist, auch wenn sie nachher ohne einen Cent dasteht. Sie setzt sich aufrecht, wird nicht an ihrem Rock ziehen, sondern sich auf Fabian konzentrieren. Sie schildert die Trennung seiner Eltern, den Kontaktabbruch zum Vater, betont, dass die Mutter alle Hände voll mit dem jüngeren Bruder zu tun hatte, erntet dafür ein zustimmendes Nicken von der hinteren Besucherreihe. Fabian habe Vorbilder außerhalb der Familie gesucht, sie in den beiden Mittätern aus der höheren Klasse gefunden, die ihn zu den räuberischen Ausflügen mitgenommen hätten. Nach der ersten Verurteilung habe er sich nicht lösen können. »Jede Veränderung benötigt Zeit. Mit einem Urteilsspruch allein ist es nicht getan. Erst in den Nächten auf der Zelle hat er sich geschworen, sein Leben von Grund auf zu ändern. Da hat er die Tragweite seines Handelns eingesehen.«

»Waren Sie dabei?«, fragt die Staatsanwältin von oben herab. »Das klang beinahe so.«

Marie senkt den Blick, um ihre Wut zu verbergen. »Es gibt keinen Grund, an seinen Worten zu zweifeln.« Sie hat sich wieder im Griff und führt aus, dass Fabian Meisner bei den Taten stets im Hintergrund geblieben war, der Zeuge Neuberger ihn nicht mal wahrgenommen hatte. Er könne nicht mit den Mitbeschuldigten auf eine Stufe gestellt werden. Es wäre erzieherisch geboten, dabei auch ausreichend, auf den jungen Menschen im Rahmen einer Bewährungsstrafe einzuwirken, um neue Straftaten zu verhindern. Sie nimmt das Kopfschütteln der Staatsanwältin und einiger Besucher wahr, unter denen sie Christiansen und seine Freundin erkennt. Sie sehen wesentlich hochnäsiger aus als im Zeugenstand. Sie versucht es erneut: »Die Unterlagen vom Schöffengericht erhielt ich verzögert. Ich hatte ihn gerade ins Büro eingeladen, als die Nachricht über die Untersuchungshaft einging. In Freiheit fand bei ihm noch keine Betreuung statt.«

»Genau wie bei den Mittätern.« Die Stimme der Staatsanwältin. Von ihr lässt sie sich nicht in die Stellungnahme pfuschen. »Beim Besuch im Jugendvollzug Wuppertal-Ronsdorf wirkte er von der Haftverbüßung abgeschreckt. Er berichtete offen über seine Vergangenheit. Kristof Driesen und Timo Mitter halfen ihm, als er in der Klasse gemobbt wurde. Er begleitete sie dafür bei den Überfällen.« Sie erhebt ihre Stimme. »Sehen Sie zur Anklagebank! Sie können ihn nicht auf eine Stufe mit den Mittätern stellen.« Automatisch blicken alle dorthin. Marie ist überrascht, hält einen Moment inne, holt tief Luft und fährt fort: »Ich wiederhole: Fabian hat sich nicht aktiv ins Geschehen eingemischt, er war auch nicht in der Lage, die Freunde zurückzuhalten oder den Tatort zu verlassen.« Sie wird von der Staatsanwältin unterbrochen. »Sie vergessen die Zeugin Lindner. Sie hat uns unter Tränen mitgeteilt, dass Herr Meisner es war, der sie festhielt, um ihre Flucht zu verhindern. Zweifeln Sie an den Worten der Zeugin?«

Marie denkt an Fabians Vater auf dem Flur: »Sie tat ihm leid. Das war alles. Er wollte sie vor den anderen schützen.« Ein anerkennender Blick von der Anklagebank.

»Versteh ich nicht«, sagt die Staatsanwältin. »Ich kann mir nicht vorstellen, dass die beiden anderen ihr nachgelaufen wären.«

Marie atmet tief durch, wird lauter: »Ich rege an, Fabian Meisner eine zweite Bewährungschance zu geben. Bei einer engmaschigen Betreuung wird er strafrechtlich nicht mehr in Erscheinung treten. Sollte sich das Gericht meinen Ausführungen anschließen, werde ich die Hintergründe der Mittäterschaft mit ihm aufarbeiten, gleichzeitig die schulische und berufliche Entwicklung unterstützen.« Sie sieht sich um. Ihre Worte haben die Stimmung im Saal nicht verändert. Was soll sie noch anführen? Gegen die Staatsanwältin hat sie keine Chance. »Fabian ist nachhaltig von der U-Haft abgeschreckt, ein Zusammentreffen mit den Mittätern draußen nicht möglich. Bei einer positiven Orientierung auf Schule und Beruf wird er nicht rückfällig. Es besteht eine günstige Sozialprognose …«

»Meinen Sie«, fährt die Staatsanwältin sie an, »draußen gibt es keine anderen Driesen und Mitter, mit denen Ihr Klient die Überfälle fortsetzen kann? Es liegt in seiner Verantwortung, ob er Straftaten begeht … mit wem auch immer. Im Vollzug kann er sich Betreuer, Sozialarbeiter, Lehrer zum Vorbild nehmen. Niemand zwingt ihn, sich an Mithäftlinge zu halten. Oder wird seine Schuldfähigkeit angezweifelt? Wird ein Gutachten angeregt?«, wendet sie sich mit einem Lächeln an den Rechtsanwalt. »Die junge Bewährungshelferin scheint Ihren Mandanten unterbringen zu wollen.«

»Nein, dafür gibt es keine Anhaltspunkte«, entgegnet Oberler sichtlich genervt.

»Na also!«, betont die Staatsanwältin. »Reden wir Klartext. Fabian Meisner hatte seine Bewährungschance. Wie die beiden anderen auch. Dass die Betreuung nicht griff, lag an der kurzen Zeitspanne bis zu den neuen Straftaten. Da kann die Bewährungshelferin kaum erwarten, dass wir die nächsten Überfälle abwarten. Sie haben die Tränen der Zeugin bei der Erinnerung an die brutale Tat gesehen. Besondere Tendenzen, die Beschuldigten zu belasten, waren nicht spürbar. Übrig bleiben die Raubüberfälle nicht mal einen Monat nach dem milden Urteil des Schöffengerichts. Da kann ich beim besten Willen keine günstige Prognose erkennen, die Voraussetzung für eine Bewährung ist. Ich bleibe dabei, die Angeklagten würden eine erneute Aussetzung der Jugendstrafe als Freispruch werten und ihr Treiben unvermindert fortsetzen.«

Marie schließt die Augen, streicht mit den Händen über ihre kurzen Haare. Sie hat sie gestern nachschneiden lassen, muss sich erst daran gewöhnen.

»In drei Monaten würden wir erneut hier sitzen«, vernimmt sie die unnachgiebige Stimme. »Die Verbüßung im Jugendvollzug ist erzieherisch geboten. Da werde ich der Stellungnahme der Jugendgerichtshilfe und Ihrem erfahrenen Kollegen folgen. Alles andere wäre eine Verhöhnung des Gerichts.«

Marie sieht zu Udo Fröbel. Dem Gesichtsausdruck entnimmt sie die Mahnung, keinen Aufstand zu proben, sondern ruhig zu bleiben. Schon bei ihrer Einstellung hatte er ihr Temperament angesprochen und Gelassenheit gepredigt mit den Worten des amerikanischen Theologen Reinhold Niebuhr: Die Dinge hinzunehmen, die sie nicht ändern kann. Wenn das so einfach wäre. Sie hat das Gefühl, dafür müsste sie sich ihr Herz herausreißen. Warum wollen sie Fabian keine zweite Chance geben? Einsperren können sie ihn immer noch, wenn es schiefgeht.

Kapitel 3

Der Vorsitzende verkündet eine einstündige Sitzungspause. Die Staatsanwältin und die Rechtsanwälte bittet er zur Beratung ins Hinterzimmer, die Besucher den Saal solange zu verlassen. Die Wachtmeister führen die Angeklagten durch einen Hinterausgang zu den Vorführzellen.

Fabian freut sich, dass sein Vater zu der Verhandlung gekommen ist, bedeutet es doch, dass er sich für ihn interessiert. Er spürt Kristof dicht neben sich.

»Was erzählt die geile Bewährungshelferin für einen Schwachsinn? Wir sollen Knast schieben, während du bei Mama auf dem Sofa sitzt.«

»Was kann ich dazu?«, verteidigt sich Fabian. »Ehrlich, wir haben bei ihrem Besuch nicht darüber gesprochen.«

»Pass mal auf!«, flüstert Kristof. »Wir haben uns die Suppe zusammen eingebrockt, die löffeln wir auch zusammen aus. So einfach ist das. Kapiert?«

Fabian entgegnet kleinlaut: »Ich gehe nicht mehr in den Knast. Ich halte es nicht aus. Echt nicht.«

»Aber wir, was?«, zischt Kristof. »Bist so ein Opfer!«

Ein Wachtmeister mischt sich ein. »Ruhe, bitte!«

Timo schleicht sich von hinten an Kristof heran. »Du hast dem Neuberger das Portemonnaie gebracht? Sonst nicht deine Art.«

»Der Schleimer hat`s ihm gegeben.« Kristof deutet auf Fabian. »Aber die Tour habe ich ihm vermasselt.«

»Geht`s ein bisschen schneller! Wir haben nicht ewig Zeit.« Der Wachtmeister hält die Verbindungstür zu den Zellen auf. Weiße Wände, helles Neonlicht.

»Mein Anwalt hat von einer Vereinbarung gesprochen«, hört Fabian die Worte von Timo. »Sie lassen uns raus, wenn wir das Urteil annehmen. Bei mir sind es zwanzig Monate.«

»Hat er was zu mir gesagt?« Fabian zwingt sich zur Ruhe. »Klar, Mann! Heute geht`s zur Mama. Morgen zur Nachschulung in den Knast.« Timo lacht über seinen Scherz.

Der Beamte schließt eine Eisentür auf. »Wir sind da.«

»Damit das klar ist. Wir nehmen die Vereinbarung an. Treffen uns heute um acht vorm Mandra«, hört Fabian die Worte Kristofs, bevor die Tür hinter ihm ins Schloss fällt. Er schlägt die Hände vors Gesicht. Warum um alles in der Welt musste er weiter mit denen abhängen? Er wusste, wie Kristof tickt. Er hofft auf die Überzeugungskraft der Bewährungshelferin, redet sich ein, die zweite Chance verdient zu haben. Die können ihn nicht mit den anderen auf eine Stufe stellen und zurück in den Knast schicken. Er wachte jede Nacht schweißgebadet auf. Wenn er die Augen schloss, rückten die Wände näher, drohten ihn zu zerdrücken. Er brauchte etwas zur Beruhigung. Der Anstaltsarzt wollte ihm nichts verschreiben, die Dealer auf den Fluren forderten ihren Preis. Was sollte er machen? Sein Blick verschwimmt. Er erträgt keine weitere Nacht. Überlegt, einen Gürtel auf die Zelle zu schmuggeln, wenn er nach Wuppertal zurückgeschickt wird. Er muss ihn gut verstecken, sonst kassieren sie ihn ein.

Nach einer dreiviertel Stunde dringt der Schlüssel von außen in die Tür. Fabian hofft auf die Bewährungshelferin, doch der Pflichtverteidiger kommt herein. Oberler erläutert ihm die Vereinbarung, von der Timo sprach. Achtzehn Monate im offenen Vollzug, dafür die sofortige Aufhebung der Untersuchungshaft. Er redet von restlichen Sommertagen im September, von einem Schulabschluss, den er im offenen Vollzug nachholen könne. Bei guter Führung sei bei der ersten Inhaftierung eine vorzeitige Entlassung zur Halbstrafe zu erreichen. »Heute kriegen wir ein rechtskräftiges Urteil, mit dem es sich leben lässt. Sie müssen nur zustimmen.«

Fabians Blick wandert von seinem Anwalt zur Tür. Kann sein Vater nicht hereinkommen und ihn abholen? Er würde überall mit ihm hingehen. Auf den Augenblick wartet er, seit Vater mit der Freundin aus seinem Leben verschwunden ist. Oberler redet und redet, ob er zuhört oder nicht. Inzwischen ist der Anwalt bei den eigenen Kindern angelangt, die bald ein Einser Abitur in den Händen hielten. Weil er ihnen früh genug verdeutlicht habe, wie wichtig die Schule sei. »Was kann man heute ohne Studium machen?« Oberler schüttelt den Kopf. Offenbar hält der Anwalt ihn für einen Vollpfosten. Soll er ihm sagen, dass er die qualifizierte Fachoberschulreife nachgeholt und sich für die Kollegschule im Bereich Gestaltung angemeldet hat, um später Grafikdesign zu studieren? Dass er vor der Haft Stunden damit verbracht hatte, Comics zu entwerfen und sie am Notebook seiner Mutter zu bearbeiten. Nein, sinnlos. Der Anwalt sieht in ihm nur den Straftäter genau wie das Gericht, als hätte er Tag und Nacht Raubüberfälle verübt und keine anderen Interessen. Mit einem Stift und einem Block würde er riesige Zahnräder malen, die ineinandergreifen und ihn langsam zermalmen. Marie Marler hatte er bei ihrem Besuch im Knast von den Panikanfällen erzählt, der Schlaflosigkeit, den Demütigungen in Haft. Von Vater, der klanglos aus seinem Leben verschwunden ist, und Mutter, die sich nur um den kleinen Bruder gekümmert hat und in Fabian Vaters Ebenbild sah. Von Onkel Wolfgang hat er niemandem erzählt. Vielleicht hätte er es tun sollen.

»Kann ich meine Bewährungshelferin sprechen?«, fragt er den Anwalt.

»Wozu? Sie wird Ihnen nichts anderes sagen. Es gibt nur die Möglichkeit, die Vereinbarung anzunehmen. Sie haben die Aussagen der Zeugen gehört. Ich kann Ihnen versichern, die Stimmung ist gegen Sie. Es bedurfte meiner ganzen Überredungskunst, die Vereinbarung durchzusetzen. Die Schöffen wollen Sie nicht rauslassen, das können Sie mir glauben. Wenn Sie ablehnen, ist Ihnen nicht mehr zu helfen. Sie riskieren eine hohe Strafe und bleiben bis zur Entscheidung über die Berufung hinter Gittern.« Oberler wird laut, seine Stimme überschlägt sich, als hätte Fabian den Vorschlag abgelehnt. »Wie lange soll das dauern?«, fährt der Anwalt fort. »Ich habe Sie so verstanden, dass Sie aus dem geschlossenen Vollzug rauswollen. Also, was gibt es zu überlegen?«

»Nichts«, antwortet Fabian klar und deutlich. Es stimmt ja, er hat die Stimmung im Saal gespürt. Er kann seinem Anwalt dankbar sein, dass er ihn aus der U-Haft befreit. Oberler hat ihm eine Frage gestellt. Ob er bereit sei, in den Sitzungssaal zurückzukehren. »Das Gericht hat nicht ewig Zeit. Die Stunde ist um.«

Fabian nickt ihm zu. Das Gesicht seines Anwaltes entspannt sich. Er hat sein Ziel erreicht und drückt auf die Ampel neben der Tür, die den Wachtmeistern in der Zentrale das Ende des Gesprächs signalisiert.

Fabian hatte sich die Verhandlung anders vorgestellt, er hatte gehofft, sie würden die Beweggründe durchleuchten, die Entwicklung, die Tatbeteiligung berücksichtigen. Hätte es etwas genutzt, der Bewährungshelferin alles zu erzählen? Er bezweifelt es. Die Wachtmeister führen ihn über Hintertüren in den Sitzungssaal zurück. Neugierige Augen mustern ihn. Er nickt den Mittätern zu, während Oberler gegenüber den Kollegen von einer schweren Geburt spricht und zur Unterstreichung tief ein- und ausatmet. Seine Freunde wirkten erleichtert, warum kann er sich nicht freuen? Weil es nur aufgeschoben ist. Er wird nicht schlafen können, nächtelang wachliegen. Wird jeden Morgen zum Postkasten laufen, um zu kontrollieren, ob der Brief der Staatsanwaltschaft eingetroffen ist. Er wird die Erleichterung spüren, wenn er eine weitere Nacht zuhause bleiben kann, und die Panik, wenn er die Ladung zum Strafantritt in den Händen hält.

Kapitel 4

Auf dem Weg in die Gerichtskantine versucht ihr Kollege, Marie zu trösten. »Deine Worte waren gut, zu gut. Ich würde Fabian die Zusammenarbeit mit dir gönnen. Dem Gericht fehlt die Sensibilität, dass der Junge jemanden braucht, der an ihn glaubt. Sie sind überzeugt von seinen schädlichen Neigungen, die sie hinter Gittern kurieren wollen. Marie, wir haben gerade den Glauben an Exorzisten hinter uns gelassen, vor wenigen Jahrzehnten Menschen wegen ihrer Herkunft oder Gesinnung eingesperrt. Was erwartest du? Eine gegen alle ...« Udo lacht.

Sie denkt an seine Vorliebe für Menschheitsgeschichte. Erst vor kurzer Zeit schwärmte er vom Besuch des Neandertal-Museums in Mettmann mit seiner fünfzehnjährigen Tochter. Vor den Toiletten hält er sie auf: »Bestellst du mir einen großen Kaffee und ein Stück Streuselkuchen? Ich komm nach.« Ohne eine Antwort abzuwarten, drückt er ihr fünf Euro in die Hand und verschwindet hinter der Tür.

An der Verkaufstheke wird sie sofort bedient, trägt Kaffee und Kuchen auf einem Tablett zu einem Tisch am Fenster. In ihrem Kopf versuchen Exorzisten, Fabian den Teufel auszutreiben. Ihr Kollege kommt von der Toilette. Sie winkt ihm zu, doch er geht direkt an ihr vorbei. Sie sieht ihm verwundert nach und erkennt Kramer und Schulz von der Mordkommission an einem der hinteren Tische. Wie konnte sie die beiden übersehen? Sie sollte einen Augenarzt aufsuchen. Nein, daran liegt es nicht, tröstet sie sich. Wenn sie in Gedanken vertieft ist, nimmt sie ihre Umgebung nicht wahr. Sie folgt Udo und begrüßt die Kollegen des KK11. »Nanu, ein Mordfall im Gericht?«, fragt sie Kramer mit ihrem schönsten Lächeln.

»Eine Besprechung beim Oberstaatsanwalt«, entgegnet er. »Und Sie versuchen, die Welt zu retten?« Er lächelt zurück.

Sie spürt seinen Blick, der ihren Körper streift. Es gefällt ihr, sie versucht automatisch, ihre Figur zu betonen. »Nur einen Klienten«, sagt sie. »Doch mein Kollege hat mir alle Hoffnung genommen.«

Udo Fröbel zuckt mit den Schultern. »Man sollte keine Hoffnung wecken, wo es nichts zu hoffen gibt ... meinte Nietzsche.«

Die hellblauen Augen von Kramer, dazu seine Stimme: »Lassen Sie sich Ihr Engagement nicht kaputtreden ... es gefällt mir besser als nur Sprüche.«

Er spricht aus, was sie fühlt. Sie erwidert überschwänglich: »Wenn ich mich für eine Bewährung einsetze, halten mich alle für naiv. Wissen Sie, wie frustrierend das ist ... gegen Windmühlenflügel anzukämpfen.« Sie erinnert sich, dass Kramer bei der Polizei arbeitet, und weicht seinem Blick aus. Sie hat den Eindruck, den Augen entgeht nichts.

»Bleiben Sie sich treu«, betont er, als hätte er ihre Gedanken gelesen. »Darauf kommt es an.« Er entschuldigt sich, die halbe Belegschaft sei krank, sie müssten überall vertreten und schon aufbrechen. Er nimmt das Tablett vom Tisch, sieht in ihre Augen. Sie hält dem Blick stand. Er stolpert, kann nur durch heftige Jonglierbewegungen verhindern, dass das Geschirr auf den Boden rutscht. Sein Kollege sieht ihm kopfschüttelnd zu. Marie kann sich ein Lachen nicht verkneifen. Kaum sind die Beamten aus der Tür, fragt sie Udo Fröbel: »Ist er mit Nina zusammen?«

»Ich glaube, unsere hübsche Verwaltungskraft ist mehr an ihrer Freundin interessiert.«

»Meinst du?« Marie wundert sich, dass Udo Fröbel darüber besser informiert ist als sie.

»Frag sie, wenn wir zurück sind«, ergänzt Udo.

»Genau das habe ich vor. Wie ist Kramer denn so? Du kennst ihn schon länger.«

Udo zuckt mit den Schultern. »Nur von der Arbeit … da ist er immer zur Zusammenarbeit bereit. Für das andere interessiere ich mich nicht. Das musst du herausfinden. Du hast ihn nervös gemacht.«

Marie würde gerne länger über Kramer reden, doch Udo wechselt das Thema. Wahrscheinlich hat ihm die Kritik an seinem Spruch nicht gefallen. Sie muss grinsen.

»Was haben Fabians Eltern gesagt? Wie ist dein Eindruck?«, fragt er.

»Du hast die Mutter im Gerichtssaal gesehen. Sie

wirkte unnahbar. Sie ist nicht einmal in der Lage, Blickkontakt aufzunehmen.«

Er nickt bestätigend. »Ja, das ist mir aufgefallen.«

»Beim Besuch schob sie alles auf Fabians Vater. Der Auslandseinsatz mit der jungen Kollegin wäre ihm wichtiger gewesen als seine Kinder. Er habe super verdient, trotzdem nur den Pflichtteil geschickt. Die große Wohnung wäre ihr zu teuer geworden. Fabian hätte nicht mal ein eigenes Zimmer, wenn er aus der Haft komme. Sie könne ihm nur die Schlafcouch im Wohnzimmer beziehen.«

»Und vor der Haft?«, fragt Udo amüsiert. »Ich meine, es ist nicht lange her. Zwei Monate! Er muss vorher irgendwo geschlafen haben.«

»Nach dem Umzug in die kleine Wohnung hätte er mit seinem Bruder ein Zimmer geteilt. Eine Zumutung!«

»Also hofft sie, dass er in Haft bleibt. Ist ja super. Was ist mit dem Vater? Er machte einen kranken Eindruck. Hattest du ihn gebeten, zur Verhandlung zu kommen?«

»Ich hatte bei seiner Einheit angerufen. Montag rief er zurück, ich hatte schon nicht mehr damit gerechnet. Angeblich hatte er keine Ahnung von den Straftaten. Ich habe ihn gefragt, wie er sich die Entwicklung erklärt. Ob Fabian in seiner Kindheit schwer traumatisiert wurde.«

»Intuition oder gab es Hinweise?«, fragt Udo.

»Die Vollzugsbeamten machten eine Andeutung. Er gerate dort unter die Räder.« Sie errötet leicht.

»Was sagte sein Vater zu einer Traumatisierung?«

»Die Trennung sei für Fabian ein schwerer Schlag gewesen. Vor dem Afghanistaneinsatz hätten sie viel unternommen, Centerparks besucht und so. Von Missbrauch oder Misshandlung wollte er nichts wissen.«

Udo Fröbel stopft den Kuchen in sich hinein und stürzt den Kaffee runter. »Wir müssen zurück.« Er sieht auf ihren Kaffeepott. »Du hast ihn nicht mal angerührt.«

Marie nimmt eine Tablette, trinkt einen Schluck und folgt ihrem Kollegen.

Udo hält ihr die Tür zum Gerichtssaal auf. Sie winkt ab. »Ich komm nach.« Sie hat Frau Meisner auf einer Sitzgruppe an den Fenstern entdeckt. Die Rothaarige aus dem Besucherraum redet auf sie ein, dieselbe, die vorhin neben Fabians Vater saß. Sie wüsste zu gern, was die Frau für eine Rolle spielt, doch möchte die Unterhaltung nicht stören. Sie versucht, ein paar Worte zu erhaschen, und versteht, dass die Rothaarige jemanden aus der Wohnung geworfen hat, der Frau Meisner nahesteht. Mit ihrem Mann sei nicht zu spaßen, wenn es um den Jungen gehe. Er sei in einem Schützenverein und ein Waffenliebhaber. Marie versteht die Zusammenhänge nicht. An den Blicken der umstehenden Zeugen und Besucher nimmt sie wahr, dass sie der Unterhaltung nicht allein zugehört hat.

Udo Fröbel kommt aus dem Gerichtssaal. Er meint, es würde dauern. In der anderen Ecke des Flures wird es laut. Herr Mitter regt sich auf. »Driesen hat meinen Sohn auf dem Gewissen. Das können Sie ruhig hören«, schimpft er in Richtung Fröbel.

Ihr Kollege legt Mitter vorsichtig die Hand auf die

Schulter und redet beruhigend auf ihn ein.

»In Sachen Driesen und anderen werden die Beteiligten gebeten, wieder einzutreten«, ertönt es über die Lautsprecheranlage.

Marie hält die Tür ihrem Kollegen auf und wartet auf Frau Meisner, die flüchtig grüßt und zu ihrem Platz eilt, bevor Marie sie ansprechen kann. Die Rothaarige verlässt die Etage über das Treppenhaus.

Beim Erscheinen des Vorsitzenden stehen die Anwesenden auf. Er bittet, wieder Platz zu nehmen. Die Anwälte verkünden, nach Rücksprache mit ihren Mandanten den Vereinbarungen zuzustimmen. Die Erleichterung ist bei Richtern und Schöffen erkennbar.

Die Staatsanwältin und die Rechtsanwälte halten ihre Plädoyers. Die Beschuldigten haben das letzte Wort. Kristof und Timo schließen sich ihren Anwälten an. Fabian zögert, bringt keinen Laut heraus, nickt schließlich dem Vorsitzenden zu. Das Gericht zieht sich zur Beratung zurück.

Marie geht zur Anklagebank und umarmt ihren Klienten. »Ich hatte keine Wahl, als die Vereinbarung anzunehmen«, entschuldigt er sich.

Marie sieht zu seinem Anwalt, der mit einem Kollegen den Saal verlässt.

»Ich konnte das Gericht nicht von einer Bewährung überzeugen«, sagt sie. »Leider.«

»Trotzdem danke ich Ihnen.« Er versucht ein Lächeln.

»Wenn das Gericht die Vereinbarung bestätigt, wirst du in vier bis sechs Wochen eine Ladung in den offenen

Vollzug der JVA Hövelhof erhalten. Das ist mit einem großen Jugendlager zu vergleichen. Du schaffst es, da bin ich mir sicher.« Marie sieht ihm in die Augen. »Geh vorher zu deinem Hausarzt. Erzähl ihm von den Panikattacken auf der Zelle. Er soll dir was zur Beruhigung verschreiben. Du hast doch einen Hausarzt?«

»Ja, Dr. Konrad. Ich werde ihn morgen aufsuchen. Versprochen.« Sein Blick hält sie fest.

»Möchtest du mir etwas sagen? Nur raus damit.« Sie wartet, doch er schüttelt den Kopf.

»Ich hoffe, ihr trefft euch nicht gleich am ersten Abend. Zusammen heckt ihr nur Unsinn aus«, mahnt Marie. Seine Mutter kommt dazu, hat die letzten Worte mitgehört. »Wie oft habe ich ihm das gesagt. Zum einen Ohr rein, zum anderen raus. Man kann den Jungen in dem Alter nichts verbieten. Sie machen, was sie wollen.« Sie umarmt ihren Sohn. Zu flüchtig für Marie. Vielleicht ist es ihr unangenehm vor den Leuten. Oder sie fürchtet um ihre stylische Aufmachung. Da könnte schon etwas verrutschen, denkt Marie. Sie überlegt, Frau Meisner auf die rothaarige Gesprächspartnerin anzusprechen, doch der Zeitpunkt ist ungünstig.

Kapitel 5

Fabian Meisner überlegt, wie er seine Sachen von der Anstaltskammer holen soll. Während der Untersuchungshaft werden sie dort aufbewahrt. Ob die Bewährungshelferin ihn nach Wuppertal fährt, wenn er sie fragt? Unterwegs könnte er ihr von seinem Onkel erzählen. Er bekommt sofort eine Gänsehaut. Es verfolgt ihn bei Tag und Nacht. Er hat bis heute keine Antwort, warum er es immer wieder zugelassen hatte. Er könnte schreien, die Stühle durch die Gegend werfen. Er fühlte sich ohnmächtig in der Gegenwart von Onkel Wolfgang. Im Internet hat er von einer Traumatherapie gelesen, er könnte Frau Marler danach fragen. Sie wird wissen, ob es die Möglichkeit einer Therapie statt Strafe gibt. Im Knast meinten sie, das gäbe es nur für Drogenabhängige. Es kann nicht sein, dass er dafür Drogen nehmen muss. Sie hat ihm eine Frage gestellt. Ob er ihr etwas sagen möchte. Sie hat einen siebten Sinn. Es ist die Gelegenheit. Er überlegt sich die Worte, doch bleibt stumm. Er traut sich nicht, der richtige Zeitpunkt verstreicht. Sie erwähnt, dass sie mit seinem Vater gesprochen hat, der zu einem dringenden Termin musste. Er würde ihm die Daumen drücken. Fabian schluckt. Ein Fünkchen Hoffnung. Seine Mutter begrüßt ihn mit einer flüchtigen Umarmung. Wie sie sich aufgemacht hat, er schämt sich vor der Bewährungshelferin, die zu ihrem Kollegen zurück-kehrt. Er ist enttäuscht. Konnte er nicht einmal seine Angst überwinden? Das ewige Schweigen bringt ihn nicht weiter. Er nimmt sich immer wieder vor, seine Gedanken auszusprechen. Wenn es soweit ist, findet er die Worte nicht, ist nur Leere in seinem Kopf. Mutter steht vor ihm, als erwarte sie etwas. Was denn? Wünscht sie, dass er im Knast bleibt? Fürchtet sie, ihn wieder zuhause zu haben? Er erkundigt sich nach dem kleinen Bruder, nimmt ein kurzes Blitzen in ihren Augen wahr. Sie berichtet von guten Schulnoten, von Erfolgen beim Fußballverein. Sie schwärmt von Moritz, bis das Gericht von der Beratung zurückkehrt.

Der Vorsitzende verkündet das Urteil. Achtzehn Monate Einheitsjugendstrafe für Fabian unter Einbeziehung der ersten Jugendstrafe. Auf Antrag der Staatsanwaltschaft werden die Haftbefehle aufgehoben. Staatsanwalt und Rechtsanwälte verzichten auf die Einlegung von Rechtsmitteln. Alles wie besprochen. Fabian versteht nicht, was es so lange zu beraten gab. Es schlich sich bei ihm die Hoffnung ein, sie könnten es sich anders überlegt haben.

Seine Mutter scheint es eilig zu haben. Sie erklärt ihm, dass Moritz vor der Schule warte. Sie habe versprochen, ihn abzuholen. »Ich hatte Angst, die Urteilsverkündung zu verpassen … wie dein Vater«, betont sie. »Hast du gesehen, wie grau er geworden ist? Na, ich sage ja nichts. Nachher heißt es wieder, ich ziehe über ihn her. Bis später, ich mache uns ein Abendessen.«

Mit den Worten lässt sie Fabian stehen und rauscht aus dem Gerichtssaal. Zu spät bemerkt er, dass sie ihm nicht mal Geld für die Bahn gegeben hat. Da kann er zusehen, wie er nach Wuppertal kommt, um seine Sachen zu holen. Ist klar, Moritz war ihr immer wichtiger. Er sieht sich um. Die Bewährungshelferin hat den Sitzungssaal verlassen. Soll er ihr nachlaufen? Nein, er möchte sich nicht aufdrängen. Es bleibt ihm der Gefängnistransporter. Das hat er von seiner Zurückhaltung. Er kann endlos warten, bis es losgeht. Unterwegs werden sie andere Vollzugsanstalten anfahren, um Gefangene nach Wuppertal mitzunehmen. Hoffentlich geben sie ihm Geld für die Rückfahrt, sonst gibt's ein neues Strafverfahren wegen Leistungserschleichung. Kristof steuert mit seiner Mutter auf den Ausgang zu, fängt Fabians Blick auf und ruft: »Um acht im Bermuda3eck … direkt am Mandra. Wenn die Sonne scheint, draußen, wenn's regnet, drinnen.«

Fabian überlegt, ihnen nachzulaufen. Etwas hält ihn zurück. Timo kommt in den Saal, bietet ihm eine Mitfahrgelegenheit bei seinen Eltern an. Er habe die Mutter allein weggehen sehen. Der Vater sei ja nur kurz geblieben. Es sei doch sein Vater gewesen?

Fabian fällt ein Stein vom Herzen. »Jaja«, bestätigt er, »mein Vater. Er hatte keine Zeit, musste zu einem wichtigen Termin.« Er begrüßt Timos Eltern. Die Mutter wirkt in den Joggingsachen immer so energisch, der Vater hat Hände wie Schaufeln. Fabian dankt ihnen für das Angebot, ihn mitzunehmen. Vor der Drehtür am

Ausgang des Gerichts wird ihm schwindelig. Seine Augenlider zittern. Sein Herz rast. Die Verhandlung war zu viel für ihn, er hat nichts zur Beruhigung, keine Tabletten, keine Zigaretten. Er hatte sich immer gegen Pillen gewehrt, im Vollzug war es nicht auszuhalten. Wie oft hat er sich eingebildet, die Nacht nicht zu überleben. Jetzt muss er sehen, wie er von dem Zeug runterkommt. Die Bewährungshelferin hat es gemerkt, sie sprach von einem Hausarzt. Genau da wird er morgen hingehen, um sich etwas verschreiben zu lassen gegen seine Panikattacken.

Auf dem Weg zum Auto bietet der Vater Timo und ihm eine Zigarette an, steckt sich dabei selbst eine an. Fabian zieht den Rauch ein, als hinge sein Leben daran. »Im Auto ist Rauchverbot«, erklärt die Mutter mit abfälligem Blick.

Fabian nimmt zwei kräftige Züge, flippt die Zigarette aus den Händen und rutscht mit Timo in dem Clio nach hinten.

»Ihr habt euch nicht viel zu erzählen«, stellt die Mutter nach kurzer Zeit fest. Fabian fühlt sich schuldig. Er hasst solche Vorwürfe. Soll sie sich ein Thema einfallen lassen, sie hat mit ihrem Mann noch kein Wort gewechselt. Ein leichtes Zittern, er darf es nicht zulassen, muss sich beruhigen. Es gibt hinten im Auto keine Türen, er fühlt sich eingeschlossen. Timos Eltern werden die Fahrt seinetwegen nicht unterbrechen. »Ich bin in Gedanken bei der Verhandlung. Timo wird es genauso gehen. Super nett von Ihnen, dass Sie mich mitnehmen. Wirklich, ich hätte sonst auf die Beamten warten müssen, bis sie nach Wuppertal aufbrechen.«

»Hatte deine Mutter keine Zeit?«, unterbricht sie ihn. »Ich habe sie bei der Verhandlung gesehen.«

Die Antwort liegt ihm auf der Zunge: Sonst wäre er nicht mit ihnen gefahren. Er hält sich zurück. Sie könnte es falsch verstehen. Überhaupt muss er aufpassen, nicht frech zu werden. Mit Timos Eltern ist nicht zu spaßen. Er möchte jeglichen Stress vermeiden. »Sie holt meinen kleinen Bruder von der Schule ab«, sagt er leise.

Timos Mutter schüttelt den Kopf. Das Zittern setzt wieder ein. »Sie konnte ja nicht wissen, dass wir aus der Untersuchungshaft entlassen werden.«

»Wir auch nicht«, kontert Frau Mitter. »Trotzdem waren wir vorbereitet.«

Fabian würde gerne erwidern, dass Timo keinen kleinen Bruder hat. Es würde nichts bringen, die Stimmung nur unnötig aufheizen. Das Zittern lässt sich nicht beruhigen. Er hat alle Mühe, einen aufkommenden Brechreiz zu unterdrücken.

»Und dein Vater? Ist ja ordentlich grau geworden. Jaja, das Leben. Er soll sich damals eine Jüngere genommen haben. Ist er krank? Ich meine, er wirkte krank.«

»Wir haben keinen Kontakt. Es hat mich gewundert, dass er gekommen ist. Ich wusste nicht, dass er aus Afghanistan zurück ist.« Fabian redet nicht gerne über seinen Vater. Er ist froh, dass Herr Mitter sich einmischt.

»Was passiert ist, könnt ihr nicht mehr ändern. Aber lasst die Finger von Kristof. Mit dem nimmt es kein gutes Ende. Was habt ihr euch bei dem jungen Mädchen gedacht? War es spannend, sie mit ihrem Freund in Angst zu versetzen?«, braust er in der Erinnerung auf.

»Nein, natürlich nicht«, sagt Timo kleinlaut.

Sein Vater ist noch nicht fertig. »Von der Polizei wie Schwerverbrecher abgeholt ... vor den Augen der Nachbarn ... ich hoffe, es war euch eine Lehre. Beim nächsten Mal könnt ihr sehen, wo ihr bleibt. Da spiele ich nicht mehr mit. Wenn ich euch noch einmal mit diesem Kristof erwische, sorge ich für einen kurzen Prozess.«

Fabian erinnert sich an die Polizeibeamten, die ihn am frühen Morgen abholten. Der Untersuchungsrichter erließ den Haftbefehl. Sie brachten ihn mit anderen in dem Transporter nach Wuppertal-Ronsdorf. Auf der Kammer der Haftanstalt musste er alle Sachen abgeben, wurde durch Gittertüren auf eine Zelle geführt. Eingeschlossen, zum ersten Mal in seinem Leben. Es war die Hölle. Nie mehr, er hat es sich geschworen.

»Der offene Vollzug soll einem Ferienlager ähneln«, dämpft die Mutter die Spannung im Auto. »Das hat zumindest der Anwalt gesagt.«

»Hoffentlich könnt ihr die Zeit für eine Ausbildung nutzen«, tönt ihr Mann dazwischen wie Rechtsanwalt Oberler. »Oder wollt ihr euer Leben lang Hartz IV beziehen? Wenn ich an früher denke, was mein Vater mit mir gemacht hätte.«

»Die Zeiten sind vorbei«, fährt Timos Mutter ihn an. »Ich möchte nichts mehr davon hören!«

Fabian ist froh, Wuppertal zu erreichen. Ihm graut vor

der Rückfahrt, vor den Sticheleien und Vorwürfen. Es dauert ewig, bis sie ihre Sachen von der Kammer in Empfang nehmen können. Zurück im Auto murmelt er etwas von totaler Müdigkeit und schließt die Augen. Er denkt an Moritz, den kleinen Bruder. Er hat absolut kein Geld, um ihm ein Geschenk mitzubringen.

Vor seiner Haustür erinnert ihn Timo an das Treffen im Bermuda3eck. Sofort denkt er an die warnenden Worte der Bewährungshelferin. Das Gericht hat nicht auf sie gehört, er braucht es auch nicht. Außerdem hat ihm Timo heute das Leben gerettet. »Bis später«, sagt er und bedankt sich noch einmal bei den Eltern.

Kapitel 6

Fabian Meisner zieht sich nach der Begrüßung des kleinen Bruders ins Bad zurück. Er genießt das Alleinsein in
der vertrauten Umgebung ohne lärmende Geräusche von
außen. Wenn Vater bis zur Urteilsverkündung geblieben
wäre, hätte er es ihm erklären können. Er hofft immer
noch auf ein Wunder, dass alles wie früher wird. Wenn
Vater nur nicht mit dieser Frau nach Afghanistan gegangen wäre. Da ist eine solche Wut in ihm, er weiß
nicht, damit umzugehen. Moritz klopft an die Tür.
Fabian soll zum Abendessen kommen. Mutter mag es
nicht, wenn man sich verspätet. Als die Familie vollständig war, regte sie sich darüber tierisch auf. Warum kann
er sich nicht von der Vergangenheit lösen? Es kommt
ihm vor, als sei er in einen Wartesaal gesperrt und hoffe
auf Befreiung.

Es gibt Pfannkuchen mit Apfelmus, die Lieblingsspeise
seines Bruders, dazu Hagebuttentee. Es ist alles wie
früher, als wäre er nie weg gewesen. Oder? Die Stimmung ist anders, Moritz ist anders, zumindest hatte er
immer etwas zu erzählen. Über ein neues Spiel oder
einen Film, ein Video auf YouTube. Mit irgendetwas hat
er ihn beim Essen genervt. Warum verhält er sich so abweisend? Ist es der Knast? Hat er davon erfahren trotz
Mutters Geheimhaltetaktiken? Sein Bruder ist nicht blöd,

er hatte mitgekriegt, wie sie ihn abholten. Vorsicht! Er darf das Thema nicht anschneiden. Dabei liegt es ihm auf der Zunge: Dreiundzwanzig Stunden auf der Zelle, nur eine Freistunde auf dem Hof. Ihr ahnt ja nicht, was es bedeutet, die Gedanken im Bad fließen zu lassen ohne Angst, von anderen behelligt zu werden. Er darf es nicht sagen. Mutter möchte verhindern, dass sein Bruder das Familiengeheimnis in einem unbedachten Moment verbreitet. Sie hat ihm von einem Internatsaufenthalt erzählt, weil Fabian die Schule schwänzte und schlechte Noten erzielte. Als Vorbeugung, dass der kleine Bruder nicht in das gleiche Fahrwasser gerät. Moritz sieht ihn erwartungsvoll an, er rutscht auf seinem Stuhl hin und her, stopft sich ein Stück Pfannkuchen nach dem anderen in den Mund. Mutter wird ihm verboten haben, den großen Bruder mit Fragen zu überhäufen. Oder woran liegt es, dass Moritz so still ist? Verdammte Scheiße! Vor der Haft hatte er ihn mit Fragen bombardiert. »Ich finde es okay mit dem Zimmer, wirklich. Du brauchst dir deswegen keine Gedanken zu machen«, spricht er seinen Bruder an. »Ich schlafe gerne im Wohnzimmer. Da ist der große Fernseher.«

Moritz sieht ihn traurig an und nickt. Kein Kommentar, nichts. Fabian spürt, wie ihm heiß wird, wie er schwitzt. »Das heiße Bad und der Tee«, entschuldigt er sich, nimmt die Rolle ZEWA von der Küchenzeile, reißt zwei Blätter ab und wischt sich über die Stirn. Die Frage lässt sich nicht verdrängen. War der Onkel während seiner Abwesenheit bei Moritz? Ist es das? Hat Mutter es zugelassen für das beschissene Geld? Genau wie bei ihm? Er versucht, im Gesicht des Bruders zu lesen. Tatsächlich hat sich ein Schatten darüber gelegt oder bildet er es sich ein? Seit der Onkel zu der Verlobten gezogen ist, hat er sich von ihnen zurückgezogen. Oder? Ist er während seiner Untersuchungshaft zurückgekehrt?

Der zwölfte Geburtstag vor einer Woche. Wie konnte er ihn vergessen? Er war mit dem Überleben hinter Gittern beschäftigt. Er springt auf, gratuliert seinem Bruder, umarmt ihn. Moritz lässt es über sich ergehen, als wäre es ihm unangenehm. So hat er ihn nie erlebt. Fabian legt den Pfannkuchen zurück, den er sich auf den Teller genommen hatte, und versucht, Blickkontakt zur Mutter herzustellen.

»Ist was?«, fragt sie. »Schmecken sie dir nicht mehr?«

Schwingen da Schuldgefühle mit? Offenbar ist ihr nichts heilig, wenn es ums Geld geht. Nicht mal ihr Lieblingssohn. Fabian zwingt sich zur Ruhe, möchte alles vermeiden, was die Stimmung aufheizen könnte. »Ich habe mich überschätzt«, erwidert er endlich. Vielleicht wäre es besser gewesen, wenn er direkt in den offenen Vollzug verlegt worden wäre. Wie bescheuert er war, sich die Rückkehr in rosaroten Farben zu malen. Alles wollte er verändern nach der Entlassung. Schule, Studium, Freunde. Wie konnte er glauben, dass es nur an ihm lag? Wer hatte es ihm eingeredet? Sein Anwalt oder die Sozialarbeiter im Knast? Schluss damit! Er lässt sich keine Schuldgefühle mehr einreden, spürt richtig, wie ein Sandsack von seiner Seele rutscht. Er greift zu der

Tasse, trinkt einen Schluck, fühlt den warmen Tee im Mund.

»Onkel Wolfgang besucht uns am Freitag«, sagt sie, als spräche sie übers Fernsehprogramm. »Seit der Trennung hat er niemanden mehr.«

Fabian meint, in ihrem Gesicht ein diabolisches Grinsen zu sehen. Die Worte hämmern in seinem Kopf. Er verschluckt sich, prustet den Tee auf den Tisch, holt die Rolle ZEWA, die Mutter ihm aus der Hand reißt. Er sieht in das erstarrte Gesicht von Moritz, rennt ins Bad, lässt Wasser über seine Unterarme laufen. Wartet, bis sich sein Herzschlag beruhigt hat, erst dann kehrt er ins Esszimmer zurück. »Ich bin noch nicht richtig angekommen«, entschuldigt er sich. »Was ist mit seiner Verlobten?«, greift er das Thema auf, ohne Moritz und sie anzusehen.

»Ach, du bist bei Onkel Wolfgang«, erwidert sie mit dem gleichen Grinsen im Gesicht.

»Hat dich mächtig verletzt, dass er damals nicht mehr kam … so von heute auf morgen. Ja, sie haben sich Anfang der Woche getrennt. Endgültig! Das hat er zumindest gesagt.«

Das meint sie nicht ernst, dass es ihn verletzt hat. »Warum haben sie sich getrennt?«, fragt er. »Ich erinnere mich an seine Worte, mit ihr würde er alt.«

»Das habe ich auch gedacht, als ich euren Vater heiratete. Man täuscht sich eben. Doch frage ihn selbst, wenn er kommt. Am Telefon wollte er es mir nichts sagen. Vielleicht ist sie zu ihrem Mann zurück. Sie machte von

Anfang an keinen stabilen Eindruck auf mich … immer überdreht … allein die komischen Hippieklamotten. Ich versteh bis heute nicht, was er an ihr fand. Du hast sie gesehen. Oder hast du sie nicht erkannt? Du hättest hören sollen, wie sie über euren Onkel hergefallen ist. So etwas von Undankbarkeit. Ich hatte ihn gewarnt, aber er hat ihr sein Geld in den Rachen geworfen und seine schöne Wohnung am Stadtpark aufgeben.«

Fabian erinnert sich an seine Verwunderung im Gerichtssaal, als er sie neben Vater sitzen sah. »Habt ihr über die Trennung gesprochen?«, fragt er.

Mutter guckt zur Seite. »Hörst du mir zu? Sie ließ kein heiles Haar an ihm, dabei hätte sie sich denken können, dass ich zu meinem Bruder halte.«

»Hat sie nicht einen kleinen Jungen?« Fabian ahnt den Grund für den Rausschmiss. Auch, worüber sie mit Mutter gestritten hat. Er fängt einen ängstlichen Blick von Moritz auf. Das kann nicht wahr sein.

»Kaum bist du hier, spukst du große Töne. Denk lieber daran, wo du Taschengeld herkriegst. Bei mir ist Ebbe im Portemonnaie und deine Nachhilfejobs haben sich erledigt. Onkel Wolfgang hat dir immer etwas gegeben.«

Fabian schwant Übles. »Hat er eine andere Wohnung oder wo hält er sich auf?«

»Er hat sich bis Freitag ein Hotelzimmer am Nordring genommen und ist in seiner Stammkneipe, wenn du ihn suchst. An der Brückstraße, du weißt schon. Er hat dich früher dahin mitgenommen. Ich habe ihm angeboten, bei uns zu wohnen, bis er was Neues angemietet hat. Wir können einen Zuschuss brauchen, wo wieder ein Esser mehr am Tisch sitzt.«

Fabian spürt den vorwurfsvollen Blick. Er zwingt sich zur Ruhe. Es hat keinen Sinn, durchzudrehen. Sie legt es darauf an, ihn zu provozieren, hofft insgeheim, dass er mit seinen Freunden wieder hinter Gittern verschwindet, um mit ihrem Bruder und Moritz allein zu sein. »Wo soll Onkel Wolfgang schlafen? Die Wohnung ist definitiv zu klein«, stellt Fabian fest.

»Es wird schon gehen. Die Couch ist groß genug. Ihr müsst zusammenrücken.«

Ihm fällt nichts ein, was er erwidern könnte. Nein, sie wird es nicht schaffen, ihn zu vergraulen. Er hat in den zwei Monaten auf der Zelle gelernt, so etwas auszuhalten.

»Onkel Wolfgang hat immer große Stücke auf dich gehalten … dir jeden Wunsch von den Augen abgelesen. Da kannst du dich erkenntlich zeigen.«

Sie treibt es auf die Spitze, hat ihr Konto sicher wieder bis zum Anschlag überzogen, sodass ihr die Mahnungen den Verstand rauben. Oder sie hat im Ruhrpark besondere Schuhe oder eine Handtasche entdeckt, die sie unbedingt haben muss. Wenn der Onkel sich an Moritz vergriffen hat, bringt er ihn um, so viel steht fest. Er hätte Lust, sie zu fragen, um es sofort zu klären. Die Ungewissheit hält er nicht aus. Er sieht zu Moritz, der seinem Blick ausweicht.

»Onkel Wolfgang kann die Couch allein haben. Solange er da ist, bleibe ich bei Moritz im Zimmer, selbst wenn ich auf dem Teppich schlafen muss.« Er wendet sich an den Bruder. »Wir gucken dein Programm, alles, was du willst, versprochen. Oder ich besorge einen Film. Hast du einen Wunsch? Ich bin nicht auf dem Laufenden.« Er überlegt, woher er das Geld nehmen soll. Er möchte Moritz nicht enttäuschen. Er wird Timo am Bermuda3eck anpumpen. Morgen wird er Frau Marler in der Sprechstunde nach einem Job fragen. Bei der Kollegschule lohnt sich der Einstieg in diesem Schuljahr nicht mehr, es sei denn, der Marler fällt etwas ein, um den Knast abzuwenden.

Moritz sieht ihn zum ersten Mal richtig an.

»Ich würde lieber Mario Kart mit dir spielen … auf meiner neuen Wii U.«

Fabian lässt sich nichts anmerken. »Okay, wir machen es uns vor der Konsole gemütlich mit Cola und Chips. Nur wir beide.« Zur Bestätigung schlägt er die Hände gegen die seines Bruders, freut sich über das erste Miteinander, seit er zurück ist.

Mutter schweigt, das Grinsen ist verschwunden. Sie zeigt keine Reaktion.

»Woher hat Moritz die Nintendo-Konsole?«, fragt Fabian, so freundlich er kann.

»Von Onkel Wolfgang. Zu seinem Geburtstag.« Sie steht auf, räumt den Tisch ab. »Dein Vater hat sich nicht blicken lassen. Mir fehlt das Geld. Tu nicht so, als wüsstest du es nicht. Denk mal an den Auftritt deines Vaters heute Morgen.« Sie scheint sich auf die Zunge zu beißen, sieht zu Moritz.

Der fragt nicht mal nach. Fabian versteht die Welt nicht mehr. Was ist hier los? Er geht zur Tür, dreht sich um. »Ich treffe mich in der Stadt mit Timo, bleibe nicht lange weg. In zwei Stunden bin ich zurück. Danke für das Abendessen.«

»Du hast kaum was gegessen. Ich hoffe, Kristof ist nicht dabei«, ruft sie ihm nach. »Der stellt was an, das spüre ich. War ein Fehler, ihn rauszulassen.«

Fabian verlässt die Küche und öffnet die Wohnungstür. Sein Bruder flitzt erst in sein Zimmer, folgt ihm dann in den Hausflur. In seiner Hand erkennt Fabian eine Drohne.

»Kannst du mir morgen bei Mathe helfen? Wir schreiben Freitag eine Klassenarbeit. Es ist wichtig.«

Fabian erkennt die Sorge in dem Blick, dass etwas dazwischenkommen könnte. »Klar, wir ziehen uns auf dein Zimmer zurück, wenn du aus der Schule kommst.«

Kapitel 7

Timo Mitter ist mit seinen Eltern in der Wohnung angekommen, da eröffnen sie ihm, dass sie ein Geburtstagsgeschenk in der Stadt besorgen müssen, von da aus gleich zur wöchentlichen Doppelkopfrunde fahren. Er versteht, sie haben ihre Pflicht erfüllt, ihn nach Hause geholt, zumindest die Hülle. Wie es innen aussieht, hat sie nie interessiert, seine Erfahrungen im Knast, seine Pläne für die Zukunft. Der Schmerz seiner Kindheit ist übermächtig, sobald er die elterliche Wohnung betritt. Er hatte sich nie geliebt gefühlt, saß bis in die Nacht vor dem Fernseher und wartete auf das vertraute Klappern der Schlüssel an der Wohnungstür. Allein traute er sich nicht, ins Bett zu gehen, er wagte nicht mal den Gang zur Toilette. Natürlich schimpften sie, wenn er um Mitternacht vor der Glotze saß. Seine Argumente ließen sie nicht gelten, er hätte Geräusche im Flur gehört und sich eingeschlossen. Wenn er sich über die späte Rückkehr beschwerte, regte Vater sich auf, als hätte er ein Verbrechen begangen. Fabian ahnt ja nicht, wie glücklich er sein kann, einen Bruder zu haben. Er hatte sich immer gewünscht, nicht allein zu sein. »Mit der Ladung zum Strafantritt seid ihr mich für zwanzig Monate los«, ruft er ihnen nach und bereut die Worte, während er sie ausspricht.

Mutter kommt zurück: »Schon vergessen, dass du um acht mit Fabian verabredet bist? Tu nicht immer so, als wärst du ein kleines Kind. Und reite nicht ständig darauf herum, dass du damals mal alleine warst. Versetz dich in die Lage deines Freundes. Seine Mutter hatte nicht mal Zeit, Fabian nach Wuppertal zu fahren. Ihr meint immer, euch stünde alles zu, ihr könntet euch alles leisten, aber wehe, unsereins hat im Leben einen Fehler gemacht. Da hackt ihr ewig drauf herum.«

Vater kommt ebenfalls zurück und baut sich mit erhobener Hand vor ihm auf: »Damit das klar ist. Kristof will ich bei dir nicht sehen. Ich hoffe, wir verstehen uns.«

Ein Widerwort und Vater würde zuschlagen. Das kann er, drohen und draufschlagen. Als wäre es so einfach, Kristof von heute auf morgen aus seiner Freundesliste zu streichen. Gut, dass Vater die Verabredung im Gericht nicht mitgekriegt hat. »Entschuldigt, ist mir so rausgerutscht«, gibt er klein bei. Schon als Kind musste er ständig seine Gefühle herunterschlucken. »Viel Spaß bei eurer Feier«, bringt er heraus.

Vater ist zufrieden, Mutter kramt noch in ihrem Portemonnaie und drückt ihm einen Fünfziger in die Hand. »Geht ins Kino, du kannst Fabian einladen. Mein Gott, der Junge tat mir leid, wie er so allein im Gerichtssaal stand.« Sie eilt Vater hinterher, der schon vorgegangen ist. Vom Fenster aus beobachtet Timo, wie sie in den Clio steigen und losfahren. Er ist fast zwanzig Jahre alt und kann den Schmerz nicht abstellen. Zwei Monate in dem verdammten Bau haben nichts geändert. Er ist verkorkst. Anders ist es nicht zu erklären. Raus aus den Klamotten. Er duscht und versucht, sich den Knast von der Haut zu reiben. Eine andere Jeans, ein anderer Pullover. Die getragenen Sachen würde er am liebsten in den Müll werfen. Er hält es in der Wohnung nicht aus, muss raus auf die Straße. Die Innenstadt ist nicht weit entfernt, ein paar Kilometer. Er wird bei Saturn reinschauen. Nachsehen, ob es neue Spiele für seine Konsole gibt. Er rennt los, obwohl noch massig Zeit ist bis zur Verabredung. Am Eingang von Saturn traut er sich kaum an den Wachleuten vorbei. Er grüßt freundlich, um jeglichen Verdacht von sich abzulenken, ein Dieb zu sein. Im Geschäft ist es zu grell, zu laut, zu voll. Er nimmt die Rolltreppe zur ersten Etage. Der Zugang zu den Konsolen ist von Jugendlichen blockiert. Er wartet. Warum starren ihn alle an? Oder bildet er es sich ein? Er hat den Eindruck, von Detektiven beobachtet zu werden. Ihm wird heiß, obwohl er nie geklaut hat. Er läuft die Rolltreppe runter, zwängt sich durch die Schlange an der Kasse und ist froh, wieder auf der Straße zu sein.

Er sieht auf die Uhr. Kurz vor sieben. Es ist zum Verrücktwerden, er spürt, wie die Angst an ihm nagt. Es wäre gut, ein bekanntes Gesicht zu sehen. Er denkt an seine Schulfreundin Natalie. Ob sie noch beim Mandra kellnert? Sie hatte sich bei der Kneipe am Bermuda3eck ein Taschengeld verdient.

Er schlängelt sich durch die Fußgängerzone, erkennt ihre dunkle Löwenmähne hinter dem Ausschank vor der

Kneipe.

»Timo, lange nicht gesehen.« Sie lächelt ihn an. »Bist du allein?«

»Nein«, sagt er schnell, als müsse er sich dafür rechtfertigen. »Ich bin mit zwei Freunden verabredet.« Woher nimmt sie die gute Laune? Sie muss stundenlang hinter dem Tresen stehen und besoffene Leute ertragen. Wenn es dafür eine Pille gibt, die würde er sofort nehmen. Doch bei ihr ist es angeboren. Er hat sie nie anders erlebt.

»Lass dich nicht aufhalten«, sagt sie.

»Nein. Ich habe Zeit für ein Radler.« Er hofft, dass ihre positive Energie ansteckend wirkt.

»Wo hast du so lange gesteckt? Ich hab dich ja ewig nicht gesehen.«

Er möchte ihr nichts vormachen. »Ich war in Untersuchungshaft wegen einer blöden Geschichte mit Kristof.«

»Mensch Timo, willst du dein Leben wegwerfen? Ich versteh dich nicht. Such dir die Freunde besser aus. Das Bier nehme ich auf meine Rechnung.« Sie stellt ihm das Glas auf die Theke und wendet sich anderen Gästen zu.

Er fragt sich, warum solche Frauen immer vergeben sind, nimmt das Bierglas und geht zu einem der freien Tische. Am Eingang zum Mandra meint er seinen Vater zu erkennen. Hat der alte Herr die Feier verlassen, um ihn zu beobachten? Zu prüfen, ob er sich mit Kristof trifft. Wäre nicht das erste Mal, dass er ihm nachspioniert. Plötzlich tauchte er auf dem Fußballplatz, später in der Disco auf. Total peinlich. Timo läuft hin, um sich zu vergewissern, ob es sein Vater ist. Er kann ihn nirgends entdecken. Hat er Halluzinationen? Nach dem Knast und dem ganzen Scheiß wäre es nicht auszuschließen.

Kapitel 8

Fabian Meisner betrachtet den Himmel an dem Spät-
sommerabend im September, wo sich die Sonne in roten
Farben verabschiedet. Als er klein war, hatte sein Vater
ihm vorgegaukelt, dort oben würde um diese Zeit ein
Festessen zubereitet. Er hatte ihm geglaubt, ja, er hatte
ihm alles geglaubt. Es war eine Verbindung zwischen
ihnen gewesen, wie er sie mit Mutter nie erlebt hat. Er
erinnert sich, wie er in Mathe schlechte Noten nach
Hause brachte in der Hoffnung, Vater würde es erfahren
und aus Afghanistan zurückkommen, um mit ihm zu
lernen. Er war zu naiv.

Seit seinem Erscheinen reden die Freunde über Frauen,
bewerten jede, die an dem Tisch am Bermuda3eck
vorbeigeht. Wie sieht sie aus, wie passt sie zu dem Partner an ihrer Seite? Zwischendurch entdecken sie ein
bekanntes Gesicht aus der Schule und grüßen flüchtig.
Timo spendiert die nächste Runde und unterhält sich am
Ausschank mit Natalie.

Fabian hilft ihm, die Getränke zum Tisch zu tragen.
Dabei fragt er ihn, ob er ihm zehn Euro leihen kann,
Timo gibt sie ihm ohne Nachfrage. Auf ihn kann er sich
verlassen. Bei Kristof beobachtet er wieder diesen
aggressiven Unterton. Würde ihn nicht wundern, wenn
er wieder drauf brennt, jemanden abzuziehen. Fabian

nimmt sich vor, nach der nächsten Runde zu verschwinden, bevor er in eine neue Sache hineingezogen wird. Der Gedanke an die Untersuchungshaft lässt ihn erschauern. Er muss verhindern, dass sein kleiner Bruder genauso in der Scheiße landet.

Er erinnert sich an seinen zwölften Geburtstag vor sechs Jahren, nachher konnte er über die Späße in der Klasse nicht mehr lachen, er fühlte sich anders, war am liebsten allein. Die Mitschüler sahen in ihm das Opfer, sie mobbten ihn, wo sie nur konnten. Timo und Kristof waren zur richtigen Zeit da, sie stellten sich vor ihn. Zu seinem Glück präsentierte Onkel Wolfgang die Verlobte. Damit reduzierten sich die Besuche. Er war von einer schweren Last befreit, Mutter dagegen sauer, weil das zusätzliche Geld ausblieb. Beim Abendessen hat sie es absichtlich verdreht. Nicht er vermisst den Onkel, sondern sie ihren Bruder und sein Geld.

Natürlich, sie musste die große Wohnung aufgeben und bei der Genossenschaft einziehen, wo er sich mit Moritz das kleine Zimmer teilte. Er wird auf einen kräftigen Typen in einer blauen Windjacke aufmerksam, der von der Fußgängerzone mit schnellen Schritten auf sie zukommt.

Timo flüstert ihm zu: »Da kommt Kristofs Stiefvater, das gibt Stress.«

Fabian hat schon gehört, dass der Stiefvater in einem Verein geboxt habe und gefährlich sei, wenn er getrunken hat. Kristofs Mutter habe er krankenhausreif geschlagen und ihn mit voller Wucht gegen die Heizung geschleudert, als er eingreifen wollte. Der Stiefvater baut sich vor Kristof auf.

»Hast du ihr das eingeredet?«

»Was soll ich ihr eingeredet haben?« Kristof beugt sich vor, nimmt sein Glas und trinkt einen Schluck, als wollte er die Situation herunterspielen.

»Frag nicht so blöd! Das will ich von dir wissen. Einen Tag bist du da, schon gibt's Krach.«

Kristof stellt das Glas ab. Er steht auf, natürlich steht er auf, dabei hat er nach Fabians Einschätzung keine Chance gegen den Stiefvater. Der schubst ihn mit einer solchen Schnelligkeit auf den Stuhl zurück, dass Kristof sich gerade noch ausbalancieren kann, um nicht nach hinten umzukippen.

»Sie hat mich rausgeschmissen«, brüllt der Stiefvater. »Mit den Bullen. Sie haben mir verboten, zurückzukehren, verstehst du? Zehn Tage. Wo soll ich pennen? He? Kannst du mir das verraten? Unter der Brücke etwa?« Er beugt sich über Kristof. »Das wird ein Nachspiel haben, das verspreche ich dir. Glaub ja nicht, dass ich mir das gefallen lasse. Nicht von so einem Halbwüchsigen wie dir. Dich mach ich fertig. Nicht hier … vor allen Leuten … nein, wenn du allein bist.«

Kristof drückt ihn weg und springt auf: »Du hast es dir selbst zuzuschreiben. Was willst du von mir, he? Klär das mit ihr.«

Schon schlägt der Stiefvater zu, trifft ihn voll ins Gesicht. Kristof taumelt auf den Stuhl zurück, wirkt für ein paar Sekunden benommen. Blut tropft aus der Nase.

Fabian springt auf, von anderen Tischen nähern sich Leute.

»Wenn ich dich allein erwische, bist du tot. Sieh dich vor.« Der Stiefvater zieht sich zurück. Kristof versucht, mit Taschentüchern die Blutung zu stillen, berichtet dabei von vergangenen Gewalttaten des Stiefvaters. Timo fügt Erlebnisse mit dem eigenen Vater an, einzig Fabian hält sich zurück. Er versteht, was die Freunde verbindet, auch, dass es nicht seine Welt ist. Er wurde nie geschlagen. Er will weg, allein sein, entschuldigt sich, erklärt, dass Moritz auf ihn wartet. Er möchte sich am Mandra von ihnen trennen, doch Kristof nimmt es als Zeichen des Aufbruchs und zieht Timo mit. Unterwegs betont Fabian mehrmals, dass sie ihn nicht begleiten brauchen. Timo kommt nah an ihn heran.

»Was ist mit dir? Du bist schon den ganzen Abend so nachdenklich. Kannst es uns sagen. Wir sind alle nicht gut drauf nach dem Stress. Also, was hast du, Ärger mit der Mutter oder dem kleinen Bruder? Bei dir weiß man nie, was dich so fertig macht.«

In dem Moment bricht es aus Fabian heraus. Er sieht seinen Bruder mit dem Onkel. Nein, um Moritz das zu ersparen, würde er sogar wieder in den Knast gehen. Er erzählt von den nächtlichen Besuchen in seinem Bett, von der Vermutung, der Onkel hat während der Untersuchungshaft mit Moritz das Gleiche angestellt. Von der Gleichgültigkeit seiner Mutter, die ihren Bruder am Freitag zum Kaffee eingeladen hat. »Sie will, dass ich mir mit dem Schwein die Wohnzimmercouch teile. Nach allem, was vorgefallen ist. Das müsst ihr euch mal vorstellen.« Fabian weint und flucht, nimmt am Rande die Betroffenheit der Freunde wahr, die verstummt sind. »Ich will wissen, ob das Schwein in seiner Stammkneipe ist, verdammt nochmal! Mutter meinte, er wäre bestimmt da. Ich will ihm mit einer Anzeige drohen, sollte er es wagen, meinen Bruder anzurühren. Ist mir scheißegal, was sie dazu sagt. Soll sie mich rausschmeißen. Hauptsache, er lässt Moritz in Ruhe.«

»Welche Kneipe meinst du?«, fragt Kristof nach einer Weile. Fabian nimmt den veränderten Tonfall wahr.

»In der Nähe der Brückstraße«, sagt er.

»Geht's genauer?«, drängt Kristof. »Hat die Kneipe einen Namen?«

»Den habe ich vergessen.« Fabian beschreibt den Weg. »Er hat mich früher dahin mitgenommen.«

»Okay, wir sehen nach, ob er da ist«, bestimmt Kristof. »Der wird sein blaues Wunder erleben und Moritz nie mehr anrühren.«

Kapitel 9

Hätte er nur den Mund gehalten. Wie konnte er ihnen davon erzählen? Fabian überlegt, den Freunden zu sagen, dass er sich vertan hat, sein Onkel unmöglich in der Kneipe sein kann. Er findet die richtigen Worte nicht, auch nicht den passenden Zeitpunkt. Kristof und Timo sind bereits am Eingang. Sie öffnen die Tür. Fabian versteckt sich hinter den Freunden und späht in das Innere der Kneipe. Onkel Wolfgang steht am Spielautomaten mit dem Rücken zu ihnen. Fabian zittert vor Aufregung. Soll er reingehen, ihn auf den Geburtstag seines kleinen Bruders ansprechen und fragen, ob er ihn in der Nacht im Bett besucht hat? Die Verlobte ist bei ihm. Hat Mutter nicht gesagt, sie wären getrennt?

»Was ist jetzt? Ist er da?«, flüstern Timo und Kristof gleichzeitig. Fabian schreckt aus seinen Gedanken auf und deutet in die Richtung. »Der Dicke vor dem Automaten, der uns den Rücken zudreht … in dem dunklen Anzug.«

»Mit der Rothaarigen?«, fragt Kristof. »Warte mal, die habe ich bei der Hauptverhandlung gesehen.«

»Ja, das ist Sabine Färber, seine Verlobte. Mutter meinte, sie hätten sich getrennt.«

Kristof reagiert schnell. »Du bleibst draußen, er darf dich nicht sehen. Versteck dich. Wir gehen rein … hören uns an, was sie sich zu erzählen haben. Wir werden dich warnen, wenn sie die Kneipe verlassen.«

Fabian will protestieren, doch die Freunde achten nicht auf ihn, sie lassen ihn vor der Tür stehen. Er ringt mit sich. Soll er verschwinden oder warten? Er könnte reingehen, den Onkel vor den Augen der Verlobten ansprechen. Das wäre sogar wirkungsvoller, als ihn allein anzusprechen. Nein, die Situation ist zu verfahren. Was hat Kristof vor? Will er warten, bis der Onkel die Kneipe verlässt, um ihn vor der Verlobten abzuziehen? Verdammt, so war es nicht geplant. Wieder fühlt er sich als Opfer. Seine Meinung ist nicht gefragt, es nimmt ihn keiner ernst. In dem Moment öffnet sich die Tür. Fabian versteckt sich in einer Einfahrt neben der Kneipe. Sabine Färber kommt heraus. Sollte es ein Versöhnungsgespräch sein? Nach ihrem Aussehen ist es gescheitert. Sie geht schnurstracks auf den kleinen Mazda zu, der an der Straße parkt, steigt ein und schließt die Tür. Es dauert eine Weile, bis sie wieder aussteigt und in Richtung Fußgängerzone läuft. Kaum ist sie weg, öffnet sich die Kneipentür erneut. Kristof guckt sich nach allen Seiten um. Fabian tritt aus der Einfahrt.

»Das Schwein soll zahlen für das, was er getan hat«, kommt Kristof gleich zur Sache. »Das ist die einzige Sprache, die er versteht. Bist du dabei? Oder hast du Bedenken, weil es dein Onkel ist? Kannst du ruhig sagen, wir schaffen es auch zu zweit.«

Er lässt ihm keine Wahl. Fabian nimmt allen Mut zusammen. »Wir hatten ausgemacht, ihm mit einer Anzeige zu drohen.«

»Weißt du, wie oft meine Mutter dem versoffenen Kerl gedroht hat. Jedes Mal, wenn er sich für seine Schläge entschuldigt hat. Auf Knien hat er gebettelt, dass sie ihm verzeiht. Glaub mir, es ändert nichts. Du kommst aus der beschissenen Opferrolle nur raus, wenn du zurück-schlägst.«

»Ich möchte hier nicht endlos warten, bis er ins Hotel geht«, versucht es Fabian anders.

»Er wird nicht lange dauern, glaub mir. Es ging hoch her mit der Ex. Sie warf ihm vor, ihren Jungen angepackt zu haben. Also, er darf dich nicht sehen. Halte dich ein paar Meter hinter uns. Wir teilen das Geld nachher auf. Keine Sorge. Ich denke, du kannst es brauchen. Sonst hättest du dir kaum den Zehner von Timo geliehen.« Kristof geht in die Kneipe zurück.

Fabian bleibt der ewige Mitläufer. Was soll er sich auf-regen, eine andere Rolle gab es für ihn nie. Er geht zur Trinkhalle, holt sich ein Radler von Timos Geld. Es fängt an zu nieseln. Er stellt sich in einen überdachten Hauseingang, von dem er eine gute Sicht auf die Kneipe hat und wartet. Nicht mal einen Tag ist er draußen, schon läuft wieder alles schief. Er setzt sich auf die Treppen-stufen am Eingang und trinkt das Radler. Nach einer ge-fühlten Ewigkeit sieht er auf die Uhr. Eine halbe Stunde ist vergangen. Seine Mutter und Moritz werden schlafen, wenn er zurückkommt, es sei denn, sein Bruder ist zu aufgeregt, dass was passiert sein könnte.

Er traut seinen Augen nicht. Kristofs Stiefvater nähert

sich der Trinkhalle. Was hat der hier zu suchen? Ist es Zufall oder ist er ihnen gefolgt? Soll er die Freunde warnen? Der Stiefvater geht weiter zum Nordring. Einen Stress wie am Bermuda3eck möchte Fabian kein zweites Mal erleben. Soll er reingehen? Er kann sich nicht überwinden, auch wenn es das Richtige wäre. Der Abend ist verhext. Er darf nicht daran denken, dass sie Onkel Wolfgang vor den Augen des Stiefvaters überfallen. Am liebsten würde er verschwinden, nach Hause, auf die Couch. Er kann Freitag mit seinem Onkel reden. Solange er da ist, wird er Moritz nicht anrühren. Etwas hemmt ihn, davonzulaufen, sein Gewissen den Freunden gegenüber. Die Kneipentür öffnet sich. Fabian drückt sich in den Hauseingang. Sein Puls rast. Onkel Wolfgang überquert die Straße. An seinem Versteck vorbei. Er hält die Luft an, atmet erleichtert aus. Er hat ihn nicht gesehen. Die Tür öffnet sich erneut. Kristof und Timo stürmen hinter dem Onkel her. Fabian will sie aufhalten. Sie drängen ihn zurück, laufen weiter.

»Bleib stehen!«, brüllt Kristof. »Gib uns das Geld, das du aus dem Automaten geholt hast. Dann passiert dir nichts.«

Onkel Wolfgang holt etwas aus der Tasche. Etwas Dunkles. Sein Portemonnaie? Fabian kann es nicht erkennen. Plötzlich rennt der Onkel los, die Brückstraße runter. Kristof und Timo folgen ihm. Fabian hetzt hinterher, will die Freunde warnen. Sie laufen in eine Seitenstraße.

»Er darf uns nicht entkommen«, ruft Kristof. Fabian

holt auf, ist neben ihm. »Warte! Es ist wichtig!« Er spürt einen Stoß, verliert das Gleichgewicht, stolpert, stürzt.

»Verdammt!«, flucht er. Timo kommt zurück. Fabian hebt einen Stein auf, er will weiter, sein Freund hält ihn fest. Ein Schuss zerfetzt die Stille. Ein Zweiter. Er spürt, wie Timo ihn in einen Hauseingang zerrt, lässt sich auf den Boden fallen.

»Was für ein Spinner«, hört er Timos Worte. Fabian schafft es nicht, etwas zu erwidern, hockt da und zittert am ganzen Körper. Den Stein drückt er an seine Brust, als gäbe er ihm Schutz. Das gibt's nicht, das gibt's nicht. Was ist passiert? Hat sein Onkel eine Schusswaffe aus der Tasche geholt? Er hat was aus der Tasche geholt, das hat er gesehen. Oder hat der Stiefvater geschossen, hat der Kristof aufgelauert?

»Wir müssen weg, bevor die Polizei kommt«, flüstert Timo nach einer Weile. »Warte hier, ich sehe nach, ob die Luft rein ist.«

Fabian wartet. Endlos. Keine weiteren Schüsse fleht er. Lass Timo mit Kristof zurückkommen. Lass es eine Schreckschusspistole gewesen sein. Er klammert sich an den Gedanken. Dann sieht er den Freund. Kreidebleich.

»Los«, mahnt Timo. »Wir verschwinden, ehe es einen Massenauflauf gibt.«

»Was ist passiert?«, stottert Fabian. Er könnte heulen. »Wo ist Kristof? Sag mir, was mit ihm ist. Timo, er ist unser Freund.«

»Später. Ich erzähl es dir später. Lass uns erst hier weg sein.« Timo zieht ihn an der Jacke in die andere Richtung. Fabian schafft es nicht, sich umzudrehen. Timos Ausdruck ist zu entschlossen, er läuft hinter ihm her mit der quälenden Frage, was mit Kristof ist. Hat Onkel Wolfgang seinen Freund erschossen oder der Stiefvater? Wieso hat er es nicht geschafft, ihn zu warnen? Was wollte er mit dem Stein? Er hat ihn noch in der Hand.

Kapitel 10

Wolfgang Töpfer sitzt am Abend in der Kneipe vor dem Spielautomaten. Erinnerungen werden wach, als er allein lebte und jeden Feierabend hier verbrachte. Er fürchtete die leere Wohnung, obwohl er sie bestens eingerichtet hatte mit einer perfekten Küche und einem Medienblock, der keine Wünsche offenließ. Vielleicht wäre alles anders gekommen, wenn er sich ein Haustier angeschafft hätte. Arbeitskollegen hatten ihm zu einem Hund oder einer Katze geraten. Blanker Unsinn bei seiner Arbeitszeit. Mit dem Umzug zu Sabine und dem Jungen hatte er gedacht, das Thema wäre erledigt.

Nun hockt er wieder vor dem Automaten und sehnt sich nach der Wohnung am Stadtpark zurück. Weil sie zu früh von ihrer Freundin zurückkam und so einen Aufstand probte. Was soll er sich vormachen, es konnte nicht gutgehen. Er war zu optimistisch. Früher oder später wäre es zu dem Knall gekommen. Vielleicht ist es besser, dass es vorbei ist.

Auf dem Deckel an der Theke stehen vier Weizenbier. Er ist so viel Bier nicht mehr gewöhnt, muss laufend zur Toilette. Er gibt der Wirtin ein Zeichen, auf den Automaten aufzupassen. Er will nicht jedes Mal das Geld herausholen, um pinkeln zu gehen.

Bei der Rückkehr traut er seinen Augen nicht. Sabine

steht an der Theke. Die Wirtin serviert ihr einen Milchkaffee. Natürlich ist sie wegen ihm gekommen, daran gibt es keinen Zweifel. Will sie sich für ihre Überreaktion am Montag entschuldigen? Oder hat der Junge verraten, dass er ihn heute an der Schule besucht hat? Es ist ihr deutlich anzusehen, dass sie es ihm verbieten will. Er hatte dem Jungen das Versprechen abgenommen, es für sich zu behalten. Konnte er sich nicht daran halten? Wenn er bedenkt, was er für den kleinen Scheißer alles getan hat. Er ist zum Verzweifeln. Es gibt keine Dankbarkeit mehr, sie halten ständig die Hand auf, doch revanchieren ist Fehlanzeige.

Sie kommt auf ihn zu. Ihre Miene verheißt nichts Gutes. »Kommst du, um dich zu versöhnen?«, fragt er vorsichtig und erntet einen zornigen Blick. »Warte einen Augenblick, bis ich das Geld aus dem Automaten geholt habe. Wir setzen uns an einen Tisch und reden. Wir brauchen nicht zu stehen.« Er will sie in alter Gewohnheit umarmen. Sie wehrt ihn ab.

»Nicht nötig. Ich bleibe nicht lange. Wollte nur sehen, ob du da bist.«

Der Automat beginnt ein neues Spiel. »Ich dachte, Felix hätte dich überzeugt, dass wir nur herumgealbert haben.«

»Nackt?«, flüstert sie. »Im Bett? So einen Nonsens kannst du deiner Schwester auftischen. Echt, mit dir bin ich fertig. Ausgerechnet ich muss auf einen Pädophilen reinfallen.«

Nicht die gleiche Diskussion wie am Montag. Das

braucht er kein zweites Mal, schon gar nicht vor der Wirtin und den Gästen. »Merkst du nicht, wie du dich in die Sache hineinsteigerst? Hast du vergessen, was ich für Felix und dich getan habe? Versuch doch mal, das Positive zu sehen.«

»Das Positive? Ich soll das Positive sehen?«, zischt sie. »Deine Schwester, die aufgetakelte Puppe, die sieht das Positive … heute bei der Hauptverhandlung gegen ihren Sohn. Hattest du mit ihm im Bett auch nackt herumgealbert? Begreifst du nicht, wohin das führt?«

Er weicht ihrem forschenden Blick aus. Sie nimmt es als Bestätigung. »Natürlich. In was für eine Familie bin ich geraten? Das darf nicht wahr sein. Mein Mann hatte mich von Anfang an gewarnt.«

Ihr Mann, er unterdrückt einen Wutanfall. Bis vor Kurzem hat sie kein heiles Haar an ihm gelassen. Er sieht sich in der Kneipe um, hat den Eindruck, von den beiden jungen Typen an der Theke belauscht zu werden. Töpfer will Sabine näher heranziehen. Sie stößt ihn zurück.

»Rühr mich nie mehr an!«, sagt sie mit eisiger Stimme, sodass auch andere Gäste rübersehen.

»Nie mehr, hörst du … weder Felix noch mich!«

»Entschuldige«, flüstert er. »Ich wollte verhindern, dass alle zuhören.«

»Du wirst mich an gar nichts mehr hindern«, erwidert sie laut. »Sollen alle mitkriegen, was du für einer bist.« Mit einem Blick zur Theke ergänzt sie: »Wenn sie es nicht schon wissen.«

Er sieht zum Spielautomaten, sollte das Restgeld raus-holen, an der Theke zahlen und verschwinden. »Was ist bei der Verhandlung gegen Fabian herausgekommen?« Er versucht, gelassen zu wirken, dabei tobt in seinem Inneren ein Gewitter.

»Wieso warst du nicht da, wenn es dich interessiert? Wenn du einen Funken Anstand hättest, wärst du da ge-wesen. Nee, Wolfgang, wir sind geschiedene Leute. Und lass dich nicht von meinem Mann erwischen, du kennst seinen Waffentick. Versteck dich, bis er sich beruhigt hat. Hier wird er dich zuerst suchen. Ich habe ihm von der Kneipe erzählt. Was meinst du, warum ich hier bin?«

»Das frage ich mich auch«, erwidert er.

»Dann sage ich es dir. Ich möchte meinen Mann nicht hinter Gittern besuchen. Verstehst du? Felix braucht ihn, er muss unseren Jungen aus dem Dreck ziehen, in den du ihn geworfen hast.«

»Das sind ganz neue Töne. Bis Montag hast du bereut, deinem Exmann jemals begegnet zu sein. Du wolltest das alleinige Sorgerecht. Sabine, ich mag Felix. Ich war an der Schule, um es ihm zu sagen.«

»Untersteh dich!«, tobt sie. »Du lässt dich nie mehr da sehen. Kapiert! Er soll nicht so endet wie Fabian.«

»Das ist absoluter Unsinn, was du dir einredest. Wenn ich Fabians Vater gewesen wäre, hätte er bald sein Abitur in der Tasche. Ich war immer für den Jungen da«, rutscht es aus ihm heraus. Er bereut es sofort.

»Du bist krank.« Sie schüttelt sich. »Ich habe das Urteil gegen Fabian verpasst ... es sah schlecht für ihn aus, das

kann ich dir sagen. Er wird längere Zeit im Knast bleiben. Da hast du freie Bahn bei seinem kleinen Bruder.
Wie machst du es nur, dass deine Schwester zu dir hält?
Gerade bei Moritz. Was hat sie für einen Wirbel um ihn
veranstaltet? Gibst du ihr Geld?«

»Hör auf, solchen Unsinn zu erzählen. Das ist ja gefährlich.« Er wendet sich empört ab. Nachher verbreitet
sie es überall. Irgendwas bleibt immer hängen. Schon die
Blicke in der Kneipe sprechen ihn schuldig. »Ich glaube,
du spinnst«, sagt er. »Klar interessiere ich mich dafür,
was aus meinen Neffen wird.«

Sie lacht böse, auch die beiden Typen an der Theke
lachen. Er sollte sie fragen, ob sie keine eigenen Themen
haben. »Fabian hatte den falschen Umgang, sonst wäre
es nie so weit gekommen.« Die Typen funkeln ihn böse
an. »Es fehlte ihm der Vater, der sich mit seiner Freundin
herumtrieb. Wie oft habe ich mit meiner Schwester darüber gesprochen. Sie war machtlos. Ja, so etwas passiert,
doch ich gebe die Hoffnung nicht auf. Fabian wird sich
fangen, wenn er aus der Haft entlassen wird, davon bin
ich überzeugt.«

»Deine Sonntagsreden kannst du dir sparen. Wenn du
Fabian nicht Gesellschaft leisten willst im Knast, ver-
halte dich ruhig. Judith hat mir zu einer Anzeige geraten.«

»Wer ist Judith?« Töpfer wird schlecht. Irgendwann
glaubt die ganze Stadt den Blödsinn. Dabei macht er nur,
was den Jungen gefällt. Nichts gegen ihren Willen.

»Stell dich nicht so dumm. Judith Schöne-Lenhard, die

Mitarbeiterin des Jugendamtes. Ich hatte dir von ihr erzählt.«

Er erinnert sich. Sie war in den Rosenkrieg gegen ihren Mann um das Sorgerecht verwickelt. »Damals hast du kein heiles Haar an ihr gelassen. Wenn ich dir nicht beigestanden hätte …«

»Das Sorgerecht wurde geteilt, das war das einzig Richtige. Du wolltest mich überreden, es für mich allein zu beanspruchen. Übrigens hat mein Mann mir dazu geraten, keine Anzeige zu erstatten. Bei ihm kannst du dich bedanken. Er möchte Felix die Vernehmungen und die Gerichtsverhandlung ersparen. Ich bin mir unsicher. Das wird sich ändern, wenn du ihm noch einmal an der Schule oder sonst wo auflauerst.«

»Ich habe ihm nicht aufgelauert …« Er will sich aufregen, doch lässt es sein. Er hat keine Ahnung, was Felix aussagen würde bei der Polizei. Wenn die einen in der Schlinge haben, gibt es kein Entkommen. Am Ende würde sich ein Haftrichter finden, der ihn in Untersuchungshaft steckt. Er darf nicht daran denken. Die Medien stürzen sich auf so etwas. Es würde sich im Handumdrehen herumsprechen.

Sie wendet sich ab, geht zur Theke zurück. »Der Milchkaffee und das Mineralwasser gehen auf seine Rechnung.« Sie zeigt auf ihn.

»Natürlich. Ich übernehme das«, sagt er. »Sabine, lass uns noch einmal vernünftig über alles reden.«

Sie verschwindet aus der Kneipe, ohne sich zu ihm umzudrehen. Töpfer hat den Eindruck, der Wirtin und den

Gästen eine Erklärung schuldig zu sein. Er zuckt mit den Schultern. »Was die sich einbildet … sie ist verrückt geworden. Das ist gefährlich, ein solches Gerücht zu verbreiten. Da kümmert man sich um den Jungen … dann so etwas. Gut, dass es vorbei ist.«

Die Wirtin und die anderen Gäste sehen ihn merkwürdig an, vor allem die jungen Typen an der Theke. Er spürt deren Abneigung. Sie glauben ihm kein Wort. »Ein Missverständnis«, versucht er es erneut. »Ohne Hand und Fuß. Der einzig Leidtragende ist der Junge, jawohl.« Er bestellt bei der Wirtin noch ein Weizenbier und wirft Münzen in den Automaten. Wie konnte er so viel Geld für sie ausgeben? Es ärgert ihn, er sollte es zurückfordern. Doch mit Frauen ist nicht sachlich darüber zu reden. Besser, er lässt Gras über die Sache wachsen. Er erwartet keine Dankbarkeit, aber ihn in aller Öffentlichkeit so darzustellen, das trifft ihn hart. Soll sie sehen, wie sie ohne ihn zurechtkommt. Ihr Exmann ist arbeitslos, der kann sie nicht unterstützen. Vorsicht! Sie wird alles Mögliche hinzugedichtet haben, um ihn als richtiges Schwein zu präsentieren. Ist schon besser, wenn er die Kneipe verlässt, bevor der mit einer Waffe auftaucht. Der Spielautomat wird nichts mehr ausspucken. Ist heute nicht sein Tag. Nur gut, dass die Hausärztin ihn für die Woche krankgeschrieben hat. Wenn er sich vorstellt, Sabine wäre in der Bank aufgetaucht und hätte das Theater vor seinen Mitarbeitern und den Kunden veranstaltet. Es war das letzte Mal, dass er Felix an der Schule abgepasst hat, das schwört er sich. Seine Schwester hat ihm am Telefon angeboten, vorübergehend bei ihr zu wohnen. Warum nicht? Für ein paar Tage ist es in Ordnung. Sie wittert nicht hinter jeder Zärtlichkeit ein Verbrechen. Sie kennt seine Geschichte, wie er im Heim bei einem Erzieher im Bett schlafen musste. Was er alles zu tun hatte, um ihn zu befriedigen. Dagegen ist sein Spiel mit den Jungen harmlos. Das Leben ist ein Kreislauf, er hat nie jemandem schaden wollen. Er hat sie immer reichlich belohnt. Vielleicht findet er in der Nachbarschaft eine kleine Wohnung mit Balkon oder Terrasse, eine Zweiraumwohnung mit großer Küche. So anspruchsvoll ist er nicht. Dann könnte er Moritz an den Wochenenden zu sich holen, mit ihm lernen und herumtoben, ins Kino gehen oder bei Saturn nach Spielen für die neue Konsole suchen. Dem Jungen fehlt eine männliche Bezugsperson. Der Vater lässt sich nicht blicken. Ein komischer Kauz, er verlässt seine Frau und die beiden Söhne für eine junge Fanatikerin, welche die Welt verbessern will. Wieder ein Spiel verloren. Töpfer konzentriert sich auf den Automaten. Die alte Regel, Glück kommt zu den Glücklichen. Er sollte zum Hotel laufen und sich vor den Fernseher hocken. Das Geld kann er besser seiner Schwester geben. Er will gerade gehen, da leuchtet ein Vollbildgewinn auf. Gut, dass er gewartet hat. Das bedeutet Bonusspiele. Er lacht in sich hinein, setzt auf die Risikoleiter, steigert den Gewinn, holt aus dem Automaten, was möglich ist. Von der Theke starren ihn die jungen Kerle an. Er dachte, der Glatzkopf wäre gegangen. Er muss zurückgekehrt sein.

Töpfer sieht weg, solche Typen darf man nicht reizen. Er erinnert sich, wie ihm eine Gruppe Jugendlicher folgte, als er allein wohnte, um ihn auf der Straße abzuziehen. Das wird ihm nicht mehr passieren. Er hat sich gerüstet. Er rafft das Geld zusammen, wirft der Kellnerin ein paar Euros zusätzlich zur Rechnung hin. Sie blickt von ihrem Smartphone auf und bedankt sich. An der Tür ärgert er sich. Warum musste er den Regenschirm im Hotel lassen? Sicher, bis zum Abend schien die Sonne. Soll er sich ein Taxi nehmen? Nein, durch die Gasse zum Nordring sind es nur ein paar Schritte. Er schlägt den Kragen der Anzugjacke hoch. Auf dem Zimmer wird er ein Duschbad nehmen.

Er ist kaum auf der Straße, da öffnet sich die Kneipentür erneut. Warum muss er immer an der falschen Stelle sparen? Ein Taxi hätte ihn nur einen Zehner gekostet. Es ist zum Verrücktwerden. Sabine hatte er bei seinem Einzug eine Couchgarnitur gekauft und sich gönnt er nicht mal ein Taxi. Nicht umsehen. Stur geradeaus den Weg verfolgen. Er wundert sich über den Mazda am Straßenrand. Wartet Sabine auf ihn, um sich auszusöhnen? Aus der Frau wird er nicht schlau.

Der Glatzkopf ruft ihm nach, er soll stehen bleiben, seinen Gewinn rausrücken, dann passiere ihm nichts. Nein, er ist häufig genug ausgenommen worden. Er nimmt das Pfefferspray aus der Tasche, rennt in die Seitenstraße. Am Ende ist der Durchgang zum Nordring. Da ist mehr Verkehr. Vielleicht kann er ihnen entkommen. Nach ein paar Metern quälen ihn Seitenstiche.

Er ist das Laufen nicht gewöhnt, muss dringend abnehmen. Schritte nähern sich. Sie werden ihn gleich eingeholt haben. Er sieht sich nach Hilfe um, entdeckt in der dunklen Passage zu den Parkgaragen eine dunkelgekleidete Person. »Hilfe!«, ruft er ihm zu. Der Glatzkopf ist neben ihm, schubst ihn. Er stolpert, kommt nicht dazu, das Pfefferspray abzudrücken.

Ein Schuss von irgendwoher. Er rappelt sich auf, läuft weiter, schneller. In Panik. Läuft zick-zack. Ein zweiter Schuss. Weiter nach links, nach rechts, wie ein Hase. Weiter, weiter durch die Gasse. Spürt man, wenn man getroffen wird? Er spürt nichts. Die Lichter von den Autos am Nordring. Ist der Schütze hinter ihm? Er überrennt die Straßenkreuzung, ohne auf Rot oder Grün zu achten, spürt die Seitenstiche nicht mehr, hetzt zum Hotel. Sein Herz überschlägt sich, als er an der Rezeption den Schlüssel verlangt. Kalter Schweiß läuft ihm den Rücken runter. Seine Beine sind wie Butter. Er lehnt sich gegen die Wand. Nimmt besorgte Mienen um sich herum wahr. Ob ihm nicht gut wäre. Ob ein Arzt gerufen werden sollte.

»Wird schon besser«, sagt er und atmet tief durch. Er ist froh, in Sicherheit zu sein. »Ich bin gelaufen bei dem Regen. Ist nichts für mich ... ich werde mich gleich hinlegen.« Er hält den Schlüssel in der Hand, wartet auf den Aufzug und fährt in die vierte Etage. Er dreht sich nach allen Seiten um, bis er sein Zimmer erreicht hat, verschließt die Tür, stellt einen Stuhl davor. Das Zittern beruhigt sich. Er entkleidet sich, schließt sich im Bad ein und nimmt ein Duschbad. Das hätte schiefgehen können. Beim nächsten Mal wird er ein Taxi nehmen. Der warme Strahl beruhigt ihn. Er kann klarer denken, versucht, sich an jedes Detail zu erinnern. Wer hatte geschossen? Der Glatzkopf war es nicht, der hätte ihn getroffen. Wer dann? Die Person in der Einfahrt? Er sollte die Polizei rufen. Nein. Unsinn. Er hat nichts damit zu schaffen. Das wäre noch schöner. Er hat Glück gehabt, entkommen zu sein. Niemand kennt seinen Namen. Er kann unmöglich mit dem Vorfall in Verbindung gebracht werden. Warum soll er sich einmischen? Er hat keine Ahnung, was passiert ist. Er könnte von dem versuchten Raubüberfall berichten und den beiden Schüssen. Die Frage lässt sich nicht verdrängen. Galten sie ihm? Wusste der Schütze, dass er den Weg von der Gaststätte zum Hotel nehmen würde? Hatte man ihm aufgelauert und alles bis ins Kleinste geplant? Wenn es so war, hat der Glatzkopf ihm das Leben gerettet. War es Sabines Exmann? Sie hatte vor ihm gewarnt. Ein Waffennarr, so ähnlich hatte sie sich ausgedrückt. Wie konnte er sich auf die Beziehung einlassen? Klar, sie hat ihn geködert mit dem Wunsch nach einer intakten Familie, dem Traum seiner Kindheit. Es konnte nicht gutgehen, im Inneren spürte er es die ganze Zeit. Kaum war er bei ihr eingezogen, verlangte sie ständig mehr Geld und beschwerte sich über seine Lustlosigkeit. Hätte er es vorher gewusst. Soll er die Polizei informieren? Er müsste auf die Wache kommen, um eine Aussage zu machen. Sie würden ihn nach möglichen Hintergründen fragen. Er sieht Sabine vor sich, als sie ihn mit dem Jungen im Bett erwischte. Völlig hysterisch. Er kann es drehen und wenden, wie er will, es ist besser, wenn er die Polizei aus der Sache herauslässt und in den nächsten Tagen aufpasst, ob ihm einer folgt. Erstmal sehen, was die Medien über den Vorfall berichten. Vielleicht hatte der Täter es wirklich auf den Glatzkopf abgesehen und seine Sorgen sind grundlos. Er verlässt die Duschkabine, greift zur Fernbedienung, um den Fernseher einzuschalten, und wirft sich aufs Bett. Er wird Montag zur Hausärztin gehen, um sich eine weitere Woche Auszeit zu nehmen. Er kann es verdammt gut brauchen.

Kapitel 11

Fabian Meisner lehnt sich in sicherer Entfernung gegen eine Mauer. Schweigen. Atemholen. Unfassbare Minuten, in denen Timo stockend berichtet, wie er Kristof auf der Straße fand. Fabian kann es nicht fassen. »Onkel Wolfgang hatte nie eine Waffe. Er hat Krieg und Waffen verabscheut«, stammelt er, denkt dabei an Kristofs Stiefvater. Ihm würde er nach dem Auftritt am Bermuda3eck so eine Tat zutrauen.

Timo stößt ihn an. »Wir gehen zurück, wenn du mir nicht glaubst … sofort! Vielleicht habe ich mich getäuscht, vielleicht lebt er noch und es sah nur so aus.«

Fabian sperrt sich. »Alles, nur das nicht«, sagt er eindringlich. »Ich glaube dir. Wirklich! Ich möchte nicht zurück, es reicht mir für heute. Völlig!«

»Ich habe nicht richtig hingesehen … verstehst du … er lag am Boden … ich war panisch«, sagt Timo entschieden. »Komm, wir gehen zurück … du kannst mich nicht alleinlassen.«

Gegen die Entschlossenheit kommt Fabian nicht an. Die Schüsse hallen in seinem Inneren nach. Ein Albtraum. Mit klopfenden Herzen nähert er sich der Stelle, hält sich dicht an Timo. Er hört aufgeregte Stimmen, kann Kristof nicht erkennen. Er geht näher dran, sieht ihn am Boden liegen mit aufgerissenen Augen. Er kann sich nicht losreißen von dem Anblick. Timo zerrt ihn weg.

»Lass uns verschwinden, bevor die Polizei kommt.«

Fabian folgt ihm zur Christuskirche, setzt sich auf die Stufen. »Was ist mit dir los, Timo? Wir hätten auf die Polizei warten müssen. Warum sind wir weggelaufen?« Er spürt eine Gänsehaut am ganzen Körper. Kristof ist tot und sein bester Freund völlig durchgeknallt.

»Hast du sie gesehen?«, fragt Timo. Die Stimme erschreckt Fabian. So düster, als käme sie aus einer anderen Welt. Er sieht seinen Freund an, blickt in Augen, die weit entrückt wirken.

»Wen meinst du? Wen soll ich gesehen haben?«

»Ach, ich spinne. Habe Hallos. Entschuldige.«

Wen kann er gemeint haben? Die Verlobte seines Onkels? Er erinnert sich, dass sie ihren Mazda stehenließ. Hatte sie eine Waffe aus dem Handschuhfach geholt? Nonsens, warum sollte sie Kristof erschießen? Er sieht zu seinem Freund, atmet auf. Die Augen sind klarer. »Es ist meine Schuld«, sagt er leise. »Ich habe von Onkel Wolfgang erzählt.«

»Schwachsinn!«, regt sich Timo auf. »Wie kommst du darauf? Haben sie dir eingeredet, was? Dass du immer schuld bist.«

»Wenn ich nichts gesagt hätte, wäre es nicht passiert«, beharrt Fabian.

»Hör auf! Du willst doch kein Opfer mehr sein. Es bringt dir nichts und macht Kristof nicht lebendig. Es war seine Idee. Er wollte in die verfluchte Kneipe, um deinem Onkel eine Lektion zu erteilen.«

Fabian würde am liebsten schreien, um den aufgestauten Wahnsinn rauszulassen. Warum musste Kristof ihn anrempeln? Wäre er nicht gestürzt, wären sie zu dritt gewesen. Ein Blick zu Timo. »Was hast du gesehen? Du kannst es mir sagen. Ich behalte es für mich.«

»Scheiße habe ich gesehen. Vergiss es!«

Fabian versteht nicht, warum Timo so abweisend reagiert, er möchte auf keinen Fall Streit mit ihm. »So ein Arsch! Knallt ihn einfach ab. Wenn Kristof mich nicht geschubst hätte …«

»Weiß der Teufel, was ihn geritten hat«, erwidert Timo. »Auf jeden Fall sind wir nicht schuld.«

Fabian hört Sirenen. »Die Polizei«, flüstert er. »Sie kommen.«

»Mach dir nicht ins Hemd! Hast du ein bekanntes Gesicht gesehen? Mensch, Fabian, das ist wichtig. In der Kneipe, auf dem Weg. Hat dich einer erkannt?«

Er überlegt. »Nein, echt nicht. Auch mein Onkel nicht, da bin ich mir sicher.«

»Komm mit zum Mandra. Wir holen uns ein Radler bei Natalie. Sie wird uns helfen.«

Fabian schüttelt den Kopf, doch läuft mit seinem Freund mit. Hätte er nur auf die Bewährungshelferin gehört. Er wird mit ihr sprechen, bevor Onkel Wolfgang zu Besuch kommt. Er darf nicht daran denken, ihm nach dem heutigen Abend zu begegnen.

Die Worte von Timo dringen in ihn. »Wir brauchen ein Alibi, wenn die Bullen uns verhören. Wir sagen, dass wir den ganzen Abend im Mandra waren, bis Kristof verschwunden ist. Nach dem Ärger mit dem betrunkenen Stiefvater … es ist nicht mal gelogen. Er wollte zu seiner Mutter. Verstehst du, wir müssen unseren Arsch retten. Dürfen nicht den Kopf verlieren. Besser, wir werden da nicht reingezogen. Glaub mir, die verdrehen dir die Worte im Mund, bis du am Ende schuldig bist und für immer im Knast verschwindest. Willst du das?«

»Nein!« Fabian würde am liebsten reinen Tisch machen. Die Mordkommission wird sie früher oder später vernehmen, das lässt sich nicht verhindern. Er überlegt sich Timos Worte. Sie würden ihn zu seinem Onkel befragen, die Hintergründe erforschen, warum sie ihn verfolgt haben. Mutter wirft ihn raus, wenn sie davon erfährt. »Meinst du, wir kommen damit durch?«, fragt er.

»Das hängt von dir ab. Wenn wir zusammenhalten, passiert uns nichts. Sie haben keine Beweise. Merk es dir: Wir haben uns am Bermuda3eck getroffen, um Frauen aufzureißen, haben Radler getrunken, bis der Stiefvater auftauchte und Kristof ins Gesicht schlug. Er war total aufgeregt, wollte zu seiner Mutter. Natalie wird alles bestätigen. Wie sollen die Bullen auf die Kneipe an der Brückstraße kommen?«

»Sie werden meinen Onkel verhören. Vielleicht hat er sogar die Polizei gerufen.«

»Ach, der wird die Schnauze halten. Und froh sein, mit heiler Haut davongekommen zu sein. Außerdem hat er dich nicht erkannt. Was kann er schon aussagen?«

Fabian lässt sich zum Bermuda3eck treiben, wo Natalie

an der Theke vom Mandra zwei Radler zapft. Timo fragt sie nach seinem Vater, ob sie ihn gesehen hat. Sie bestätigt es, meint, er wäre ihnen gefolgt. »Tu uns einen Gefallen«, bittet er sie. »Wenn sich jemand nach uns erkundigt, sind wir den ganzen Abend hier gewesen.«

Sie sieht ihn misstrauisch an. »Habt ihr mit Kristof zusammen was angestellt?«

»Nein. Ehrlich nicht. Wir wollen nur nicht in etwas hineingezogen werden.«

Fabian zieht Timo zur Seite, dass Natalie nicht mithören kann: »Kristofs Stiefvater hatte sich an der Brückstraße rumgetrieben, bevor ihr aus der Kneipe gekommen seid.«

Timo starrt ihn an. »Das sagst du erst jetzt?«

»Ich wollte es die ganze Zeit sagen«, verteidigt sich Fabian. »Kristof hatte mich geschubst, dann ging alles so schnell.«

»Wir sollten für eine Weile verschwinden. Auf Fuerteventura hat es mir gefallen, ich war mit meinen Eltern dort. Es ist ja nur, bis sich das beruhigt hat. Ich werde Mutter überreden … ihr sagen, dass ich dringend Urlaub benötige nach der U-Haft. Du fragst deinen Onkel. Der hat bestimmt was gespart. Sag ihm, er sei es dir schuldig. Setz ihn unter Druck. Verdammt, das ist unsere Chance, aus dem Scheiß rauszukommen. Zumindest so lange, bis sie den Täter haben und sich alles beruhigt hat.«

»Versprochen. Ich werde ihn am Freitag fragen. Er hat Grund genug, mir einen Urlaub zu spendieren. Ich muss nur verhindern, dass er sich an Moritz heranmacht.«

Kapitel 12

Christian Kramer ist nie der große Koch gewesen. Seit Alina ihn vor einem knappen Jahr verlassen hat, um auf Weltreise zu gehen, hat er den Herd nicht mehr angerührt. Stattdessen wurde er zu einem Kenner der Cafés und Restaurants in Bochum.

Bei der Aufklärung eines Mordfalls vor wenigen Monaten in der Bewährungshilfe lernte er Nina Reider kennen, eine Mitarbeiterin der Geschäftsstelle. Sie mochten sich von Anfang an und verabredeten sich in Restaurants, bis sie ihn zu einem Filmabend verbunden mit einem Essen in ihre Wohngemeinschaft einlud. Er hatte sich im Vorfeld alles Mögliche ausgemalt, doch ihre Freundin Anna blieb die ganze Zeit dabei. Zum Abschied versprach er Nina, sich mit einem Essen zu revanchieren.

Das Rezept zu der Spinatlasagne fand er im Internet und kaufte die Zutaten ein. Er hätte die Lasagne besser beim Italiener um die Ecke bestellen und bei ihrem Eintreffen aufwärmen sollen. Er schiebt sie in den Backofen. Alina meinte, bei höheren Temperaturen würde sie schneller braun, doch innen bliebe sie roh. Also niedrige Hitze und länger im Backofen lassen. Er stellt vierzig Minuten ein und sieht sich in der Wohnung um. Aufgeräumt hat er, doch der Staub ist nicht zu übersehen. Er holt den Staubwedel aus dem Küchenschrank. Sofort springt Karla herbei, vermutet ein Spiel. Nachdem er eine Weile mit seiner Katze herumgetobt und zwischendurch über die Schränke gewedelt hat, nimmt er den Staubsauger aus der Ecke, um die Wollknäuel an den Rändern des Laminatbodens zu entfernen. Das Bad! Er besprüht die Kacheln und Armaturen mit einer Reinigungslösung, wischt alles ab, reibt mit Trockentüchern nach. Hauptsache, es duftet gut. Er sieht auf die Uhr. Nina wird in fünfzehn Minuten schellen. Die Fenster! Er nimmt ein feuchtes Leder, wischt mit ZEWA hinterher. Die Lasagne. Er rennt zum Backofen, holt den Römertopf heraus. Sieht gut aus, ein bisschen dunkel. Karla schnurrt um seine Beine. Er winkt entschieden ab. Fehlt noch, dass sie auf den Esstisch springt. Er nimmt den kleinen Ball, wirft ihn in den Flur. Eine Katze, die Spaß am Apportieren findet. Hat er von anderen noch nicht gehört. Sie stürmt hinterher, bringt ihn zurück. Klar, die Katze eines Polizisten, genau genommen von Alina, die sie ihm damals überließ. In den ersten Wochen nach der Trennung war er so durcheinander, dass er morgens vergaß, Karla bei der Nachbarin abzugeben. Gut, dass sie einen Ersatzschlüssel hat.

Es schellt. Er betätigt den Türöffner. Ein Blick zurück in die Küche. Es eröffnet sich ihm ein Schlachtfeld. Hauptsache, die Lasagne ist fertig.

Nina steht vor ihm in heller Stretchhose und kurzer, weißer Lederjacke. Sie betrachtet ihn mit einem Lächeln. In seinem Trainingsanzug und mit dem Ball in der Hand sieht es aus, als hätte er den Termin vergessen. Er führt sie zum gedeckten Tisch, um solche Gedanken zu zerstreuen, und entschuldigt sich, um sich im Schlafzimmer in Windeseile umzuziehen. Er tischt die Lasagne auf, sie reden über Karla, seine Arbeit bei der Mordkommission und Kinofilme. Für den Abend hat er: *Die Unfassbaren vorgesehen,* einen Film über Magier, die eine Bank ausrauben, den er sich immer wieder ansehen könnte. Sie trinken zum Essen gekühlten Weißwein. Er mischt sich Wasser hinzu. Sofort fragt sie, ob er Bereitschaft hat.

»Ich konnte mich nicht dagegen wehren. Bei dem Krankenstand gab es keine andere Möglichkeit. Sie sparen sich kaputt ... dabei brauchen wir dringend neue Leute. Hoffen wir, dass nichts passiert.« Er klopft dreimal auf den Holztisch.

»Wir hätten das Essen verschieben können«, sagt sie.

»Nein, das wollte ich nicht. Ist schon einen Monat her, seit wir uns gesehen haben. Übrigens habe ich Udo und Marie heute in der Gerichtskantine getroffen.« Er nimmt ihren Teller und füllt Lasagne nach.

»Sie war enttäuscht, dass ihr Klient keine zweite Bewährungschance bekommen hat. Zumindest wurden die Haftbefehle aufgehoben. Sie werden in den offenen Vollzug geladen«, erwidert Nina und lobt die Lasagne.

»Den Milchkaffee gibt's mit einem Nachtisch zum Film.« Er räumt das Geschirr vom Tisch, bringt es in die Küche. Sie bietet ihm ihre Hilfe an, doch er lehnt ab. Sie soll sich als Gast fühlen. Er bereitet den Kaffee in der neuen Maschine zu, garniert den Schaum mit Schokoladenstreuseln. Dazu hat er eine Obstschale mit Jogurt zubereitet.

War er zu lange allein oder warum gelingt es ihm nicht, die Oberflächlichkeit der Beziehung zu durchdringen? Fürchtet er den Schmerz einer Trennung wie bei Alina? Sucht er einen Ersatz? Oder liegt es an ihr? Sieht sie in ihm nur einen platonischen Freund und unterhält eine intime Beziehung mit ihrer Freundin? Warum hat er nicht daran gedacht?

»Ich glaube, du gefällst Marie«, sagt Nina, als er ins Wohnzimmer zurückkommt. »Sie hat von deinem Verständnis geschwärmt. Was hast du ihr gesagt?«

»Wie wichtig es ist, authentisch zu bleiben. Oder so ähnlich.« Er erinnert sich an die Schlange an Maries Bein und ist überrascht, dass sie über ihn gesprochen haben. Warum lässt er sich von ihr beeindrucken, wenn er an einer Beziehung mit Nina interessiert ist? Warum sagt sie ihm, dass er Marie gefällt? Das klingt nicht nach Liebe. Er muss Klarheit schaffen.

»Bleibst du heute Nacht?«, fragt er, nachdem er ihr den Kaffee serviert hat.

Sie dreht sich zu ihm. »Ich weiß nicht, ob das eine gute Idee ist, Christian. Ich lebe nicht allein. Anna wartet auf mich. Besser, ich nehme mir ein Taxi nach dem Film.« Ihr Blick ruht auf ihm, während sie ihre Tasse zum Mund führt. Karla stupst ihn von der Seite an. Da liegt der kleine Ball. Er wirft ihn in den Flur. Sie jagt hinterher und bringt ihn zurück.

»Hast du es ihr beigebracht oder Alina?«, fragt Nina.

Er erinnert sich, dass sie ihn schon danach gefragt hatte, als sie ihn zum Essen abholte. Sie möchte eine Aussprache verhindern.

»Karla konnte es schon, als Alina auf Weltreise ging«, weicht er aus.

»Wann kommt sie zurück?«, fragt Nina.

Ach, darum geht es ihr. »Ich habe dir gesagt, dass die Beziehung beendet ist. Sie spukt auch nicht mehr in meinem Kopf herum.«

Sie machen es sich auf der Couch vor dem Fernseher gemütlich. Er überlegt die ganze Zeit, näher an sie heranzurücken, doch etwas fehlt. Mitten im Film spielt sein Handy die bekannte Melodie ab. Er atmet tief durch, denkt an die Szenen mit Alina, wenn er abends angerufen wurde. Sie hatte sich so in ihre Vorwürfe hineinsteigern können, dass er an Trennung dachte, um Ruhe zu haben. Letztlich hat sie sich von ihm getrennt. Warum muss er alle mit Alina vergleichen? Es ist lange her, fast ein Jahr. Er nimmt die Meldung über eine männliche Leiche in der Innenstadt entgegen. »Ich bin in zwanzig Minuten bei euch«, sagt er ins Handy.

»Pass gut auf dich auf!« Ihre Worte. Keine Vorwürfe, kein schlechtes Gewissen. Er drückt sie an sich.

»He, was soll das? Du musst los.« Sie befreit sich aus der Umarmung.

»Warte auf mich, ja. Ruf Anna an, dass du bei mir bleibst. Ich komme so schnell wie möglich zurück.«

Sie sieht ihn an. »Okay. Ich glaube, wir müssen miteinander reden.«

Unterwegs zum Tatort ahnt er, was sie ihm sagen wird. Freundschaft ja, Beziehung nein. Sie habe es versucht, es funktioniere nicht. Sie könne ihren verstorbenen Mann nicht vergessen, er seine frühere Lebensgefährtin auch nicht. Es wäre nicht mal falsch, zu Alina spürte er eine stärkere Nähe. Unmöglich, mit ihr nebeneinander auf der Couch zu liegen und nur auf den Film zu achten. Aber sie wollte keinen Beamtenarsch, der mit einem schlecht bezahlten Job bei der Polizei auf seine Pension wartet. Seitdem ist er in einem Dilemma. Ein One-Night-Stand ist nicht sein Ding und vor einer Partnerschaft mit Zusammenziehen und Kindern schreckt er zurück. Er kommt sich vor, als wäre er aus der Welt gefallen. Es war der gewaltsame Tod seines Vaters, den er nicht vergessen kann. Mit Alina dachte er, einen kleinen Kosmos du dritt oder viert schaffen zu können. Das Thema ist gleichsam mit ihr ausgezogen.

Kapitel 13

Christian Kramer sieht aus der Entfernung das rot-weiße Absperrband. Schulz bespricht sich mit den Kollegen der Spurensicherung und der KTU. Oberstaatsanwalt Reidinger kommt mit Rechtsmediziner Rilke auf ihn zu. Warum sind die anderen immer vor ihm am Tatort? Sie scheinen ständig bereit zu sein.

»So schnell trifft man sich wieder«, erinnert Reidinger an die Unterredung vom Vormittag. Bevor Kramer antworten kann, mischt sich Rilke ein.

»Der Schuss traf ihn am Kopf, durchschlug das Hirn und trat an der rechten Schläfe wieder aus. Ich vermute, er war sofort tot. Die Kugel verursachte den Riss des Hirnstamms und zertrümmerte das Kleinhirn. Zeitpunkt vor ungefähr einer Stunde. Weiteres nach der Obduktion. Ich bin hundemüde, habe den Kollegen alles mitgeteilt.« Er geht davon.

Kramer betrachtet den Toten, schätzt ihn höchstens auf Mitte zwanzig. Von dem Tatortbeamten erfährt er, dass Geschosshülsen sichergestellt wurden.

»Hat man ermittelt, wer der Tote ist?«, erkundigt er sich. »Kristof Driesen. Wir haben den Ausweis in seiner Jacke gefunden mit einem Entlassungsschein aus der JVA Wuppertal-Ronsdorf. Er ist erst heute entlassen worden.« Kramer denkt automatisch an die Begegnung in der Gerichtskantine. »Meinst du, es ist der Klient von Marie Marler?«, fragt er seinen Kollegen.

»Gut möglich und ein Grund mehr, morgen bei ihr vorbeizufahren.« Schulz grinst.

Kramer schüttelt den Kopf. »Hatte das Opfer Geld bei sich?«, wechselt er das Thema.

»Zwanzig Euro in seinem Portemonnaie«, erwidert der Beamte. »Nach einem Raubmord sieht es nicht aus.«

»Gibt es Spuren? War er allein oder in Begleitung von Freunden oder einer Freundin?«, fragt Kramer weiter.

»Der Regen hat alles verwischt. Wir haben nur den Ausweis mit der Adresse im Portemonnaie gefunden. Er wohnte zwei Kilometer von hier, war vielleicht auf dem Heimweg.«

»Lass uns nachsehen, ob er erwartet wird.«

Sie fahren die kurze Strecke nach Hamme und parken den Wagen vor dem gepflegten Mehrfamilienhaus. Driesen/Fuhrmann liest Kramer an der Haustür. »Zweiter Stock links«, ruft er seinem Kollegen zu, der vor dem Haus stehengeblieben ist.

»Scheint jemand wach zu sein, zumindest brennt Licht«, sagt Schulz.

Eine Frau Mitte vierzig schließt die Haustür auf. »Was ist denn los? Sie wecken ja das ganze Haus auf. Um diese Zeit ist die Tür längst verschlossen. Ich dachte, es wäre mein Sohn, der den Schlüssel vergessen hat.«

Sie zeigen ihre Dienstausweise. Die Frau guckt skeptisch, lässt sie schließlich herein und führt sie über die Steintreppe in die zweite Etage. Obwohl sie geschminkt ist, fallen Kramer die blauen Flecken um ihre Augen auf.

»Habe mir gedacht, dass Sie von der Polizei sind. Hat Kristof wieder was angestellt, was?«, fragt sie, nachdem sie die Wohnungstür geschlossen hat. Sie wartet die Antwort nicht ab. »Ein Tag ist er draußen, schon ist die Polizei im Haus. Dabei habe ich ihn angefleht, keinen Unsinn mehr zu machen, sondern zu Hause zu bleiben. Er wollte nicht auf mich hören, er könnte seine Freunde nicht hängenlassen. Das war am Abend. Jetzt ist es elf. Ich halte das nicht länger aus. Das ist kein Leben mehr. Es muss sich was ändern, sonst gehe ich kaputt.«

»Können wir in Ruhe reden?«, fragt Kramer.

»So schlimm?« Sie führt seinen Kollegen und ihn in die Küche, bietet Kaffee aus der Thermoskanne an.

»Noch frisch. Ich wollte wach bleiben, um mit ihm zu sprechen. Es ist alles schiefgelaufen, wissen Sie. Der Alkohol. Erst sein Vater, dann der Stiefvater. Die liebsten Menschen, wenn sie nüchtern sind. Sie dürfen nur keinen Schnaps trinken. Der Junge kam am Mittag aus dem Knast, schon muss mein Mann draufschlagen. Wegen so eine Kleinigkeit. Er war Boxer, wissen Sie, hatte wieder getrunken. Er verträgt es nicht. Ich habe ihn rausgeschmissen. Mit Hilfe Ihrer Kollegen, Sie können sie fragen. Ich habe Anzeige erstattet. Sie haben ihm zehn Tage Rückkehrverbot erteilt. Sagen Sie es meinem Sohn. Ganz egal, was er angestellt hat, ich bin für ihn da. Ich lasse nicht zu, dass sich jemand zwischen uns stellt.« Sie schluchzt, nimmt ein Tempotuch aus einer Box und reibt vorsichtig über ihr Gesicht.

Sie setzen sich auf die Stühle um den Holztisch. Kramer stößt gegen ein Tischbein und stöhnt leicht auf. Massiv Eiche. Frau Driesen reicht Tassen, schüttet Kaffee ein, stellt ein Kännchen mit Milch und eine Dose mit Würfelzucker dazu.

Es sind die schlimmsten Momente seiner Arbeit, den Hinterbliebenen eine solche Nachricht zu überbringen, noch mehr, einer Mutter den Tod ihres Sohnes mitzuteilen. Kramer sieht zu dem Kollegen, der furchtbar beschäftigt wirkt mit der Zubereitung seines Kaffees.

»Ich habe Kristof die Schlafcouch bezogen. Es ist nur solange, bis sein Zimmer neu eingerichtet ist. Mein Mann braucht das Arbeitszimmer nicht mehr. Wollen Sie es sehen?« Sie macht Anstalten, aufzustehen, sinkt zurück auf den Stuhl und bricht in Tränen aus. »Sagen Sie, was er angestellt hat. Spannen Sie mich nicht auf die Folter. Ich werde auf ihn warten, wenn er in den Knast muss.«

Schulz beugt sich vor, während er die Kaffeetasse in der Hand hält. Er nimmt einen Schluck.

»Genau richtig zum Wachwerden. Können Sie uns sagen, wer die Freunde sind?«, fragt Kramer.

»Warum fragen Sie ihn nicht selbst? Was ist mit ihm? Wo ist er? Ich möchte zu ihm. Verstehen Sie? Ich bin seine Mutter.«

»Haben Sie eine gute Freundin oder eine Verwandte, die wir anrufen können?«, übergeht Kramer ihre Frage.

Frau Driesen steht auf, geht zum Fenster, sieht hinaus auf die hohe Birke. Die Äste biegen sich im Wind.

Kramer wundert sich. Als sie hergekommen sind, ist ihm kein Wind aufgefallen, nur der Nieselregen. Sie ahnt es, denkt er. Die Frage war zu direkt.

»Mein Gott!« Schweigen. »Elli wohnt um die Ecke, meine beste Freundin.«

»Können wir sie anrufen?«, fragt Kramer.

»Warum? Ich verstehe nicht …« Sie nennt ihnen die Nummer.

Schulz tippt die Zahlen in sein Handy und geht in den Flur. Kramer bleibt bei ihr. Ihm fällt nichts ein, womit er sie ablenken könnte.

»Sagen Sie bitte, was mit ihm ist.« Frau Driesen zittert am ganzen Körper.

»Es gab einen Zwischenfall an der Brückstraße. Wir wissen nicht, was genau passiert ist. Wir sind erst dabei, die Zusammenhänge zu ermitteln«, erwidert er mit sanfter Stimme. »Dazu müssen wir weitere Zeugen vernehmen.«

Der Klingelton seines Handys kommt zur richtigen Zeit. Kramer drückt auf Verbindung, die Leitstelle gibt die Namen der Mittäter durch, die am Morgen mit Kristof aus der Haft entlassen wurden. Er nimmt seinen Block, einen Stift, wiederholt: »Timo Mitter und Fabian Meisner. Ich notiere die Adressen.«

»Wollte er sich mit den beiden treffen?«, fragt er die Mutter, nachdem er das Telefonat beendet hat.

Frau Driesen hat sich gefangen. »Ja, am Bermuda3eck, um die Entlassung zu feiern. Mein Gott, sie sind heute aus der Untersuchungshaft gekommen.« Sie nimmt sich ein neues Tempotuch.

Schulz kommt zurück, setzt sich zu ihr auf die gepolsterte Sitzbank. Er wirkt entschlossen. »Ihre Freundin wird in wenigen Minuten hier sein. Es ist besser, wenn Sie eine Vertraute an Ihrer Seite haben. Ihr Sohn wurde am Abend Opfer einer Gewalttat.«

Kramer sieht zu seinem Kollegen, zu Frau Driesen. Wie verkraftet sie es? Er ist auf dem Sprung, wenn sie zusammenbricht.

»Was heißt das?«, fragt sie endlich. »Ist er tot?« Die Stimme klingt mechanisch.

»Er wurde in der Altstadt erschossen. Vor ein bis zwei Stunden. Die Rettungskräfte kamen zu spät«, erwidert Schulz.

In Frau Driesen scheint es zu arbeiten. Als versuche sie, das Gesagte durch Schleusen in ihr Inneres zu pumpen. »Das geht nicht! Kristof kann mich nicht allein lassen. Ich habe meinen Mann rausgeschmissen. Ich muss mit ihm sprechen!« Sie wird lauter: »Hören Sie! Sie können hier nicht reinplatzen … mitten in der Nacht … um mir so etwas zu sagen. Das lasse ich nicht zu. Kristof muss wissen, dass ich mich getrennt habe. Ich bin für ihn da. Er ist mein Sohn. Ich habe sonst niemanden. Ich kann nicht allein sein.«

»Es wird für alles gesorgt«, spricht Kramer behutsam auf sie ein, nimmt sie vorsichtig in den Arm.

Sie wirkt wie erstarrt und schließt die Augen. »Ich fühle ihn nicht mehr. Wissen Sie, man fühlt seine Kinder. Er ist tot.« Sie löst sich von Kramer und rennt gegen die

Wand, schlägt mit dem Kopf dagegen, wieder und wieder. »Ich bin schuld«, stöhnt sie. Blut rinnt von ihrer Stirn. Mit der Schminke und den blauen Flecken sieht sie gespenstisch aus.

Kramer und Schulz greifen ein, halten sie fest, bis sie sich beruhigt hat. Sie setzen sie behutsam auf die Bank.

Es schellt an der Tür. Schulz lässt die besorgte Freundin herein, die Frau Driesen sofort in den Arm nimmt. Eine Ärztin kommt dazu und verarztet ihre Wunde am Kopf.

»Können Sie sich vorstellen, wo wir Ihren Mann finden?«, fragt Schulz. »Wir müssen mit ihm sprechen.«

»Ach, Sie verdächtigen ihn? Na, er soll in der Hölle schmoren, wenn er mir das angetan hat.« Sie vergräbt ihr Gesicht in der Jacke ihrer Freundin.

»Er hat mich geschlagen, gedemütigt, mir den Sohn genommen. Was soll noch passieren?«

»Haben Sie die Handynummer?« Kramer versucht, seiner Stimme einen weichen Ton zu geben.

»Ich habe sie gelöscht, nachdem er fort war ... ich will nichts mehr haben, was mich an ihn erinnert. Können Sie das nicht verstehen? Er hat Kristof in den Knast gebracht. Ja, ich habe den Hass bei meinem Sohn gespürt, die Eifersucht. Immer wieder wollte ich mich trennen ... es ist zu spät.« Sie schluchzt auf.

»Gibt es Verwandte oder Freunde, bei denen er sich aufhalten könnte?«, fragt Schulz.

»Nein, mit ihm will niemand etwas zu tun haben. Verstehen Sie? Die Verwandtschaft hat sich abgewendet, auch die Freunde. Er hat nur noch den Alkohol.«

»Sagen Sie uns zumindest seinen vollständigen Namen.«

»Raimund Fuhrmann. Hoffentlich kriegen Sie ihn und sperren ihn für immer in den Knast.«

»Hatte Kristof Kontakt zu seinem leiblichen Vater? Können Sie uns sagen, wo der wohnt?«, setzt Schulz nach.

»Auf dem Friedhof. Ein Verkehrsunfall. Natürlich war er schuld. Trunkenheit am Steuer. Warum falle ich immer auf die gleichen Männer herein?«

Schulz gibt auf. Zusammen mit Kramer verabschiedet er sich. »Rufen Sie uns an, wenn Ihr Mann sich meldet. Fragen Sie ihn, wo er sich aufhält.«

»Hat er Kristof umgebracht?«, fragt sie.

»Das wissen wir nicht. Vorerst benötigen wir ihn als Zeugen«, beschwichtigt Kramer. »Glauben Sie uns, wir werden den Mörder Ihres Sohnes finden.«

»Der wird sich hüten, mich nochmal anzurufen.« Sie droht mit der rechten Faust. Fällt danach erneut in die Arme ihrer Freundin. Die Beamten verabschieden sich.

Kapitel 14

Christian Kramer parkt den Wagen vor dem Polizeipräsidium an der Uhlandstraße. Die paar Schritte zur Wohnung von Timo Mitter sind zu schaffen. Natürlich mault sein Kollege, der jeden Meter mit dem Auto zurücklegen möchte. »Hast du die Personalien von Kristofs Stiefvater zur Fahndung herausgegeben?«, fragt Kramer, um ihn abzulenken.

»Meinst du, Fuhrmann ist unser Täter?«, steigt Schulz darauf ein.

Kramer schüttelt den Kopf. »Weil sie ihn rausgeworfen hat? Das reicht nicht. Ich glaube, die Tat war länger geplant. Wo soll er so schnell die Tatwaffe besorgt haben?«

»Wir wissen nicht, über welche Kontakte er verfügt. Im Flur ist mir ein Foto aufgefallen, auf dem er eine Jacke mit Zeichen der Bandidos trägt. Warten wir ab, die Kollegen werden ihn durchleuchten.«

Sie stehen vor der alten Villa. Sechs Klingeln. Kramer hat kaum die Richtige berührt, da ertönt der Türöffner. »Na, du hast uns wohl erwartet«, stellt er beim Anblick des Heranwachsenden fest, der an der Tür im ersten Stock wartet und sich gleich als Timo Mitter outet.

»Was wollt ihr? Ich kann meinen Entlassungsschein holen«, sagt er.

»Erst heute aus dem Knast entlassen, schon stellt ihr

neuen Unfug an. Was geht in euren Köpfen vor?«, fragt Schulz. »Na, diesmal hat euch ja einer die Suppe gründlich versalzen, was?«

»Wovon reden Sie? Ist es verboten, die Entlassung mit den Freunden zu feiern? Wir haben nichts gemacht, das kann ich Ihnen versichern. Oder wollen Sie uns was anhängen? Kommen Sie deswegen um diese Zeit vorbei. Wenn meine Eltern da wären, könnte ich gleich die Sachen packen. Wollen Sie mir ein Hotel bezahlen?«

Kramer ist überrascht. Warum war Timo so schnell an der Tür, wenn er sie nicht erwartet hat? Der weiß genau, um was es geht.

»Ihr habt gefeiert. Kristof, Fabian und du«, fasst Schulz zusammen. »Wann und wo habt ihr euch getroffen?«

»Am Bermuda3eck. Von acht bis halb elf waren wir da. Kristof ist früher weg. Gegen neun.« Timo sieht auf die Uhr. »Ich war vor einer Stunde zurück.«

»Nennst du mir die Kneipe, wo ihr den Abend verbracht habt?«, setzt Schulz nach.

Das Licht im Hausflur erlischt. Sie werden von Timo in die Wohnung gebeten. »Die Nachbarn müssen nicht mitkriegen, dass Sie hier sind. Meine Eltern hatten genug Stress wegen mir.«

»Das kann ich mir vorstellen.« Kramer nimmt die hohen Wände, den Kronleuchter im Flur, die schweren Holztüren wahr. »Du wolltest uns sagen, wo ihr gefeiert habt.«

»Am Mandra«, sagt Timo. »Wir haben Leute beobachtet. Frauen … die gibt`s nicht im Knast.«

»Im Regen?«, unterbricht ihn Schulz.

»Um acht Uhr hat es nicht geregnet. Nachher sind wir reingegangen.«

»Warum ist Kristof so früh weg?«, fragt Schulz. »Oder habe ich mich verhört?«

»Nein, er hatte Ärger mit seinem Stiefvater … der ist am Mandra aufgetaucht … hat ihn geschlagen und bedroht. Kristof hat sich die totalen Sorgen um seine Mutter gemacht, er wollte nach ihr sehen. Verstehen Sie? Sie war schon im Krankenhaus, nachdem der Stiefvater austickte.« Er stockt. »Warum fragen Sie mich das? Ist was mit Kristof? Hat der Alte ihn wieder geschlagen?«

Kramer geht nicht darauf ein. »Gibt es Zeugen dafür, dass ihr euch um neun getrennt habt?« Meint Timo, dass sie ihm die Geschichte abkaufen?

»Natalie Funk kellnert am Bermuda3eck, ich kenne sie aus der Schule. Sie verdient sich was zum Studium dazu. Wir haben die ganze Zeit bei ihr bestellt. So dunkel gelockte Haare.« Er deutet mit seinen Händen die Haarpracht an. »Nicht zu übersehen. Ein rundliches Gesicht, schlank.«

Kramer streicht sich durch die Haare. »Begegnet seid ihr Kristof nicht mehr?«, versucht er es noch einmal.

»Nein! Was ist denn los? Sie sind mir die Antwort schuldig geblieben. Kristof war nicht gut drauf, ehrlich. Wegen seiner Mutter … er hängt an ihr. Dürfen Sie es nicht sagen? Ich meine, wenn Sie hier um diese Zeit hereinplatzen, würde ich schon gern den Grund erfahren.«

Die Wohnungstür wird von außen aufgeschlossen. Kramer beobachtet, wie Timo alle Farbe aus dem Gesicht weicht. Diesen Ausdruck hätte er erwartet, als sie vor der Tür standen. Dann könnte er die Geschichte glauben.

»Das gibts doch nicht!«, poltert sein Vater los. »Einen Tag bist du da, schon sind die Bullen im Haus.« Die Stimme wirkt leicht verwaschen auf Kramer. »Was hat der Junge wieder angestellt? Sagen Sie es mir, dann können Sie ihn mitnehmen.«

Kramer will antworten, doch Mitter ist nicht fertig. »Ich versteh nicht, warum ihr die rausgelassen habt. Die machen nur Ärger.« Er tobt Timo an: »Habe ich nicht gesagt, ihr sollt euch von Kristof fernhalten? Könnt ihr nicht einmal auf mich hören?« Er holt aus und schlägt Timo mit der flachen Hand ins Gesicht.

Kramer sieht das verlegene Grinsen. Timo will seinem Vater den Schmerz nicht zeigen, und ihnen nicht, wie er sich schämt.

»Augenblick«, kommt sein Kollege ihm zuvor. »Beim nächsten Mal nehmen wir Sie zur Ausnüchterung mit auf die Wache. Da können Sie Ihren Rausch auf der Zelle ausschlafen. Ist das klar? Jetzt beantworten Sie mir eine Frage. Warum sollte sich Ihr Sohn von Kristof Driesen fernhalten?«

»Das wissen Sie nicht? Ha, der bringt Unglück ... zieht die Jungen in irgendwelche Überfälle rein. Weiß der Henker, was mit dem los ist. Ich predige Timo seit Jahren, sich von ihm zu lösen. Heute noch im Auto, ihm und seinem Freund, dem Fabian. Stimmt´s?«

»Ja, ja«, antwortet Timo und hält sich die Wange. »Meinst du, ich könnte von heute auf morgen die Freunde wechseln?«

Schulz stellt sich zwischen Mitter und seinen Sohn, damit der nicht nochmal zuschlägt.

»Fabian hätte ohne Kristof im Leben nichts mit der Polizei zu tun … dafür würde ich meine Hand ins Feuer legen«, sagt Mitter.

»Beruhigen Sie sich«, mischt sich Kramer ein. »Timo und Fabian haben nichts angestellt. Es geht um Kristof.«

»Da sehen Sie es! Und Sie fragen, warum ich meinem Sohn den Kontakt verbiete.« Mitter verschränkt die Arme über der Brust und sieht verärgert zu seiner Frau.

»Was regst du dich auf?«, fragt sie ihn. »Hast du nicht gehört? Unser Sohn war nicht dabei.«

Timo geht an seinem Vater vorbei zur Tür, bleibt plötzlich stehen, sieht zu Kramer. »Was ist mit Kristof? Sie haben mir die Frage nicht beantwortet.«

»Er wurde gegen zweiundzwanzig Uhr in der Altstadt Opfer einer Gewalttat«, sagt Schulz sachlich.

»Was heißt das?«, fragt Timos Mutter verunsichert.

»Er wurde in den späten Abendstunden erschossen. Mehr können wir im Moment nicht sagen.«

Kramer entgeht nicht, wie sie ihren Mann ansieht. Hat sie ihn in Verdacht? Das wäre nicht möglich, wenn die beiden den ganzen Abend zusammen auf der Feier verbrachten. Da stimmt etwas nicht. Sie wendet sich an Schulz: »Mag Kristof gewesen sein, wie er will, so ein

Ende hat er nicht verdient … er war zwanzig Jahre alt. Ich habe seine Mutter am Morgen im Gerichtssaal gesehen. Das muss schrecklich für sie sein.«

Kramer beobachtet Timo, der bleich wie eine Wand an der Tür steht. »Sie wussten es nicht?«, fragt er ihn. Timo schüttelt den Kopf und verschwindet aus der Küche.

»Wir verstehen, dass Sie die Tat schnell aufklären wollen, doch im Moment können wir nicht weiterhelfen«, sagt Frau Mitter.

»Ihr Sohn und Fabian Meisner waren zuletzt mit ihm zusammen. Deswegen müssen wir sie zuerst befragen«, meint Schulz.

»Mein Sohn wird keine Angaben mehr machen.« Herr Mitter scheint plötzlich nüchtern, zumindest klingt seine Stimme so. »Fertig. Haben Sie auf die Uhr gesehen? Ich bin hundemüde, lege mich jetzt ins Bett, wenn Sie nichts dagegen haben. Oder ist noch was?« Er wendet sich zur Tür.

»Wo waren Sie am heutigen Abend?«, fragt Schulz.

Mitter holt tief Luft. »Wir waren um achtzehn Uhr mit Freunden verabredet. Sie können nachfragen, wenn Sie mir nicht glauben.«

»Das werden wir. Schreiben Sie uns Namen, Telefonnummern und Adressen auf.« Schulz reicht ihm einen Notizblock und sieht ihn streng an. Mitter notiert die Angaben. Er wirkt verunsichert, als zögere er, etwas anzusprechen. Sein Kollege nimmt die Notizen an sich und verabschiedet sich. Kramer zögert noch. »Ich habe den Eindruck, Sie wollen uns etwas mitteilen. Nur zu, wir sind für jede Information dankbar.«

Mitter sieht zu seiner Frau. »Nein, es ist alles gesagt.«

»Wenn es Ihnen wieder einfällt, scheuen Sie sich nicht, uns anzurufen.« Er reicht ihm seine Visitenkarte und folgt dem Kollegen.

»Wir hätten ihn mitnehmen sollen«, sagt Schulz auf der Straße. »Um dem Jungen zu zeigen, dass Gewalt kein Weg ist.«

»Was haben sie uns verschwiegen und warum?« Kramer sieht seinen Kollegen fragend an. »Ich kann mir keinen Reim daraus machen. Timo hat mit dem Tod seines Freundes nichts zu tun. Das steht für mich fest.«

»Mal sehen, was Fabian sagt«, meint Schulz.

»Ach, die werden sich abgesprochen haben«, entgegnet Kramer. »Ich verstehe nur den Sinn nicht.« Auf dem Weg denkt er an Nina. Ob sie auf ihn wartet? Oder ist sie in die eigene Wohnung gefahren? Er kann nicht sagen, was ihm lieber wäre. Für eine Aussprache könnte er sich einen besseren Zeitpunkt vorstellen. Es ist zum Verzweifeln. Sobald er einen Abend für sich verplant hat, wird er in einen neuen Fall verwickelt. Wenn Nina vor dem Fernseher eingeschlafen ist, wird er sie nicht wecken. Er wird auf eine geeignete Gelegenheit warten, vielleicht beim Frühstück. Insgeheim zweifelt er an dem Sinn einer Aussprache. Es wird sich dadurch nichts ändern. Die Stimme des Kollegen dringt durch seine Gedanken.

»Wir können Fabian sagen, dass Timo uns alles erzählt hat.«

»Was? Ich verstehe nicht.« Kramer ist nicht bei der

Sache.

»Den genauen Ablauf des Abends. Wir fordern Fabian auf, uns seine Sicht zu schildern.«

»Darauf fällt er nicht rein. Sie werden in diesem Augenblick miteinander telefonieren oder mailen, um sich abzusprechen. Was meinst du, wie es passiert sein könnte?«

»Sie sind bei einem Überfall an den Falschen geraten. Er zog eine Waffe und drückte ab. Timo und Fabian konnten fliehen. Kristof hat's erwischt.«

»Es klingt für mich nicht rund. Da steckt mehr dahinter. Ich bin mir sicher, dass Timos Vater uns was verheimlicht hat. Vielleicht kann uns Fabian sagen, ob er ihn an dem Abend gesehen hat.«

Kapitel 15

Fabian Meisner hat sich in die Wohnung geschlichen. Die Tür zum Kinderzimmer steht auf. Er lauscht. Gleichmäßige Atemgeräusche sind zu hören. Moritz schläft. Mutter hat ihre Tür geschlossen. Sie wird auch schlafen. Fabian tapst auf Zehenspitzen in die Wohnküche. Aus dem Kühlschrank nimmt er einen Pfannkuchen und Apfelmus. Sofort bekommt er ein schlechtes Gewissen. Kristof ist tot, wie kann er ans Essen denken?

Das Handy vibriert. Er hatte es auf lautlos gestellt, nur den Vibrationsalarm zugelassen, um seine Mutter nicht zu wecken. Er sieht die Nummer im Display und drückt auf Verbindung. Fragt sich im gleichen Moment, wie er sich am Freitag verhalten soll. Je mehr er darüber nachdenkt, desto gruseliger erscheint ihm die Begegnung mit dem Onkel.

»Mensch, Fabian!«, tönt es aus der Leitung. »Die Bullen sind weg. Da ging ein Film ab, das glaubst du nicht. Mitten im Gespräch kamen meine Eltern zurück. Der Alte torkelte auf mich zu und schlug mir ins Gesicht. Ich habe mir nichts anmerken lassen, den Triumph gönne ich ihm nicht.«

Fabian sieht den untersetzten Vater im Auto vor sich, wie er ihn den Kontakt zu Kristof verboten hatte.

»So wie der eine Bulle geguckt hat, habe ich gedacht,

die nehmen den Alten gleich mit auf die Wache. Das wär's gewesen … echt. Der Alte eine Nacht in Gewahrsam wegen mir. Ich hätte mich nie mehr bei ihm sehen lassen können.«

»Timo, ich muss wissen, ob mein Onkel geschossen hat. Es lässt mir keine Ruhe. Er kommt Freitag zu Besuch.«

»Ich glaube nicht, dass er es war. Der Schuss kam aus der Sackgasse. Sicher bin ich mir nicht, es ging viel zu schnell.«

»Hast du Kristofs Stiefvater gesehen? Dem würde ich es zutrauen.«

»Lass das Kopfkino, sonst drehst du durch. Die Bullen werden gleich bei dir sein. Du musst nur wiederholen, was wir besprochen haben. Es wird nicht schiefgehen. Versau es nicht. Und erwähne die Trinkhalle nicht. Dann wissen sie, dass wir da waren.«

»Können die keinen Feierabend machen? Die wecken meine Mutter auf. Wenn rauskommt, dass wir Onkel Wolfgang verfolgt haben …«

»Wie soll das rauskommen? Merk dir, sie können uns nichts anhängen. Ich habe ihnen Natalie beschrieben. Sie wird unser Alibi bestätigen. Wir dürfen uns nicht widersprechen, sonst nageln sie uns fest. Leg dich auf die Couch. Zieh dir irgendeinen Film rein. Vielleicht ein Bier dazu, Chips. Mach alles so, dass sie keinen Verdacht schöpfen.«

»Du bist lustig, die merken, dass mit mir was nicht stimmt. Ich kann nicht gut schauspielern.«

»Dann machen wir's anders. Sag ihnen, dass ich angerufen habe. Das ist besser. Es erklärt deine Verfassung und du brauchst nicht den Überraschten zu spielen. Sie werden vermuten, dass wir uns absprechen.«

Es schellt. Fabian schleicht in den Flur, betätigt die Türsprechanlage.

»Ja, bitte, wer ist da?« Er spürt den erhöhten Puls.

»Polizei. Wir müssen mit Ihnen sprechen.«

Fabian öffnet die Haustür, hört ihre Schritte auf der Treppe. Er denkt an das Smartphone in seiner Hand. »Timo? Bist du noch da?«

»Ja, spiel den Geschockten ... das dürfte dir nicht schwerfallen. Ruf mich nachher zurück, okay?«

Die Beamten stellen sich vor, zeigen ihre Dienstausweise. Er führt sie in die Küche, schließt die Tür. »Schrecklich!« Er hält sich die Hände vors Gesicht. »Timo hat mich angerufen.« Er deutet auf das Smartphone, die Tränen laufen wie von selbst.

»Sind Sie allein?«, fragt der Beamte, der sich als Kramer vorgestellt hat, in einem einfühlsamen Ton.

»Nein, meine Mutter und mein kleiner Bruder schlafen. Ich möchte sie nicht wecken, das werden Sie verstehen. Ich bin heute aus der U-Haft entlassen worden.« Er versucht ein Lächeln. »Dummheiten, ich habe danebengestanden. Weil sie mir in der Schule geholfen haben.« Was redet er da, es wird sie nicht interessieren.

»Erzählen Sie uns, wie Sie den Abend verbracht haben«, fordert Schulz ihn auf. »Dann verschwinden wir wieder.«

»Am Bermuda3eck ... Kristof, Timo und ich. Wir haben Radler getrunken. Kristof ist früher weg ... wollte sich mit seiner Mutter aussprechen. Es gab Ärger mit dem Stiefvater. Haben Sie mit seiner Mutter gesprochen?« Fabian freut sich über seinen Gedankenblitz. Bestimmt waren sie zuerst bei ihr.

»Ja, das haben wir«, bestätigt Schulz.

Soll er von dem Streit am Mandra erzählen oder nicht? Das hat er mit Timo nicht abgesprochen. Die Beamten werden es erfahren, wenn sie es nicht schon wissen. »Kristofs Stiefvater war am Bermuda3eck, er hat ihn geschlagen. Ich war total geschockt, als ich ihn ... gesehen habe.« Fast wäre ihm rausgerutscht ... an der Trinkhalle. Gut, dass Timo ihn gewarnt hatte. Er muss aufpassen, was er sagt. »Mein Vater hat uns nie geschlagen. Er hat viel mit uns unternommen, bis er mit seiner Kollegin den Dienst in Afghanistan aufnahm.« Verdammte Scheiße, am Ende hat ihn der Stiefvater erschossen. Er könnte ein wichtiger Zeuge sein, er hat ihn am Tatort gesehen. Ihm wird schwindelig. Er entschuldigt sich bei den Beamten, um auf die Toilette zu gehen. Das Bad ist von innen verschlossen. Zurück in der Küche dreht er den Wasserhahn auf, lässt kaltes Wasser über die Unterarme laufen, formt mit den Händen eine Kuhle und trinkt daraus.

»Alles in Ordnung?«, fragt Kramer besorgt. »Oder sollen wir einen Arzt rufen?«

»Nein, es ist schon besser«, entschuldigt er sich. Jeden Moment kann seine Mutter in die Küche kommen. Sie wird ihm kein Wort glauben.

»Wir haben den Eindruck, dass Sie mit Ihrem Freund die Aussage besprochen haben«, sagt Schulz.

»Ja, sicher. Ich meine, klar haben wir über den Abend gesprochen. Wir waren ja zusammen. Wann Kristof verschwunden ist, daran erinnern wir uns beide nicht. Nur, dass er zu seiner Mutter wollte nach dem Auftritt des Stiefvaters. Mehr kann ich Ihnen nicht sagen.«

»Später habt ihr ihn nicht gesehen?« Schulz klingt gelangweilt.

»Fragen Sie Natalie, sie kellnert am Mandra.« Zum ersten Mal versteht er Timo. Sie wären in Teufels Küche geraten, wenn sie mehr erzählt hätten. »Dunkle Mähne. Ein Puppengesicht.« Er sieht sie vor sich.

»Dein Freund hat sie uns beschrieben. Wenn dir noch etwas einfällt, ruf uns an. Vorläufig ist das alles.« Kramer reicht ihm die Visitenkarte.

Fabian will aufatmen, da kommt seine Mutter herein. Sie wendet sich an ihn. »Wer sind die Männer? Was wollen sie um diese Zeit von dir?«

Sie hat sich im Bad zurechtgemacht. Ungeschminkt würde sie nicht in die Küche kommen, wenn sie fremde Männerstimmen hört, denkt Fabian.

»Entschuldigen Sie die späte Störung.« Schulz wendet sich an seine Mutter. »Wir sind von der Mordkommission. Ich nehme an, Sie kennen Kristof Driesen. Er wurde am späten Abend in der Altstadt von einem Unbekannten erschossen. Ihr Sohn könnte ein wichtiger Zeuge sein. Für uns ist entscheidend, so schnell wie möglich Zusammenhänge zu ermitteln, die uns zu dem

Täter führen können.«

Frau Meisner wirkt geschockt, sie lässt sich auf einen Stuhl sinken. »Fabian ist erst am Mittag mit seinen Freunden aus der Haft entlassen worden.« Sie stützt ihren Kopf mit ihren Händen ab. »Entschuldigen Sie, ich bin von den Stimmen aufgewacht, muss mich erst sammeln. Sagen Sie mir, was mein Sohn damit zu tun hat.«

»Wir haben gehofft, dass er uns weiterhelfen kann ... als Zeuge«, erklärt Kramer. »Sie hatten sich am Abend im Bermuda3eck getroffen. Vermutlich haben Timo und er Kristof Driesen zuletzt lebend gesehen.«

»Sag ihnen, dass du nichts damit zu tun hast.«

»Das wissen sie«, entgegnet Fabian. »Wir haben uns da von Kristof getrennt.«

»Warum? Hattet ihr Streit?«

Kann sie nicht den Mund halten? Wenn's drauf ankommt, kriegt sie die Zähne nicht auseinander. Und vor der Polizei macht sie auf Fragestunde. Fabian beschreibt erneut die Szene mit dem Stiefvater. »Ich hatte Angst, dass Kristof aus lauter Frust ein Ding dreht und uns mit reinzieht. Wäre nicht das erste Mal. Da war ich froh, dass er zur Mutter wollte.«

»Hat er aus lauter Frust ein Ding gedreht?«, mischt sich Kramer ein. »Eines, das ihm zum Verhängnis wurde?«

»Keine Ahnung ... wie gesagt.« War doch nicht so gut, denkt Fabian.

»Das glauben wir Ihnen nicht.« Schulz kommt dicht an ihn heran.

»Ich habe meiner Mutter versprochen, sauber zu bleiben. Stimmt doch, Mama!« Wenn sie ihn zur Bestätigung nur in den Arm nehmen würde.

»Wir haben beim Abendessen darüber gesprochen. Ich habe befürchtet, dass Kristof wieder was anstellt, und war froh, als ich im Halbschlaf die Wohnungstür hörte.«

Sie sagt es, weil sie ihm kein Wort glaubt, denkt Fabian. Genau wie die Beamten. Es ist zum Verrücktwerden. Er hat Timo gesagt, dass er nicht schauspielern kann.

»Wann war das? Haben Sie auf die Uhr gesehen?«, erkundigt sich Schulz bei seiner Mutter.

»Nein, ich habe mich umgedreht und weiter geschlafen.«

»Was soll das Theater?«, poltert Schulz. »Niemand verdächtigt Ihren Sohn. Sie brauchen uns kein Alibi zu liefern. Sie haben nicht gehört, als er kam. Erst unsere Stimmen haben Sie geweckt. Stimmt's?«

Frau Meisner weicht erschrocken zurück. »Ich hatte einen anstrengenden Tag. Am Morgen die Verhandlung vor Gericht, für alle Essen kochen, das Wohnzimmer herrichten, Schulaufgaben mit Moritz erledigen, ihn pünktlich ins Bett bringen. Da schlafe ich abends vor Erschöpfung ein.«

»Dafür haben wir Verständnis. Sie müssen es nur sagen. Gefälligkeiten interessieren uns nicht.« Kramer wendet sich an Fabian. »Wenn dir einfällt, wie es wirklich war, ruf uns an. Wir haben weder Lust noch Zeit für eure Geschichten.« Er verlässt mit dem Kollegen die Wohnung.

Moritz kommt in die Küche. »Was wollten die Polizisten?«

Mutter nimmt ihn in den Arm: »Sie hatten ein paar Fragen an Fabian. Lass uns wieder ins Bett gehen. Du musst morgen in die Schule.«

»Was ist passiert?«, beharrt er.

»Das wissen wir nicht. Wir konnten der Polizei nicht weiterhelfen. Sie haben es eingesehen und sind gegangen.« Sie drängt ihn ins Kinderzimmer zurück.

Fabian verschwindet im Bad. Er hätte den Beamten gerne alles geschildert, um den inneren Druck loszuwerden. Doch seine Mutter wäre vor Wut geplatzt, dass sie Onkel Wolfgang verfolgt haben. Er kann Timo dankbar sein. Er sieht auf die Visitenkarte. Christian Kramer. Kriminalhauptkommissar. Klingt wichtig. Sie werden es herausfinden. Timo wartet auf seinen Rückruf. Er wählt die Nummer. Sein Freund ist sofort am Telefon. »Ist alles gelaufen wie besprochen«, sagt Fabian. »Ich bin müde, leg mich aufs Ohr und versuch zu schlafen. Ich ruf dich morgen früh an.«

Timo scheint beruhigt zu sein. »Nur kurz«, sagt er. »Meine Mutter ist heilfroh, wenn wir zwei Wochen nach Fuerteventura fliegen. Du musst deinen Onkel am Freitag überreden. Dürfte nicht schwer sein. Mensch Alter, wir können am Samstag an der Sonne sein. Auf und davon. Last minute. Das ist unsere Chance.«

Kapitel 16

Ein Geräusch an der Tür. Nina Reider schreckt aus dem Schlaf hoch. Licht fällt ins Zimmer. Sie sieht sich verwundert um. Erst nach und nach kehrt die Erinnerung zurück. Christian wurde zu einem Mordfall gerufen. Er hat sie gebeten, zu bleiben, bis er zurückkommt, um mit ihr zu reden, wie es weitergehen soll. Sie weiß es selbst nicht. Die Abende mit ihm gefallen ihr, doch sie möchte ihr Leben nicht für ihn aufgeben. Allein der Gedanke, ihre Freundin zu verlassen, verursacht ihr Panikattacken. Nein, keine Männer morgens in ihrer Wohnung, sie wird bei Anna bleiben. Warum kommt er nicht herein? Hat er Angst, sie zu wecken? Sie ist froh, wenn sie die Aussprache hinter sich hat.

Die Tür steht einen Spalt auf. Die Katze ist bei ihm. Soll sie zu ihm gehen? Ihn zu dem neuen Fall befragen, ein Bier zusammen trinken, um ihm dann ihre Entscheidung mitzuteilen. Es ist sicher nicht die beste Zeit dafür. Sie wird vorsichtig sein, um jeglichen Stress zu vermeiden. Sie zögert, in die Küche zu gehen, und nimmt einen fremden Geruch wahr. Was hat er ihr verheimlicht? Eine andere Frau mit einem Schlüssel für seine Wohnung. Warum bildet sie sich ein, die Einzige zu sein? Sie sieht ihn einmal im Monat zum Essen und zum Filmabend. Kein Sex, nicht mal Zärtlichkeiten.

Ist es seine Nachbarin? Sie hat einen Schlüssel für die Wohnung, kümmert sich um Karla, wenn er zum Einsatz gerufen wird. Er hat davon erzählt. Nina beruhigt sich. Die Nachbarin wird gesehen haben, wie Christian die Wohnung verlassen hat. Sie wird gewartet haben, ob er zurückkommt und sich entschieden haben, die Katze zu sich zu holen. Sucht sie in der Küche nach Leckerlies, die Christian versteckt hat? Nina hört deutlich, wie sie Karla anspricht, bekommt dabei eine Gänsehaut. Die Stimme ist zu jung für eine Rentnerin.

Sie möchte kein Eifersuchtsdrama erleben, hatte bei ihrem verstorbenen Ehemann genug davon. Sie überlegt, sich im Wohnzimmer zu verstecken, hat das Gefühl, in einer Komödie mitzuspielen. Die Frau kommt ins Zimmer. Nina vergisst vor Schreck, sich schlafend zu stellen. Die Frau ist jung, schlank, brünett. Sie sieht aus wie einer Modezeitschrift entsprungen. Sie hat Karla im Arm. Nina würde sie auch erkennen, wenn sie das Bild im Flur nicht gesehen hätte. Er hat sie treffend beschrieben.

»Was ist hier los? He? Was machen Sie auf unserer Couch?«

Nina ist sprachlos. Unsere Couch hämmert es in ihrem Kopf.

»Ich möchte, dass Sie augenblicklich verschwinden. Mein Verlobter benötigt solche Dienste nicht. Ich werde ihn zur Rede stellen. Verlassen Sie sich darauf.«

So schnell hat Nina noch nie ihre Sachen gepackt. »Dieses Schwein!« Sie flieht aus der Wohnung. Den leichten Regen auf der Straße nimmt sie kaum wahr, läuft zum Schauspielhaus, um sich ein Taxi zu nehmen. »Nie mehr«, sagt sie sich. »Nie mehr!« Sie ruft ihre Freundin an, hofft, dass Anna noch wach ist. Eine verschlafene Stimme meldet sich. Nina könnte sie umarmen. Sie schildert ihr alles in wenigen Worten.

»Ich gehe sofort unter die Dusche, um wach zu werden, dann mach ich uns eine Flasche Wein auf«, verspricht Anna.

Kapitel 17

»Na, hast du deine Meinung geändert?«, fragt Kramer seinen Kollegen.

»Nein, ich bleibe dabei. Sie wollten jemanden überfallen. Es ging schief, weil das Opfer bewaffnet war.«

»Ich werde morgen nach der Frühbesprechung die Bewährungshelferin aufsuchen. Vielleicht kann sie Fabian zu einer Aussage bewegen.«

Beim Aussteigen kneift ihm der Kollege ein Auge zu. Kramer schüttelt den Kopf und fährt weiter. Was Schulz immer denkt. Er sieht auf die Uhr. Kurz nach eins. Nina wird sich ein Taxi bestellt haben. Er kann sich nicht vorstellen, dass sie auf ihn wartet. Oder sie ist vor dem Fernseher eingeschlafen.

Er schließt die Wohnungstür auf, sofort schnurrt Karla um ihn herum. Aus dem Wohnzimmer dringt kein Licht. Nina hat die Wohnung verlassen. Er ist froh darüber, hat kein Interesse an einer Aussprache. Die Katze begleitet ihn in die Küche, wo er ihr Leckerlies aus dem Schrank holt und ein helles Fiege aus dem Kühlschrank nimmt. Unmöglich, sich nach so einer Nacht hinzulegen und zu schlafen. Er erinnert sich an seinen Vater, der erschossen wurde, als er sich Bankräubern entgegenstellte. Er war zwölf, sein Bruder vierzehn Jahre alt. Nach dem Vorfall reifte in ihnen die Idee zur Polizeilaufbahn. Den Bruder zog es nach Düsseldorf zum LKA, ihn zur Mordkommission in Bochum.

Alina kommt aus dem Schlafzimmer. Bekleidet mit Slip und einem schwarzen Shirt von ihm, das über ihrer Brust spannt. Er nimmt es in Sekundenbruchteilen wahr, kann nicht glauben, was er sieht, fühlt sich um mindestens ein Jahr zurückversetzt. Die nackten Füße mit den verzierten Zehennägeln, er hat sie geliebt.

»Habe ich über dem Stuhl gefunden«, sagt sie und streift die langen Haare nach hinten. »Ich wollte dich überraschen. Volltreffer, würde ich sagen.«

»Was in aller Welt machst du hier?« Er nimmt einen ordentlichen Schluck aus der Flasche.

»Ich bin auf der Durchreise, hatte mir die Begrüßung nach der langen Zeit herzlicher vorgestellt. Willst du mich nicht wenigstens in den Arm nehmen?«

Er geht auf sie zu und umarmt sie.

»Ich wollte nicht in ein Hotel, sondern bei Karla und dir übernachten. Ich dachte, ihr freut euch. Bei unserer Katze ist es mir gelungen.«

Er geht nicht darauf ein. »Ich hätte fast die Bierflasche fallen lassen, so hast du mich erschreckt.«

Der sanfte Rehblick, die duftende Haut. Alles wie in seiner Erinnerung, als hätte sie ihn nie verlassen.

»Lass mich nachdenken«, sagt sie. »Du hattest dich auf einen Abend zu zweit vorbereitet … Bereitschaft ... der Anruf der Leitstelle… ein Toter in der Stadt. Fremdeinwirkung … du hast schon erste Zeugen befragt mit deinem Kollegen. Ist es noch Manfred Schulz?«

»Ja, sicher. So lang ist es nicht her«, sagt er.

»Der brave Familienvater mit den beiden Jungs. Seinen Spruch habe ich mir gemerkt, mit dem er mich besänftigen wollte, wenn er dich mitten in der Nacht abholte, und ich dir bis zum Auto nachlief.« Sie versucht, die sachliche Stimme von Schulz zu imitieren. »Die erste Zeit nach der Tat ist die Wichtigste. Das andere kann warten. Damit war ich gemeint. Er betrachtete mich als das andere.«

Kramer schüttelt den Kopf.

»Ich mach Spaß«, sagt sie. »Bin so aufgeregt, dich wiederzusehen. Ich wusste nicht, wie du reagierst.«

»Die Aufregung überspielst du gut.« Soll er sie fragen, ob sie Nina angetroffen hat?

»Nachdem wir mein Seelenleben ausführlich diskutiert haben, kommen wir zu dir. Immer noch betroffen, der Herr Kriminalkommissar. Geschockt von der brutalen Wirklichkeit. Dabei wird unter den Menschen gemordet, was das Zeug hält. Überall auf der Welt, ein paar Dollar genügen. Mit immer besseren Waffen. War es Sartre, der sagte, lass uns den letzten Schluck Bordeaux genießen, wer weiß, was morgen ist?« Sie sieht ihn mit einem frechen Blick an. »Komm, erzähl, was los war. Lass dich von meinem Gerede nicht ablenken. Du platzt ja vor Mitteilungsdrang.«

Er ist überrascht, sie hatte sich nie für die Mordfälle interessiert.

»Erzählst du es Karla, unserer Polizeikatze?«, fährt sie unbekümmert fort. »Oder der Frau auf der Couch? Sorry, sie ist bei meinem Anblick geflohen. Was Ernstes? Oder eine Tinder Bekanntschaft? Du hast doch nichts dagegen, wenn ich mir ein Bier nehme, während du die Neuigkeiten erzählst.« Sie lässt ihn stehen, nimmt sich ein Helles aus dem Kühlschrank, setzt sich auf einen Stuhl ihm gegenüber und zieht langsam die nackten Beine an den Körper. Er überlegt, wie sie in die Wohnung gekommen ist. Klar, er hatte den Schlüssel nicht zurückverlangt, um keinen endgültigen Schluss-Strich zu ziehen, sondern ihr die Möglichkeit zu lassen, zu ihm zurückzukehren. Er kann nicht verhehlen, dass ihr Anblick ihm gefällt, sie ihn mit ihren lasziven Bewegungen sofort wieder in ihren Bann zieht. Die Frage ist, wie er es Nina erklären soll. Sie wird denken, er habe die ganze Zeit gelogen. Er nimmt einen kräftigen Zug aus der Flasche.

»Nach einem Jahr platzt du in mein Leben, als wäre die Zeit stehengeblieben.«

»Für mich ist sie das«, lacht sie. »Zumindest hat sich nichts verändert. Alles ist, wie ich es verlassen hatte. Keine einzige Neuigkeit in deinem Schrank. Schwarze Shirts, dunkle und blaue Jeans.«

»Hast du nur einen Moment daran gedacht, dass die Frau auf der Couch mit mir zusammenleben könnte?«, fragt er.

»Nein, überhaupt nicht.« Sie lacht. »Komm, lass uns über deinen Fall reden. Dann erzähl ich von meinen Reisen und wir gehen ins Bett.« Sie schiebt ihren Oberkörper nach vorne. Unter dem T-Shirt bilden sich ihre großen Brustwarzen ab.

Er atmet tief durch. »Ein Zwanzigjähriger wurde nahe der Brückstraße erschossen. Bisher gibt es keine Spuren. Seine Freunde, mit denen er am Bermudadreieck ein paar Biere trank, wollen nichts gesehen haben. Eine Anwohnerin alarmierte uns.«

»Wirkten die Freunde glaubwürdig?« Sie ploppt die Flasche auf, nimmt einen Schluck.

»Nein, weiß der Teufel, ich glaube ihnen nicht.«

»Gibt es ein Motiv für den Mord? Die ewigen Themen: Geldgier, Frauen, Eifersucht.« Sie betont die Worte.

»Sie sind am Morgen aus der Untersuchungshaft entlassen worden, haben im Bermuda3eck gefeiert.«

»Weswegen waren sie im Knast?«

»Sie haben Fußgänger auf der Straße abgezogen. Im Juristendeutsch nennt man es räuberische Erpressung.«

»Was gibt´s da zu überlegen? Das Motiv ist geklärt. Sie sind an den Falschen geraten.« Sie formt ihre Hand zu einer Waffe, zielt auf ihn. »Peng. Sie wollten sein Geld, er wehrte sich, knallte einen Angreifer ab. Wird schwierig, ihn zu finden. Er wird sich nicht freiwillig melden. Genug spekuliert. Willst du nicht wissen, wo ich herkomme?«

»Na, sag es. Du hältst es ja nicht mehr aus.« Für einen Moment hatte er geglaubt, sie würde sich für den Mordfall interessieren. Er muss über seine Naivität schmunzeln. Nein, Alina dreht sich nur um sich selbst.

»Direkt aus Miami Beach«, schwärmt sie. »Wir haben jeden Morgen am Strand gefrühstückt. Ham and Eggery.

Überall bekannte Gesichter. Und das Meer war warm. Auf dem Rückflug ging über dem Atlantik die Sonne auf … ein unvergesslicher Blick. Ach so, ich besuche morgen meine Eltern, sie haben was vorbereitet. Samstag bin ich mit Leonie in London verabredet. Erinnerst du dich an sie?«

»Ja, genauso reiselustig wie du.«

»Wir gehen shoppen, nachher ins Musical: The Lion King. Leonie hat Karten besorgt. Ich freu mich total, das Leben kann wunderbar sein. Ich wünschte, du könntest es genauso sehen. Wir würden die Zeit zusammen genießen und der Welt einen Tritt verpassen. Sieh dich um, überall Krisen, keiner weiß, was morgen ist. Die Welt ist dabei, sich neu zu ordnen. Es geht nicht ohne Zerstörung ab. Du musst es spüren. Lass uns die letzten Sonnenstrahlen genießen.«

»Wieder Sartre?«

»Nee, diesmal Alina im Original.«

»Was hast du zu Nina gesagt?«

»Zu der geheimnisvollen Schönen auf der Couch? Ich habe ihr gesagt, dass ich zurück bin ... oder so ähnlich. Sie ist aus der Wohnung geflohen, als wäre der Teufel hinter ihr her.« Alina lacht ihr ansteckendes Lachen. »Christian, so würde sich eine Freundin nicht verhalten, die es ernst meint. Sie hätte gewartet, um dich zur Rede zu stellen. Wir sollten es nochmal miteinander versuchen. Ich verspreche dir, ich reise nicht ständig durch die Welt, wenn du nicht Tag und Nacht an die Arbeit denkst. Es gibt Schöneres im Leben als deine Mordfälle.

Guck mal, wie Karla guckt. Als wäre sie unser Kind.«
Sie nimmt die Katze auf den Arm und krault sie.

»Du bist ein Teufel. Erzählst solche Sachen und planst
am Samstag mit Leonie die nächste Weltreise. Die Frau
auf der Couch lebt zumindest in meiner Welt.«

»Okay. Wir reden nicht mehr darüber. Morgen kannst
du der Bodenständigen alles erklären. Stell mich als
Teufel dar. Das mögen solche Frauen. Heute lass uns
sentimental sein und im Bett Erinnerungen auffrischen.«
Sie lacht nicht mehr. »Vielleicht nimmst du dir nach dem
Mordfall ein paar Tage Urlaub und besuchst mich in
London. Ich warte auf dich, habe vor, einige Zeit dort zu
verbringen. Was hältst du davon? Überlege es dir und
rufe an, wenn der Fall geklärt ist. Die Handynummer ist
unverändert. Etwas, das bleibt.« Sie sieht ihn mit einem
Blick an, dem er nicht widerstehen kann. »Ich würde
mich freuen, echt«, ergänzt sie, geht ins Schlafzimmer
und holt zielsicher Fotoalben aus der alten Kommode,
wirft sie aufs Bett.

Kapitel 18

Donnerstag. Marie Marler sieht in ihrem Büro die Aufgaben im Computerprogramm für den Tag durch. Sie hat sich vorgenommen, nur das Notwendige zu erledigen, dann Überstunden abzubauen. Der gestrige Tag hat sie erschöpft, die Verhandlung vor Gericht, die volle Sprechstunde, zuletzt der nächtliche Anruf der Freundin, deren Mann sich wegen einer anderen getrennt hatte. Natürlich musste sie Julie trösten. Den Wecker hätte sie am liebsten gegen die Wand geworfen. Es klopft. Nina kommt herein. Ihr Blick verheißt nichts Gutes.

»Was ist passiert?«, fragt Marie.

»Lass uns reden, ich habe Kaffee aufgesetzt.«

»So schlimm?« Sie folgt Nina in den Besprechungsraum, holt zwei Kaffeetassen aus dem Schrank.

Ihre Kollegin nimmt die Thermoskanne aus der Maschine und schüttet Kaffee ein. »Ich war gestern bei Christian Kramer zum Essen eingeladen.«

Marie nimmt einen Schluck aus der Tasse, läuft zum Spülbecken und spuckt alles hinein. »Ah, heiß!« Sie versucht, ihre Stimme normal klingen zu lassen. »Du hast nichts davon gesagt. Ich dachte, du hättest was mit deiner Freundin. Du redest ja nur von ihr.« Was erzählt sie da für einen Schwachsinn? Nina scheint ihre Aufregung nicht zu bemerken, sondern mit eigenen Gedanken beschäftigt zu sein.

»Beruhige dich. Christian und ich sind Freunde, mehr nicht«, sagt Nina. Marie könnte sie umarmen.

»Wir treffen uns einmal im Monat zum Essen oder zum Filmabend. Gestern hatte er Bereitschaft. Er wurde zu dem Mordfall gerufen, der heute in der Zeitung stand.«

»Ich habe noch nichts darüber gehört. Habe bis zum Morgengrauen mit einer Freundin telefoniert«, sagt Marie. »Ich habe nicht mal geduscht, nur den Pullover und die Jeans angezogen.«

Nina sieht an ihr herunter: »Christian wollte, dass ich auf ihn warte. Ich blieb, um mich mit ihm auszusprechen.«

»Und? Erzähl schon!« Marie ist ungeduldig. Was will Nina ihr sagen? Doch die große Liebe?

»Seine Verlobte kam plötzlich herein. Ich bin aus der Wohnung geflohen, als hätte ich ein Verbrechen begangen. Dabei hatten wir keinen Sex und ich wollte ihm sagen, dass ich meine Freundin nicht verlasse.«

»Kramer ist verlobt?« Marie ist an der Stelle steckengeblieben.

»Keine Ahnung. Mir gegenüber hat er so getan, als hätte sie vor einem Jahr die Beziehung beendet, um auf Weltreise zu gehen. Ihre Eltern würden sie finanziell unterstützen und sie wollte ihr Leben nicht damit vergeuden, auf die Pensionierung eines pflichtbesessenen Polizisten zu warten. Genauso wirkte sie bei ihrem nächtlichen Auftritt. Als käme sie von einem Trip aus der großen weiten Welt. Ich kann mir bei Christian nicht vorstellen, dass er es erfunden hat. Sie wollte nur ihren Besitzanspruch verteidigen, als sie mich sah.«

»Ist er nun verlobt?« Marie kann ihre Aufregung nicht vor Nina verbergen.

»Frag ihn selbst. Ich drücke dir die Daumen, schon, um der verwöhnten Tussi eins auszuwischen.«

Marie protestiert. »Ich kenne ihn kaum. Außerdem gehören immer noch zwei zu einer Beziehung. Ich weiß überhaupt nicht, was ich da rede. Vergiss es.«

Es schellt. Nina erkundigt sich über die Sprechanlage nach dem Besucher.

»Christian Kramer.«

Nina öffnet die Tür, während Marie eilig auf der Toilette verschwindet.

Kapitel 19

Christian Kramer teilt in der Frühbesprechung mit, dass er die Bewährungshelferin überzeugen wird, mit den Freunden des Opfers zu sprechen. Er vermutet, dass sie mehr wissen, als sie ausgesagt haben.

Die Suche nach Kristofs Stiefvater verlief ergebnislos. Kriminaldirektor Weiß besteht auf einer breit angelegten Fahndung. Außerdem sollen die Geschädigten der jugendlichen Bande vernommen werden, Kramer und Schulz planen sie nach dem Gespräch in der Bewährungshilfe zu besuchen.

»Hoffentlich treffen wir Marie Marler an«, sagt Kramer auf dem Weg zum Auto.

»Überlege dir lieber, was du Nina sagst«, erwidert Schulz, dem Kramer von dem nächtlichen Abenteuer erzählt hat. »Wenn du nichts dagegen hast, besorge ich uns ein paar Brötchen, während du in der Bewährungshilfe bist.«

»Für mich mit Käse und Salat«, sagt Kramer. Er schellt und nennt seinen Namen. Kurze Zeit später öffnet Nina ihm die Tür.

»Ich möchte mich für den verkorksten Abend bei dir entschuldigen. Alina ist ohne Ankündigung hereingeschneit, sonst hätte ich dich niemals gebeten, zu bleiben, das kannst du mir glauben … echt, ein ganzes Jahr lässt sie sich nicht sehen. Kaum bist du da, taucht sie auf.«

»Was hättest du gemacht, wenn du zuhause gewesen wärst, und sie wäre plötzlich aufgetaucht?«, fragt Nina.

»Wir hätten uns den Film zusammen angesehen. Wie bei euch neulich … mit deiner Freundin.«

Nina lacht. »Wenigstens ehrlich. Bleibt sie länger?«

»Nein. Sie besucht ihre Eltern, macht Einkäufe im Ruhrpark. Am Samstag fliegt sie nach London, um mit ihrer Freundin die nächste Weltreise zu planen.«

»Keine Neuauflage der Beziehung?«

»Nein. Wie kommst du darauf?« Kramer schüttelt den Kopf.

»Na, sie tat so, als wärt ihr für alle Zeiten einander bestimmt. Ich habe mich als Eindringling gefühlt. Nie wieder habe ich mir geschworen.«

Er hält ihrem prüfenden Blick stand.

»Du bist echt der totale Pokerspieler«, sagt sie. »Ist sie über Nacht geblieben?«

»Wenn du mich so fragst, ja, sie ist geblieben.«

»Das macht es mir leichter, Christian. Ich werde Anna nicht verlassen. Wir haben gestern Nacht endlos geredet und entschieden, unsere Beziehung für niemanden aufzugeben.«

»Habe mir sowas gedacht«, meint Christian.

Sie lenkt ab. »Ging es bei dem nächtlichen Einsatz um den Tod des jungen Mannes, der überall in der Zeitung steht? Der ohne erkennbaren Hintergrund in der Altstadt erschossen wurde?«

»Genau. Deswegen bin ich hier ... um mit Marie Marler

zu sprechen.«

»Ich dachte, du wärst gekommen, um dich bei mir für den Auftritt deiner Verlobten zu entschuldigen.« Sie lächelt.

»Das auch ... natürlich. Obwohl sie nicht meine Verlobte ist ... wie gesagt ... zumindest nicht mehr. Dienstlich möchte ich zu Marie ... es geht um ihren Klienten ... die Verhandlung gestern. Ist sie da?«

»Ja, warte ... ich hole sie.« Sie verharrt in der Bewegung. »Ist was mit Fabian? Sag nicht, dass er der junge Mann aus der Zeitung ist.«

»Nein. Er könnte ein wichtiger Zeuge sein. Vielleicht kann Marie ...«

»Ihn zum Sprechen bringen, meinst du. Ja, sie hat einen guten Draht zu ihren Klienten.« Nina überlegt. »Sind die drei in den Mordfall verwickelt?«

»Bei dem Toten handelt es sich um Kristof Driesen.«

»Scheiße.« Nina schüttelt den Kopf. »Er war der Schlimmste der drei, aber so ein Ende ...«

Kapitel 20

Marie Marler holt eine Akte aus ihrem Büro und geht zum Geschäftszimmer. Sie möchte wissen, was da los ist, und nimmt Ninas seltsamen Blick wahr. Weil sie sich vor dem Spiegel den Lidstrich nachgezogen hat? Das hat sie nicht wegen Kramer getan, das braucht Nina sich nicht einzubilden. Sie begrüßt ihn, überlegt, ob sie ihn siezen oder duzen soll. In der Gerichtskantine hatte er sie gesiezt, wenn sie sich richtig erinnert. Er sieht sie mit seinem überheblichen Lächeln an. Woher nimmt er diese Arroganz? Hat Nina was erzählt? Es verunsichert sie. Gott, warum redet denn keiner? Ist sie in ein Beziehungsgespräch hineingeplatzt? »Wenn ich störe, sagt es mir, dann komm ich später wieder.« Sie wendet sich zur Tür.

»Nein, wir haben auf dich gewartet«, sagt Kramer.

»So. Warum?« Sie ist überrascht.

»Um über Fabian Meisner zu reden.«

»Haben die drei was angestellt?«, platzt es aus ihr heraus. »Die kann man echt nicht zusammen rauslassen … ich könnte mich schwarzärgern.« Sie nimmt sein Zögern wahr. »Was ist? Ich bin nicht aus Zucker.«

»Kristof Driesen wurde am Abend in der Altstadt gefunden«, sagt Nina.

»Was bedeutet das?« Marie schüttelt den Kopf.

Kramer legt die Hand auf ihre Schulter. »Er wurde erschossen. Die Rettungskräfte kamen zu spät.«

»Kristof ist tot?« Sie spürt seinen Griff. Hat er Angst, dass sie vor Schreck umfällt? Nein, so sensibel ist sie nicht, doch die Nähe gefällt ihr. Sie versucht, ihre Gedanken zu ordnen. Wieso kommt er mit der Nachricht zu ihr? Ist es wegen Fabian? »Wie ist es passiert?«, fragt sie. »Weiß man, wer es war?« Sie macht sich vorsichtig los und ruft in den Flur hinein: »Udo!«

»Er ist zu einem Auswärtstermin und um zwölf zurück«, sagt Nina mit veränderter Stimme. Was soll das? Ist sie eifersüchtig, dass Kramer ihr nah kommt? Marie verdrängt den Gedanken. Nina hat ihr erzählt, dass sie bei ihrer Freundin bleiben will. »Was sagen Fabian und Timo?«, fragt sie. »Waren sie dabei?«

»Sie bestreiten es. Wollen nichts damit zu tun haben. Wir haben sie am späten Abend noch besucht. Vielleicht könntest du …«

»Mit ihnen reden?«, ergänzt Marie. Sie ist geschockt, doch sieht in der Zusammenarbeit eine Chance, ihn besser kennen zu lernen.

»Wir brauchen Klarheit, ob sie bei einem versuchten Raub an den Falschen geraten sind. Oder sie den Täter erkannt haben und aus irgendwelchen Gründen schweigen. Wir gehen fest davon aus, dass sie am Tatort waren.«

»Ich rufe dich an, sobald ich Fabian erreicht habe.« Sie hat ihn zum ersten Mal geduzt und wartet auf seine Reaktion, sieht ihm fest in die Augen.

»Ja, darum wollte ich dich bitten. Ich muss wieder los. Schulz wartet auf mich. Wir werden die Zeugen vom gestrigen Gerichtstermin anhören. Du hast sie bei der Verhandlung erlebt. Traust du jemandem eine solche Rache zu?«

Sie überlegt. »Das junge Pärchen schien extrem unter dem Überfall zu leiden. Der letzte Zeuge sprühte vor Wut. Aber ich fürchte, ihr vergeudet eure Zeit. Warte, ich drucke dir den Vermerk zu der Verhandlung aus.« Sie führt ihn in ihr Büro, spürt das Adrenalin durch ihren Körper jagen. Warum funktioniert der verdammte Drucker nicht? Ausgerechnet, wenn es schnell gehen soll. Christian steht hinter ihr. Sie spürt seine Nähe, dreht sich zu ihm. »Einen kleinen Moment. Die Technik streikt immer, wenn ich es eilig habe.«

»Papierstau«, stellt er fest, schiebt sie ein wenig zur Seite und öffnet die Klappe, um ein Blatt heraus zu zerren. Er drückt auf Enter. Sofort wirft der Drucker den Vermerk aus. Sie überlegt einen passenden Kommentar, doch lässt es sein. Sie ruft die Sozialdaten von Fabian in dem Computerprogramm auf, nimmt den Telefonhörer in die Hand und wählt die Nummer. Es dauert nur wenige Sekunden, bis er den Hörer abnimmt.

»Hallo, hier ist Marie Marler. Ist ja super, dass ich dich erreiche. Kannst du ins Büro kommen. Es ist wichtig. Sagen wir um zwölf, okay?«

Ein verlegenes Hüsteln. »Entschuldigung, ich dachte, es wäre Timo. Worum geht es?«

»Wir müssen miteinander sprechen ... es ist wichtig.

Kann ich mich auf dich verlassen?«

»Ja, gut, ich komme«, dringt die Stimme durch den Hörer. Das Gespräch ist unterbrochen.

»Möchten Sie, dass ich Sie nachher anrufe, Herr Kramer?«

Er lacht. »Warum so förmlich? Waren wir nicht beim Du?«

»Mal so, mal so. Ich habe nichts dagegen, wenn wir beim Du bleiben.« Sie reicht ihm die Hand. Er hält sie für einen Moment fest. »Lass mich gleich wissen, was Fabian dir erzählt. Ich bin gespannt.« Er gibt ihr seine Handynummer.

»Ich brauche dein Versprechen, es nicht gegen ihn zu verwenden.«

»Okay, habe ich verstanden. Viel Glück.«

Kaum ist Kramer aus der Tür, stürmt Nina in ihr Büro. »Na, was hat er gesagt? Ich habe dich nicht wiedererkannt, als du von der Toilette kamst. Ich hatte ja keine Ahnung, dass du auf ihn stehst. Das hättest du mir sagen können.«

»Jetzt übertreib nicht. Ich habe meinen Lidstrich nachgezogen. Dann versagt der Drucker, ausgerechnet, wenn er da ist. Ich war überfordert damit.«

»Lass mich raten. Er hat ihn repariert.« Sie sagt es mit einer Betonung, die Marie zum Lachen bringt. »Das lieben die Kerle, einer hilflosen Frau die Welt der Technik zu erklären.«

»Sag schon, dass ich es drauf angelegt hatte. Echt nicht. Was anderes, Fabian kommt um zwölf. Meinst du, er erzählt mir mehr über den Vorfall?«

»Wenn er mehr zu erzählen hat. Vielleicht war er nicht dabei. Ist nicht auszuschließen, dass es nur um Kristof ging. Aus der Akte weiß ich, dass sein Stiefvater ...«

Marie schüttelt den Kopf. »Mein Gefühl sagt mir, dass sie zusammen waren. Christian sieht es genauso. Ich muss rauskriegen, warum Fabian schweigt.«

»Wenn du davon überzeugt bist, solltest du auch Timo einladen. Wenn sie sich abgesprochen haben, wird Fabian ihn einweihen.«

»Stimmt. Wenn Timo es nicht möchte, wird er schweigen, um mit seinem Freund keinen Stress zu kriegen.«

»Rufe ihn an ... er soll Timo mitbringen«, schlägt Nina vor. Marie wählt erneut Fabians Nummer.

Kapitel 21

Fabian Meisner hat in der Nacht kaum geschlafen. Um acht Uhr ist er aufgestanden, gleich, nachdem seine Mutter die Wohnung mit Moritz verlassen hat. Er hat endlos geduscht und sich angezogen. Er hat sich ein Frühstück zubereitet, drei Eier in der Pfanne zu Rührei verarbeitet, dazu helles Brot getoastet. Er mag es, in der geräumigen Küche mit den alten Möbeln zu frühstücken. Doch die nächtlichen Bilder weichen nicht aus seinem Kopf. Er muss Timo anrufen, ihm vorschlagen, sich in der Stadt mit ihm zu treffen, um alles nochmal zu besprechen. Er sieht auf die Uhr, wird bis zehn warten, bevor er anruft. Er kann nicht begreifen, was gestern passiert ist.

Die Melodie seines Smartphones ertönt. Bestimmt ist Timo dran. Fabian drückt auf Verbindung. Er ist überrascht, als sich die Bewährungshelferin meldet. Sie will ihn um 12 Uhr in ihrem Büro sehen. Klar, es geht um Kristof. Sie wird ihn zu dem gestrigen Abend befragen. Steht er bis zum Strafantritt unter Bewährung? Er hat keine Ahnung, der Richter hat nichts dazu gesagt. Kann er ihr die Wahrheit sagen oder gibt sie es an die Polizei weiter? Steht sie unter Schweigepflicht? Er wählt die Handynummer seines Freundes. Die Mailbox springt an. Er bittet Timo, zurückzurufen. Kann es sein, dass er schläft? Unvorstellbar! Das Smartphone spielt die Melodie. Endlich. Fabians Stimme überschlägt sich. »Mensch Timo, wo steckst du? Die Bewährungshelferin will mich um zwölf im Büro sehen. Wir müssen uns sofort treffen.«

»Entschuldige Fabian, ich bin es nochmal.«

Sein Herz schlägt schneller. Schweiß bildet sich auf der Stirn. Gut, dass sie ihn am anderen Ende der Leitung nicht sehen kann. »Ich hatte Timo gebeten, mich zurückzurufen.«

»Bring ihn mit, wenn er sich meldet. Das wollte ich dir vorschlagen.«

»Ja, gut. Ich frage ihn.« Er nimmt sich vor, beim nächsten Mal vorsichtiger zu sein, nicht so überstürzt. Der Bewährungshelferin kann er nichts vormachen, sie hat ihn durchschaut. Warum ruft Timo nicht zurück? Er geht ans Fenster. Ein Haus neben dem anderen. Darüber ein blauer Himmel. Wieder erklingt die Melodie seines Smartphones. Diesmal sieht er auf das Display, bevor er auf Verbindung drückt. Er freut sich über Timos Stimme.

»Hast du die Zeitung gelesen? Sie haben keine Spur zu dem Täter. Da steht, ein Unbekannter habe ohne erkennbaren Hintergrund in der Altstadt einen jungen Mann erschossen. Wer etwas zur Aufklärung beitragen kann, soll sich bei der Polizei melden. Dazu eine Telefonnummer.«

»Ich habe keine Zeitung. Timo, wir sollen um zwölf bei der Bewährungshilfe sein. Die Marler hat mich angerufen.«

»Scheiße. Dahinter stecken die Bullen. Hundertprozent! Die haben gespürt, dass du zu knacken bist.«

»Wir brauchen nicht hinzugehen. Ich rufe an, sage, dass ich krank bin. Mir geht's echt nicht gut.«

»Wenn wir absagen, wittern sie was. Dann sind sie schneller bei dir, als du denken kannst, und löchern dich mit ihren Fragen, bis du dich in Widersprüche verwickelt hast. Ich schlage vor, wir treffen uns in einer Stunde beim Starbucks, dann bleibt uns genügend Zeit, alles sorgfältig zu planen. Bis gleich.«

Kapitel 22

Christian Kramer und sein Kollege schellen bei Neuberger. Eine Reihenhaussiedlung am Wiesental.

»Sieht nach Urlaub aus«, sagt Kramer. »Timmendorfer Strand ... fehlt nur der Blick auf die Ostsee.«

Schulz geht darauf ein. »Dafür gibt's den Park mit grünen Wiesen, alten Bäumen, Schwimmbad und allem, was dazugehört.«

Ein weißhaariger Mann öffnet die Tür und lässt sich ihre Ausweise zeigen. »Kommen Sie herein. Wir frühstücken noch.« Er führt sie durch die Küche auf die Terrasse. Die Ehefrau liest die Tageszeitung.

Kramer entschuldigt sich. »Wir wollten nicht stören, haben nur ein paar Fragen zur Verhandlung gestern. Der Hauptangeklagte wurde in der Nacht in der Altstadt erschossen.«

Die Ehefrau stellt zwei Gedecke dazu, schüttet Kaffee ein und weist auf die Brötchen auf dem Tisch. Sein Kollege scheint es zu genießen. Schulz mit seinem ewigen Appetit, dabei hatte er gerade das belegte Brötchen gegessen. In der letzten Zeit hat er zugenommen. Sie hätten das wöchentliche Joggen nicht aufgegeben dürfen. Wenn der Fall gelöst ist, wird Kramer einen Neustart vorschlagen.

»Schreckliche Sache. Ich habe es in der Zeitung gelesen«, sagt Neuberger. »Sie suchen den Mörder und wollen überprüfen, ob es einen Zusammenhang mit der Hauptverhandlung von gestern gibt.«

Kramer möchte es bestätigen. Sein Kollege deutet ihm mit einem Blick an, Neuberger nicht zu unterbrechen.

»Ich vermute, die jungen Kerle haben wieder zugeschlagen ... obwohl sie in der Verhandlung reumütig waren. Diesmal hatte das Opfer eine Waffe bei sich.«

»Wie verhält man sich, wenn man eine Schusswaffe bei sich trägt und überfallen wird?«, greift Schulz ein. »Was meinen Sie?«

Neuberger wirkt erfreut über die Nachfrage. Er wiegt den Kopf hin und her. »Das ist nicht leicht zu sagen. Wir reagieren alle unterschiedlich nach unseren Prägungen und Erfahrungen, ein Polizist anders als ein Zivilist.«

»Wie hätten Sie sich verhalten?« Schulz nimmt sich ein Mettbrötchen vom Teller, legt Zwiebelringe darauf.

»Schwierig ... ich habe keine Waffen. Um ehrlich zu sein, die machen mir Angst. Ich war nicht bei der Bundeswehr, habe Zivildienst geleistet bei der Arbeiterwohlfahrt in Dortmund. Ich erinnere mich gut an die Zeit. Ich war in einer Sozialstation. Heute gibt es den Zivildienst nicht mehr, es gibt ja auch keine Wehrpflicht mehr. Ich bin vom Thema abgekommen. Der Angreifer würde mir die Waffe abnehmen, bevor ich sie einsetzen könnte. Die sind geübter, da mache ich mir nichts vor. Wie der Anführer der Bande mir den Schlag versetzt hat, das war furchtbar schnell. Wenn Sie gekommen sind, um zu prüfen, ob ich besondere Rachegelüste hege, möchte ich das glatt verneinen. Natürlich verstehe ich, dass Sie allen Spuren nachgehen, doch glaube ich nicht, dass Sie den Täter unter den geschädigten Zeugen finden.«

Seine Ehefrau unterbricht ihn. »Lass die Beamten erst mal das Frühstück genießen, du Hobbykriminalist. Bei jedem Tatort rätselt er, wer der Täter ist. Wenn er falsch liegt, ist er enttäuscht und sucht nach Fehlern im Drehbuch.«

»Das interessiert die Beamten nicht«, lenkt Neuberger ab. »Ich würde gerne die Frage nach dem Alibi beantworten.«

»Ich kann mich nicht erinnern, sie gestellt zu haben«, lächelt Kramer.

»Enttäuschen Sie mich nicht. Wir waren gestern Abend im Aalto-Theater, es war wie immer mitreißend. Wenn Sie Zeit haben, vielleicht mit Ihrer Gattin. Es ist ein Genuss.«

»Wir lieben das Opernhaus in Essen«, ergänzt seine Frau. »Warten Sie, wir haben die Karten aufbewahrt.« Sie steht auf, kramt in ihrer Handtasche und reicht Kramer zwei Reservierungen.

»Wir verdächtigen Sie nicht, Herr Neuberger. Sie waren der erste Zeuge bei der Verhandlung gestern und bis zum Ende dort. Uns interessiert, ob Sie irgendetwas beobachtet haben. Als Hobbykriminalist … was kam Ihnen merkwürdig vor?«

Neubergers Augen blitzen. »Das junge Paar, das von dem Trio überfallen wurde, wirkte deutlich mitgenommen. Ihre Eltern waren im Besucherraum, sie äußerten sich abfällig über die Täter und das Gericht, als sie von der Entlassung aus der Untersuchungshaft hörten. Seltsam erschien mir eine Besucherin, die neben einem grauhaarigen Mann mittleren Alters saß und auf ihn einredete. Ich schnappte etwas von einem Missbrauch auf. In der Pause sprach sie mit der Mutter des jungen Angeklagten. Sie kannten sich. Nachher sah ich sie nicht mehr. Vielleicht fragen sie nach ihr.« Er zieht die Stirn in Falten. »Ein Vater regte sich in der Pause über den Anführer der Bande auf. Der habe die anderen in die Straftaten reingezogen. Wenn der sich dem Sohn noch einmal nähern würde … er führte die Drohung nicht weiter aus, ballte nur seine rechte Hand zur Faust.«

»Wir werden ihn befragen«, sagt Schulz.

Kramer bemerkt die besorgte Miene von Frau Neuberger. »Keine Sorge. Wir erwähnen nicht, woher wir unsere Informationen haben. Das Gespräch bleibt unter uns.«

»Die Ehefrau versuchte, ihn zu besänftigen«, ergänzt Neuberger. »Sie haben den Gerichtssaal zusammen mit dem Sohn verlassen. Den jüngeren Beschuldigten nahmen sie mit. Sie schienen befreundet zu sein.«

»Mein Mann beobachtet genau«, fügt sie hinzu. »In unserem Alter passiert nicht viel Aufregendes. Aber wie er schon sagte, wir vermuten den Täter nicht unter den Zeugen.«

»Wir bedanken uns für die Informationen und die nette Bewirtung«, sagt Kramer an der Tür.

»Schauen Sie kurz vorbei, wenn Sie Zeit zum Frühstück haben. Wir sind brennend an der Aufklärung interessiert«, sagt Herr Neuberger.

»Im nächsten Leben wirst du Kommissar«, scherzt seine Ehefrau aus dem Hintergrund.

Kapitel 23

Christian Kramer und sein Kollege halten vor der Tor-
einfahrt zum Haus der Familie Christiansen im Ortsteil
Stiepel. Sie melden sich an der Sprechanlage mit Mordkommission an. Das Tor öffnet sich langsam. Sie werden
von einem jungen Security-Mann zu einem Parkplatz ge-
leitet. Kramer staunt, so etwas hat er noch nicht erlebt.
Der Sicherheitsposten fragt nach Ausweisen. Sie zeigen
ihm die Dienstmarken. Er führt sie zu einem Nebenein-
gang und über Treppenstufen zu einem kleinen Warte-
raum. »Die jungen Herrschaften werden gleich bei Ihnen
sein.« Damit verabschiedet er sich.

»Wer war das?«, fragt Kramer seinen Kollegen.

»Höchst verdächtig«, schmunzelt Schulz.

»Hier wird's kein Frühstück geben. Nicht mal Kaffee.«

»Immerhin haben wir das Eintrittsgeld gespart«, meint
Kramer amüsiert.

Ein junges Paar kommt herein, stellt sich vor und führt
sie in einen Konferenzraum. Die Stühle sind in U-Form
angeordnet, auf den Tischen Mikrophone installiert. Der
Raum wirkt wie ein Gerichtssaal auf Kramer.

»Ich darf Ihnen Rechtsanwalt Händel vorstellen«,
meint Christiansen. »Ich hoffe, Sie haben nichts dagegen, dass er an dem Gespräch teilnimmt. Er ist zufällig
im Haus.« Er bittet die Beamten, an der rechten Seite

Platz zu nehmen. Er setzt sich mit Frau Lindner und dem Anwalt an die Kopfseite.

Wie auf der Anklagebank, denkt Kramer. Was ist los? Niemand verdächtigt die jungen Leute. Das Mädchen wirkt wie fünfzehn, obwohl man das Alter schwer schätzen kann.

»Darf ich fragen, in welcher Angelegenheit Sie meine Mandanten sprechen möchten?«, übernimmt der Anwalt die Gesprächsführung.

»Wir ermitteln wegen der tödlichen Schüsse in der Nacht. Sie werden davon gehört haben. Betroffen ist der Jugendliche, der Ihre Mandanten und andere vor wenigen Monaten beraubt hatte. Gestern war die Hauptverhandlung vor dem Amtsgericht Bochum.«

»Ein Zusammenhang mit meinen Mandanten erschließt sich mir nicht«, unterbricht der Anwalt. »Darf ich fragen, was sie konkret hierhergeführt hat?«

»Wir versuchen zu klären, ob es eine Verbindung zwischen der Gerichtsverhandlung und dem gewaltsamen Tod geben könnte. Wir befragen alle geschädigten Zeugen.«

Der Anwalt blickt Kramer an und schüttelt den Kopf. »Sie wollen andeuten, dass sich jemand gerächt hat.«

Schulz unterbricht ihn. »Wir deuten nichts an. Wir haben nur ein paar Fragen an die Zeugen.« Er wendet sich den beiden zu.

»Haben Sie etwas beobachtet während der Verhandlung oder danach, das uns im Zusammenhang mit dem Tod des Heranwachsenden interessieren könnte?«

Die Angesprochenen sehen zu ihrem Anwalt.

»Wenn das Opfer aus der jugendlichen Räuberbande stammt, die gestern aus der Haft entlassen wurden, würde ich einen neuen Überfall vermuten. Anders ausgedrückt, die Bande ist an den Falschen geraten. Gleich am ersten Tag. Bravo!« Er klatscht in die Hände. »Es war gewagt, die Untersuchungshaft aufzuheben, aber wer konnte damit rechnen, dass sie ihr Treiben am selben Abend fortsetzen würden? Ich möchte auf keinen Fall das Gericht kritisieren. Wer weiß schon, was in diesen Köpfen vorgeht. Wir sicher nicht. War es das oder gibt es weitere Fragen?«

»Sie haben in der Verhandlung oder einer Pause nichts beobachtet, was uns weiterhelfen könnte?« Schulz versucht, den Anwalt zu übergehen und die jungen Leute direkt anzusprechen.

Christiansen und Lindner schütteln verneinend den Kopf.

»Da sehen Sie es«, sagt der Anwalt entschieden. »Wenn uns etwas einfällt, werden wir uns bei Ihnen melden. Vielleicht geben Sie mir eine Visitenkarte.«

Schulz holt eine Karte aus seinem Portemonnaie und reicht sie dem Anwalt. »Ein Ehepaar soll sich im Besucherraum über den Hauptangeklagten erregt haben«, sagt Christiansen. »Da könnten Sie nachhaken.«

»Das waren die Eltern von Timo«, ergänzt das junge Mädchen.

»Sie kennen ihn?«, fragt Kramer nach.

»Wir waren Nachbarn, haben früher zusammen auf

dem Spielplatz im Stadtpark gespielt. Sein Vater holte ihn meist ab und schrie herum, wenn er nicht sofort kam. Ich hatte Angst vor ihm.«

»Das hat nichts mit dem aktuellen Fall zu tun«, stellt der Anwalt fest. »Oder sind Sie anderer Meinung?«

Christiansen mischt sich ein. »Wenn meine Freundin als Kind mit einem der Verurteilten gespielt hat, weil sie Nachbarn waren, heißt das nicht, dass wir heute noch mit ihm zu tun haben. Offensichtlich hat er Frau Lindner bei der Tat nicht erkannt. Auch können wir nicht beurteilen, ob die gezeigte Erregung des Vaters im Gericht dessen Normalzustand abbildet oder eine Gewalttat nach sich zieht. Ich würde bei Herrn Mitter von einem gewalt-bereiten Dauerzustand ausgehen.«

»Ja, das ist wahr«, erwidert Schulz. »Sie haben uns sehr geholfen.«

Der Anwalt steht auf und begleitet die Beamten bis zum Tor, wo er sich förmlich verabschiedet.

»Filmreif«, meint Schulz im Auto. »Habe ich lange nicht erlebt.«

»Wer ist der Nächste?«, fragt Kramer.

»Simon Wrede.« Schulz gibt die Adresse in das Navi ein.

»Lass uns erst zum Mandra fahren, um das Alibi der Freunde zu überprüfen. Wenn wir Glück haben, können wir das Ergebnis Marie mitteilen, bevor sie mit Fabian spricht.«

Das lässt sich Manfred Schulz nicht zweimal sagen. In der Kneipe angekommen, bestellt er Milchkaffee und süße Crêpes. Kramer fragt nach einer Natalie und trifft ins Schwarze. Sie erkundigt sich, um was es geht.

»Kennen Sie einen Timo Mitter?«

Sie bestätigt es und setzt sich zu ihnen an den Tisch. »Aus der Schule. Er war gestern hier. Wir haben über alte Zeiten geplaudert. Lehrer und so.«

»War er allein?«, fragt Kramer.

»Nein, Kristof und Fabian kamen dazu. Sie waren auch auf der Schule.«

»Kennen Sie auch Timos Vater?«

»Ja, er war gestern hier. Er hat seinen Sohn beobachtet. Genau wie früher, ein Deja-Vu.« Sie lacht.

»Sind Sie sicher, dass es sein Vater war?«, fragt Schulz. »Das könnte wichtig sein.«

»Ja ... hundertprozentig! Den werde ich nie vergessen. Wie er Timo an der Schule nachgestellt hatte, sogar mal eine geknallt hat, weil Timo mir die Hausaufgaben erklärt hat und nicht gleich kam, als er nach ihm pfiff. Stellen Sie sich vor, er pfiff nach seinem Sohn wie nach einem Hund.«

»Haben Sie Timo darauf angesprochen?«, fragt Kramer. »Ich meine, dass sein Vater gestern hier war?«

»Nein. Es hätte ihm die Laune verdorben. Schlimm genug, dass Kristof von seinem Stiefvater verprügelt wurde.«

»Das haben Sie gesehen?«, fragt Schulz.

»Ja, klar. Ich habe draußen bedient, als es passierte.«

»Erinnern Sie sich, wie lange die Freunde geblieben sind?«

»Nicht genau. Es war viel los. Gegen zehn habe ich Timo und Fabian ein Radler gegeben. Kristof war nicht mehr dabei.«

»Waren die Jungen von acht bis zehn hier«, fragt Schulz.

»Nach dem Vorfall mit Kristofs Stiefvater habe ich sie erst wieder gegen zehn gesehen, als sie Radler bestellten. Sagen Sie nicht, dass die Fragen mit dem Mord zu tun haben, der in der Zeitung steht.«

»Wir suchen die beiden als mögliche Zeugen in dem Mordfall«, sagt Kramer. »Sie haben uns sehr geholfen.« Er notiert ihre Handynummer. »Wir melden uns, wenn wir Ihre Aussage protokollieren müssen.«

Zurück im Auto fragt Schulz: »Was sagst du zu Timos Vater?«

»Dem werden wir einen Besuch abstatten. Mich interessiert, wo die Jungen bis zehn waren.«

Sie fahren den kurzen Weg in den Stadtpark und halten direkt vor der Haustür. Herr Mitter öffnet. »Sie kommen ungünstig«, sagt er. »Ich muss für einen Kollegen einspringen, der sich krankgemeldet hat.«

»Es dauert nicht lange. Dürfen wir einen Moment reinkommen?«, fragt Kramer.

»Wenn es sein muss.« Er führt sie in die Küche. »Meine Frau kommt gleich, sie hat einen freien Tag.«

»Herr Mitter, wo waren Sie gestern Abend zwischen acht und zehn Uhr?«, fragt Schulz mit betont sachlicher Stimme. »Überlegen Sie sich die Antwort. Wir können Sie mitnehmen zur Wache, dann wird es nichts mit Ihrer

Schicht. Um es klar zu sagen, es gibt Zeugen, die Sie um zwanzig Uhr am Mandra gesehen haben.«

»Ich wollte nachsehen, ob Timo sich mit Kristof trifft. Tatsächlich saßen sie zusammen am Tisch. Ich habe mich nicht eingemischt. Es gab schon genug Theater mit dem Stiefvater. Dass sich Timo mit solchen Leuten abgibt, kann ich nicht verstehen. Woher hat er das nur?«

Schulz winkt ab. »Wo sind die Freunde vom Mandra aus hingegangen?«

»Die Fußgängerzone runter zur Brückstraße ... in eine Kneipe. Ich kenne mich da nicht aus.«

»Können Sie uns die Adresse geben?«, fragt Kramer.

Mitter beschreibt ihm den genauen Ort und ruft seine Frau, die aus dem Bad kommt und die Beamten begrüßt. »Sag ihnen, dass du mich von der Feier angerufen hast und verlangt hast, ich soll sofort zurückkommen.« Er sieht sie an, sie nickt bestätigend. »Da bin ich gleich umgedreht. Woher sollte ich wissen, wie lange sie in der Kneipe bleiben. Reingehen wollte ich nicht. Ich hatte mein Auto am Bermuda3eck geparkt. Um halb zehn war ich wieder bei der Feier.«

»Können Sie das bestätigen«, fragt Kramer die Ehefrau.

»Ja, sicher. Er hatte Angst, dass Timo sich von Kristof verführen lässt. Aber er war um halb zehn zurück. Glauben Sie mir, er hätte dem Jungen nichts getan. Er regt sich auf und beruhigt sich schnell wieder. Mein Gott. Wir wissen nicht, wer fähig ist, einen Menschen zu erschießen.«

»Gibt es Schusswaffen im Haus?«, fragt Schulz mit sachlicher Stimme.

»Meine Güte, nein. Ich habe nie eine Waffe besessen. Kenne mich damit überhaupt nicht aus«, sagt er erschrocken.

»Ist Ihnen noch etwas eingefallen, das uns weiterhelfen könnte?«, mischt sich Kramer ein.

»Nein«, sagt sie. »Ich glaube auch nicht, dass die Verhandlung mit dem Mord in Verbindung steht. Ich denke, der Täter kommt aus einer anderen Richtung.«

»Interessant. Können Sie uns beschreiben, aus welcher Richtung?«, fragt Schulz.

Sie hustet, räuspert sich. »Nein, es ist nur eine Vermutung. Ich weiß nicht, in welche Geschäfte Kristof verwickelt war. Verstehen Sie, ich würde ihm alles zutrauen.«

»Drogengeschäfte?«, fragt Kramer nach.

»Zum Beispiel«, erwidert Mitter. »Deswegen war ich dagegen, dass mein Sohn sich mit ihm trifft. Ich möchte nicht, dass er von so einem Zeug abhängig wird. Sie kennen die jungen Leute, sie wollen alles ausprobieren, ohne die Gefahr einschätzen zu können.«

»Wenn Ihnen oder Ihrer Frau noch etwas Konkretes einfällt, rufen Sie uns bitte an«, sagt Schulz.

Die Beamten fahren zu der genannten Kneipe, bevor sie den nächsten Zeugen besuchen und haben Glück. Die Kellnerin erinnert sich an zwei junge Männer an der Theke, die auffällig einen Stammkunden am Spielautomaten beobachteten.

»Kennen Sie den Namen des Kunden?«, fragt Kramer.

Sie überlegt. »Nur den Vornamen: Wolfgang. Wir duzen uns hier. Den Nachnamen hat er nie erwähnt.«

»Erzählen Sie weiter. Die beiden Männer haben Wolfgang von der Theke aus beobachtet.«

»Ja. Er holte eine Serie. Gut möglich, dass die jungen Männer ihm das Geld abnehmen wollten, denn sie verließen unmittelbar nach ihm die Kneipe. Ich glaube, es war geplant.«

»Wie kommen Sie darauf?«, fragt Schulz.

»Sie bezahlten die Radler sofort bei der Bestellung. Verstehen Sie? Sie wollten jederzeit die Kneipe verlassen können.«

»Gibt es noch irgendetwas, an das Sie sich erinnern können? Lassen Sie sich Zeit.« Schulz sieht sich in der Kneipe um.

Sie blickt zu Boden. »Ja. Eine Frau Mitte dreißig beschuldigte Wolfgang, ihren Sohn missbraucht zu haben. Sie ließ sich nicht beruhigen, drohte mit ihrem Mann, der werde ihn kaltmachen oder so ähnlich. Schließlich stürmte sie aus der Kneipe. Ich hatte kein gutes Gefühl bei der Sache. Wolfgang versuchte, es herunterzuspielen, sie als verrückt darzustellen. Es klang nicht überzeugend. Bis dahin fand ich ihn sympathisch. Aber wenn es stimmt und er einen Jungen angefasst hatte ...«

Kaum sind sie wieder auf der Straße, versucht Kramer, Marie zu erreichen, doch es meldet sich die Mailbox. »Die Jungen müssten schon bei ihr sein. Warum nimmt sie nicht ab?«

»Vielleicht stellt sie ihr Handy während der Gespräche aus«, meint sein Kollege.

Kramer erreicht Nina in der Geschäftsstelle. Sie erklärt ihm, dass Marie Besuch hat. Sie will versuchen, sie ans Telefon zu holen. Er wartet. Kurze Zeit später hört er ihre Stimme.

Kapitel 24

Marie Marler wartet in ihrem Büro auf Fabian und Timo. Kollege Fröbel hatte am Telefon versprochen, rechtzeitig von einer Fallkonferenz bei der LWL-Klinik Herne zurück zu sein. Sicher, Termine können sich verzögern. Man hat es nicht in der Hand. Über sein Handy ist der Kollege nicht zu erreichen. Die Mailbox hat sie besprochen, ihm sicherheitshalber eine WhatsApp geschickt.

Das Telefon läutet. Ninas Nummer im Display. Fabian und Timo sind da. Sie holt sie aus dem Wartezimmer ab. »Herr Fröbel wollte gern dabei sein. Er ist allerdings noch bei einem anderen Termin.« Marie hat Kaffee vorbereitet, Cola und sogar einen Marmorkuchen gekauft. Es soll einladend wirken, eine positive Stimmung verbreiten. Sie mag ihr Büro, das große Fenster zum Garten, die Grünpflanzen, die kleine Sitzecke mit den Korbstühlen. »Ein zweites Frühstück, weil ihr so schnell gekommen seid.« Sie sieht die Überraschung in ihren Augen. Timo gießt sich Cola ein, nimmt sich ein Stück von dem Kuchen. Fabian macht es ihm nach. Marie reicht ihnen Servietten.

»Wozu der Aufwand?«, fragt Timo. »Wir haben keine Bewährung erhalten, Sie sind nicht mehr zuständig, Herr Fröbel auch nicht. Sagen Sie, wenn es falsch ist.«

»Bis zum Haftantritt könnt ihr euch mit allen Fragen an

Herrn Fröbel und mich wenden«, weicht Marie aus. »Bei einer vorzeitigen Entlassung werden wir wieder zuständig.« Sie nimmt den kritischen Blick von Timo wahr.

»Deswegen haben Sie uns nicht herbestellt«, fährt er sie an. »Sie möchten erfahren, was wir über den Tod von Kristof wissen.«

Für einen Moment ist sie sprachlos. Es ist die Offenheit, die sie sich von ihren Klienten wünscht. »Und … wart ihr dabei?«, fragt sie.

Timo deutet auf seinen Mund, er hat den Rest von dem Kuchenstück hineingestopft. Schließlich sagt er: »Nein. Wir können Ihnen nicht mehr sagen als den Bullen.« Er deutet auf den Tisch, nimmt sich ein zweites Stück Kuchen. Fabian greift ebenfalls erneut zu.

Wenigstens scheint es ihnen zu schmecken. »Die Polizei geht von einem Profikiller aus. Meint ihr, der kann Zeugen gebrauchen?« Sie hat es sich ausgedacht, Kramer hatte nichts dergleichen erwähnt. »Fabian. Was ist an der Brückstraße passiert? Sag mir die Wahrheit.« Sie beobachtet Schweißperlen auf seiner Stirn. »Ich behaupte nicht, dass ihr was damit zu tun habt«, schiebt sie schnell hinterher. »Ich möchte nur wissen, ob ihr etwas gesehen habt.«

»Kristof hatte mich angerempelt … ich bin hingefallen. Timo hat mir aufgeholfen. Da fielen die Schüsse … ein paar Meter von uns entfernt. Wir sind geflohen, hatten die totale Panik. Wir haben uns geschämt, wollten es bei der Polizei nicht sagen. Wir wissen echt nicht, wer geschossen hat. Wir haben ihn nicht gesehen.«

Fabian sieht Timo an, stößt dabei mit der Hand gegen sein Glas. Der Inhalt verteilt sich über den Tisch. Mit dem Ärmel seines Pullovers versucht er, die Cola aufzuwischen.

Marie hält ihn zurück. »Ich mach das.« Sie nimmt die Servietten vom Tisch. »Wenn es so war, wie du sagst, habt ihr euch nichts vorzuwerfen. Ihr hättet es der Polizei schildern können.« Sie überlegt, von Ninas Büro aus Christian anzurufen.

»Sie haben gut reden«, sagt Timo. »Sie sitzen auf der richtigen Seite. Uns glauben die Bullen nicht. Sie werden sofort denken, dass wir jemand überfallen wollten.«

»Timo, hier geht es nicht um räuberische Diebstähle, so schlimm die sind. Es traut euch keiner zu, dass ihr euren Freund erschießt.«

Es klopft an der Tür. Udo Fröbel kommt herein. »Entschuldigt die Verspätung. Ich musste noch etwas Wichtiges erledigen.«

»Setz dich zu uns.« Marie deutet auf den freien Stuhl. »Kaffee und Kuchen sind da.«

»Danke, genau zur richtigen Zeit«, sagt Udo und bedient sich. Marie informiert ihn über das bisherige Gespräch.

Er wendet sich an die Jungen. »Ihr seid also jemandem gefolgt, um ihn abzuziehen. Fabian ist gestürzt, Timo hat ihm geholfen. Kristof ist weiter, hat eure Zielperson erreicht und wurde erschossen. Da kann man von einem Notwehrexzess sprechen.«

Schweigen.

»Sehen Sie!«, sagt Timo zu Marie.

»So war es nicht«, traut sich Fabian vor. »Sein Stiefvater war an der Trinkhalle in der Altstadt. Er hatte Kristof am Bermuda3eck bedroht.«

Ein Klopfen an der Tür. Nina schaut herein. »Entschuldigt die Störung. Marie, kommst du mal, es ist dringend.«

Auf dem Weg zur Geschäftsstelle sagt sie: »Christian ist dran. Ich wollte es vor den Jungen nicht sagen.«

»Hast du gut gemacht«, erwidert Marie und nimmt den Telefonhörer. »Fabian und Timo sind hier. Du lagst richtig mit deiner Vermutung, sie waren dabei.«

»Das haben wir schon in Erfahrung gebracht. Frage die beiden, wen sie von der Kneipe an der Brückstraße verfolgt haben. Es ist wichtig. Wir gehen davon aus, dass sie ihn kennen. Wir können uns nachher im Tucholsky treffen. Sagen wir um zwei. Bis dahin sind wir mit den anderen Zeugen durch. Ist das okay?«

Marie sieht auf die Uhr. »Ja, gut. Ich bin um vierzehn Uhr da. Habt ihr Kristofs Stiefvater gefunden?«

»Bisher nicht. Haben die Jungs was zu ihm gesagt?«

»Ja, er hat Kristof am Bermuda3eck bedroht.«

»Das haben sie uns schon in der Nacht erzählt.«

»Auch, dass Fabian ihn kurz vor der Tat in der Altstadt gesehen hat?«

»Nein. Das nicht. Wo hat er ihn gesehen?«, fragt Kramer.

»An der Trinkhalle in unmittelbarer Nähe der Kneipe.«

»Wir werden bei Kristofs Mutter vorbeifahren. Vielleicht hat sie nach dem ersten Schock eine Ahnung, wo er sich aufhält.«

»Würde mich nicht wundern, wenn er bei ihr ist. So eine Versöhnung geht oft schneller, als man denkt. Sie wird es nach dem Tod ihres Sohnes nicht allein in der Wohnung aushalten«, sagt Marie.

»Ihre Freundin war bei ihr. Aber es stimmt, wir wissen nicht, wie lange die geblieben ist.«

»Ich drück euch die Daumen.« Das Gespräch ist beendet. Marie geht in ihr Büro zurück. Sie nimmt sich vor, den Jungen reinen Wein einzuschenken.

»Das war die Mordkommission. Die Kollegen möchten wissen, wem ihr von der Kneipe an der Brückstraße aus gefolgt seid.«

Fabian sieht zu Timo. Der zuckt mit den Schultern. »Du musst wissen, was du sagst. Da kann ich dir nicht helfen.«

Marie mustert ihn. »Nun sag schon. Es ist wichtig.«

»Meinem Onkel. Ich wollte ihm mit einer Anzeige drohen, wenn er Moritz nicht in Ruhe lässt.«

Marie fragt vorsichtig nach. Stück für Stück teilt sich Fabian mit.

»Die Idee mit dem Überfall kam von Kristof«, ergänzt Timo. »Sein Onkel hatte eine Menge Geld aus dem Automaten geholt. Kristof wollte es ihm abjagen. Er hatte ihn eingeholt, als die Schüsse fielen.«

»Dein Onkel hat geschossen?«, fragt Marie leise.

»Nein, das glaube ich nicht«, antwortet Timo. »Die Schüsse kamen aus der dunklen Gasse. Es war niemand zu erkennen.«

Udo Fröbel mischt sich ein. »Keine Vermutung, wer geschossen hat? Vielleicht Kristofs Stiefvater?«

Timo springt auf. »Ich war zu aufgeregt. Ehrlich. Ich weiß es nicht. Sagen Sie den Bullen, sie sollen den Onkel verhören oder seine Verlobte, die in der Kneipe war. So eine Rothaarige mit weiten Klamotten. Die war unter den Gaffern am Tatort. Mehr wissen wir nicht.« Er springt auf, ist schon an der Tür. Fabian folgt ihm. Gemeinsam verlassen sie das Büro.

»Verstehst du das? Ich habe den Eindruck, Timo verheimlicht uns etwas«, meint ihr Kollege.

»Irgendeinen Grund wird er haben. Entschuldige Udo, ich muss zu einem dringenden Termin … und um zwei wartet Kramer im Tucholsky. Ich bin gegen drei zurück. Übernimmst du die Vertretung?«

»Ja, klar. Viel Glück«, sagt er.

Sie dreht sich um, prüft in seinen Augen, was er meint. »Danke dir. Bis später.« Sie eilt zum Geschäftszimmer, um Nina zu informieren.

»Grüß Christian von mir«, sagt sie. »Reiß ihn aus den Gedanken an Alina. Sie hat ihm die Katze gelassen ... ein schweres Erbe. Rückblickend denkt man immer an die schönen Stunden. Dann kommt sie zurück und es gibt viel zu erzählen. Alles ist wie früher, bis sie ihn erneut verlässt. Das musst du ansprechen.«

»Vielleicht möchte er es gar nicht anders.« Marie zuckt mit den Schultern.

Kapitel 25

Christian Kramer kann den Namen auf den vielen Schildern am Hochhaus in der Bochumer Hustadt nicht entdecken. Sein Kollege kommt ihm zuvor. Zu seiner Überraschung wird die Haustür beim ersten Schellen aufgedrückt.

»In welchem Stockwerk wohnt er«, fragt Kramer.

»Lass uns im Aufzug nachsehen«, meint Schulz. Tatsächlich finden sie eine Übersicht der Mieter.

Kramer hofft, mit dem ruckelnden Gefährt in die sechste Etage zu kommen. Er nimmt sich vor, auf dem Rückweg die Treppen zu nehmen.

Sein Kollege klingelt an der Wohnungstür. Ein junger Mann öffnet im Jogginganzug. Verengte Pupillen. Leichtes Zittern. Da hat jemand seinen Dealer erwartet, nicht die Polizei. »Herr Wrede?«, fragt Kramer und hält ihm den Ausweis hin.

»Was wollen Sie? Ohne Durchsuchungsbeschluss lasse ich Sie nicht rein.« Wrede versucht, die Tür zuzudrücken, doch Schulz hat rechtzeitig den Fuß dazwischen.

»Wir sind nicht vom Drogendezernat, haben nur ein paar Fragen zu der Gerichtsverhandlung gestern. Sie waren als Zeuge geladen.«

Die Tür öffnet sich. »Okay, kommen Sie rein. Bevor Sie die Nachbarn alarmieren … aber keine Tricks, bitte.«

Bei der Luft in der Wohnung würde Kramer sich nicht wundern, wenn irgendwo ein Joint glimmt.

»In der Nacht wurde der Hauptangeklagte erschossen«, sagt sein Kollege.

»Der Tote aus der Zeitung?«, fragt Wrede. »Warum kommen Sie damit zu mir? Sind alle verrückt geworden, he? Wollen Sie mir einen Mord anhängen?«

Er geht ins Schlafzimmer, nimmt einen bunten Hartschalenkoffer von dem weißen Kleiderschrank und beginnt zu packen. »Mir reicht`s. Ich verschwinde. Das hält keiner aus … ab zu meinen Eltern nach Cuxhaven. Das ist kein Leben hier. Da können alle reden, was sie wollen. Das ist nicht auszuhalten.«

Auf Kramer wirkt es wie ein Selbstgespräch. »Wir beschuldigen Sie nicht. Uns interessiert, ob Sie bei Gericht etwas Verdächtiges bemerkt haben. Vielleicht hat jemand besondere Rachegelüste geäußert.«

Wrede hält inne, als käme er zur Besinnung. »Alle hatten Wut auf die Bande, besonders auf den Glatzkopf. Ist doch klar … aber umbringen, das können Sie vergessen. Der Tod hat nichts mit der Verhandlung zu tun. Nada! Die falsche Spur, Herr Kommissar. Das sage ich Ihnen, auch wenn Sie mir nicht glauben.«

»Reden Sie weiter«, ermutigt ihn Kramer. Vielleicht liefert Wrede eine brauchbare Idee, dann hätte sich der Besuch wenigstens gelohnt. Auf die Verrückten soll man hören.

»Es ging um etwas Persönliches. Wissen Sie, sowas spielt sich in der Familie ab. Brauch ich nicht zu erklären. Meine Mutter war am Telefon, bevor Sie kamen … hat mich wieder zur Sau gemacht, als wäre ich ein kleiner Junge. Immer die gleichen Vorwürfe. Hast du eine Arbeit, eine Freundin, die für Ordnung sorgt. Verstehen Sie? Ich habe keinen Stoff mehr und was klargemacht. Das können Sie ruhig wissen. Ich warte auf ihn, dachte, er wäre es, als Sie an der Tür waren, daher die Verwirrung.« Es schellt. Das Zittern bei Wrede nimmt zu.

»Komm, wir müssen los«, sagt Kramer zu dem Kollegen. »Hier vergeuden wir unsere Zeit.«

Wrede kommt nah an ihn heran, seine Augen wirken klarer, als hätte er einen Adrenalinstoß erhalten. »Danke! So eine rothaarige Frau in weiten Kleidern hat vor dem Gerichtssaal von einer Waffe geredet. Sie wirkte entschlossen. Es ging um ihren Sohn. Ihr Mann wisse, was zu tun sei. Da braute sich was zusammen, das habe ich gespürt.« Er kneift Kramer ein Auge zu.

»Namen, Adresse haben Sie nicht?«

»Nein, fragen Sie nach der Rothaarigen. Sie stand in der Pause mit der Mutter des jungen Angeklagten zusammen. Sie wissen schon …«

»Komm, wir nehmen die Treppe«, sagt Kramer zu seinem Kollegen am Aufzug. »Treppensteigen macht schlank.«

Zu Kramers Überraschung lässt sich Schulz darauf ein.

»Ich hätte den Dealer gerne gesehen«, sagt er auf dem Weg nach unten.

»Ich habe keine Lust, mich in die Arbeit der Kollegen

einzumischen«, meint Kramer. »Außerdem ist Wrede ein armer Teufel.«

Zurück im Auto ertönt die Melodie von seinem Smartphone. »Die Leitstelle«, sagt er zu Schulz. »Vielleicht haben sie Fuhrmann.« Nach dem kurzen Telefonat bestätigt er es. »Tatsächlich. Er wurde geortet. Bei seiner Frau. Wir treffen uns vor der Haustür. Um halb zwei ist Zugriff. Wir müssen uns beeilen.«

»Deine Freundin hat geahnt, dass er zu seiner Frau zurückkehrt.« Schulz lacht.

Kramer schüttelt den Kopf. »Freundin klingt gut.«

Sie werden von den Kollegen vom SEK an der Haustür erwartet. Sie sprechen sich kurz ab, schellen bei Driesen/Fuhrmann. Keine Reaktion.

»Wir versuchen es bei den Nachbarn«, sagt der Einsatzleiter.

»Noch einen Moment.« Schulz deutet auf das Fenster im zweiten Stock. »Die Gardine hat sich bewegt.«

Sie schellen erneut. Die Tür wird aufgedrückt. Sie bleiben hinter den Beamten des SEK zurück. Kramer erkennt einen kräftigen Kerl in Unterhemd und Jogginghose an der Wohnungstür. Die Mitarbeiter des SEK haben ihn schnell überwältigt. Sie legen ihm Handschellen an.

»Raimund Fuhrmann?«, fragt Kramer.

»Ja. Was wollen Sie von mir? He? Ich habe nichts damit zu tun. Wir hatten Streit am Bermuda3eck. Nachher habe ich ihn nicht mehr gesehen.«

»Nach unserer Kenntnis dürfen Sie nicht hier sein.

Ihnen wurde ein Rückkehrverbot erteilt. Schon vergessen?«

»Wir haben uns versöhnt, meine Frau und ich … in der Nacht. Ich habe ihr gesagt, dass es nie wieder vorkommt. Wie sie geweint hat ... Kristof war ihr einziges Kind.«

»Er stand Ihnen im Weg. Sie haben ihn vor Zeugen bedroht. Kurz vor den Schüssen sind Sie am Tatort gesehen worden.«

»Wer sagt das? Glauben Sie, ich würde ihren Sohn umbringen? Nein, niemals! Wie sollte ich ihr in die Augen sehen? Verstehen Sie? Ich liebe diese Frau. Sie wird gleich kommen und Ihnen bestätigen, dass wir uns versöhnt haben. Wir wollen die schwere Zeit gemeinsam überstehen. In guten wie in schlechten Zeiten … das haben wir uns geschworen. Wichtig ist … immer wieder aufzustehen.«

»Hören Sie auf! Sagen Sie uns lieber, was Sie an der Brückstraße gemacht haben«, entgegnet Schulz trocken. »Und kommen Sie uns nicht mit Zufällen, daran glauben wir nicht.«

»Ich wollte ihm Grenzen setzen, das ewige Verwöhnen bringt nichts. Die bilden sich ein, die Welt dreht sich nur um sie. Irgendwann geraten sie an den Falschen, das predige ich seit langer Zeit. Er wollte nicht hören. Jetzt ist es passiert.« Er zerrt an den Handschellen. »Sie hat ihren Jungen verteidigt, als wäre er ein Heiliger … noch bei der Wohnungsdurchsuchung, bevor sie ihn ins Gefängnis gesteckt haben. Und jetzt? Was hat es gebracht? Das frage ich Sie.«

Kramer will antworten, da setzt der Redeschwall wieder ein. »Nichts. Kristof ist tot. Sie glauben nicht, wie sie bedauert, nicht auf mich gehört zu haben. Sie wird es Ihnen bestätigen, wenn sie kommt. Ich weiß überhaupt nicht, wo sie bleibt. Sie hat mich angefleht, sie nicht allein zu lassen. Die ganze Zeit hat sie mir vorgeheult, ihren einzigen Sohn verloren zu haben.«

»Warum ist die Freundin nicht geblieben? Wie hieß sie noch? Elli oder so.«, sagt Schulz.

»Die Elli? Ausgerechnet die Elli … die ist gleich nach Hause, um die Nachricht zu verbreiten. Verstehen Sie? Die ist keine Hilfe. Ich war da … habe sie beruhigt, ihr Tee gekocht, einen ordentlichen Schluck Rum reingekippt.«

»Herr Fuhrmann, ich wiederhole die Frage. Was haben Sie gestern Abend an der Brückstraße gemacht?«, fragt Schulz betont sachlich.

»An der Trinkhalle ein Bier gekauft, das war alles. Ja, ich habe ihn verfolgt. Bis zu der Kneipe, dann bin ich weg. Ich warte doch nicht, bis er wieder rauskommt. Ich war sauer, das gebe ich zu. Wollte ihm zeigen, wo es langgeht. Sie können sich nicht vorstellen, wie sie gelitten hat, als er im Knast war. Ich musste es auffangen. Wir haben uns gegenseitig verziehen, glauben Sie mir. Ich möchte, dass es ihr gut geht, dass sie Spaß hat. Dann habe ich auch Spaß, verstehen Sie? Der Junge brachte nur Schwierigkeiten. Ja, das können Sie aufschreiben, er haute unser Leben entzwei. Die totale Eifersucht, ich habe sowas noch nicht erlebt, er wollte sie für sich, war völlig abhängig von ihr.«

»Was wollten Sie am Nordring?«, wiederholte Schulz die Frage erneut.

»Ich brauchte eine Übernachtungsstelle. Sie kennen bestimmt das Fliednerhaus.«

Kramer sieht auf die Uhr. Um zwei wartet Marie im Tucholsky. Er will sich gerade verabschieden, da schellt es an der Tür.

»Da ist sie. Sie wird es Ihnen bestätigen.« Fuhrmanns Gesicht hellt sich auf. Frau Driesen kommt mit zwei großen Einkaufstaschen die Treppen herauf, lässt sie beim Anblick des SEK fallen. Jeder geht anders mit Schmerz um, denkt Kramer. Er hilft ihr, den Einkauf aufzusammeln und in die Küche zu bringen.

»Warum haben Sie uns nicht informiert, dass er bei Ihnen ist?«, fragt Schulz.

Kramer wundert sich über den freundlichen Tonfall seines Kollegen.

»Ich habe nicht daran gedacht ... kann man wohl verstehen in einer solchen Situation.« Sie nimmt die Handschellen wahr.

»Was wollen Sie von meinem Mann? Er hat Kristof nicht umgebracht.« Sie bricht in Tränen aus. »Er war da, um mich zu trösten. Elli ist kurz nach Ihnen verschwunden.«

»Woher wussten Sie so schnell davon?«, fragt Schulz Herrn Fuhrmann.

»Habe ich doch gesagt. Ich war am Nordring, als die Schüsse fielen. Ich bin hin und habe ihn da liegen sehen.

Ich mochte ihn nie besonders leiden, das gebe ich zu, aber das war der totale Schock. Ich habe noch zwei, drei Bier getrunken und bin zu ihr.« Er wendet sich an Frau Driesen: »Hast du die Bullen gerufen?«

»Nein, wie kommst du darauf?«, erwidert sie empört.

»Ich war beim Beerdigungsinstitut. Es muss alles seinen geregelten Weg gehen, wenn er freigegeben wird«, spricht sie Kramer an, als hätte er sie gefragt. »Meine Güte, ich muss wieder heulen. Ist nicht einfach. Der einzige Sohn. Haben Sie Kinder?«

Kramer geht nicht darauf ein. »Herr Fuhrmann, meine Kollegen werden Sie mit auf die Wache nehmen zur erkennungsdienstlichen Behandlung. Über einen Haftbefehl wird der zuständige Richter entscheiden. Wir werden uns später unterhalten.«

Die Beamten des SEK führen Fuhrmann ab. Auf der Straße erinnert sich Kramer an die rothaarige Frau im Gerichtssaal, die der bekiffte Zeuge Wrede erwähnte.

Schulz unterbricht seinen Gedankenfluss: »Er war es nicht. Ich habe den Eindruck, wir kommen nicht weiter. Ich könnte ein Bier vertragen.«

»Oder zwei«, bestätigt Kramer.

»Warst du nicht mit der Bewährungshelferin verabredet?«

»Ja, sie wartet im Tucholsky. Du kannst mich dort absetzen und um drei wieder abholen. Das mit dem Bier verschieben wir.«

Kapitel 26

Es war bis ins Detail geplant. Die dunkle Kleidung, um nicht aufzufallen, die Mütze übers Gesicht gezogen mit Schlitzen für Augen und Mund. Es passiert nicht, dass eine Waffe hakt. Es darf nicht passieren. Der Überfall des Kindskopfs war ein solcher Schock, dass auch der zweite Schuss danebenging. Man muss erkennen, wenn es nicht sein soll, einen anderen Tag, einen anderen Ort wählen. Es fällt nicht leicht, die Dinge hinzunehmen, die man nicht ändern kann, dabei einen kühlen Kopf zu bewahren. Völlig gleichgültig, ob man Gott oder den Teufel anbetet, nichts hindert das Schicksal daran, mit uns zu spielen. Man braucht Geduld und Vertrauen. Die neue Chance wird kommen. Wie eine Sechs bei ›Mensch ärgere dich nicht‹. Töpfer wird nicht ewig auf dem Zimmer hocken. Sobald er herauskommt, wird er einen zweiten Versuch starten, um ihn aus dem Spiel zu werfen, auch einen dritten, sogar einen vierten, wenn es nötig wird. Das Schwein hat den Jungen angerührt. Hat man untersucht, wie lange die kindliche Seele benötigt, um sich zu erholen? Fürchten sie sich für das restliche Leben vor der Nacht, den Träumen? Braucht sie Drogen, Schlafmittel, um zu überleben, bis sie nicht mehr davon lassen können. Hatte Töpfer die Polizei alarmiert? Nein, dazu ist er zu feige. Er könnte in den Fall verwickelt werden. Lieber anonym bleiben, nichts sehen, nichts hören, nichts sagen. Das ist seine Devise. Wie soll die Polizei auf ihn kommen? Er ist ins Hotel geflüchtet, als wäre der Teufel hinter ihm her. Nach links und rechts ist er gesprungen. Dabei hat er nicht mal Unrecht. Der Teufel ist hinter ihm her und wird ihn stellen. Das ist nicht mehr zu ändern. Es bleibt eine Frage der Zeit. Es muss schnell gehen, teuflisch schnell, um der Polizei keine Möglichkeit zu geben, ihn vorher zu finden. Ein paar Stunden schlafen, dann zurück, vor dem Hotel Wache schieben und beten, dass er herauskommt und sich ein günstiger Moment bietet.

Kapitel 27

Donnerstag. Wolfgang Töpfer wird von seinem Smartphone geweckt. Er sieht sich im Hotelzimmer um, erinnert sich an den gestrigen Abend. Auf dem Display des Handys leuchtet die Nummer seiner Schwester auf. Er drückt auf Verbindung. Ihre Stimme klingt aufgeregt. Fabian sei mit seinen Freunden aus der Haft entlassen worden. Was hat Sabine ihm für einen Schwachsinn von einer sicheren Haftstrafe aufgetischt? Die Polizei wäre in der ersten Nacht in der Wohnung gewesen. Fabians Freund sei in der Altstadt erschossen worden. Ob er die Zeitung nicht gelesen hätte?

»Nein, ich bin gerade aufgestanden. Ist nicht leicht, seine Lebensplanung von heute auf morgen in Trümmern aufgehen zu sehen. Also, wer wurde erschossen? Und warum war die Polizei bei Fabian?«

»Habe ich doch gesagt, sein Freund wurde getötet, der die anderen zu den Überfällen angestiftet hatte. Fabian war nicht dabei, als es passierte.«

Töpfer atmet auf. Er hat sofort gedacht, dass Fabian dahintersteckte. »Wie viel Uhr ist es?«, fragt er.

»Halb elf. Du kommst doch morgen? Ich mach deinen Lieblingskuchen.«

»Ja, gegen sechzehn Uhr. Ich freu mich auf euch.«

»Du kannst die Schlafcouch im Wohnzimmer haben,

bis du eine Wohnung gefunden hast. Du brauchst nicht in dem teuren Hotel zu bleiben. Ist alles geregelt. Wir freuen uns. Moritz hat nach dir gefragt. Mit dem Nintendo hast du an seinem Geburtstag ins Schwarze getroffen.«

»Ja, der Junge, ich werde ihm morgen etwas mitbringen. Soll eine Überraschung sein. Verrate nichts.«

»Verwöhne ihn nicht zu sehr, hörst du?«, sagt sie.

»Nein, ich freu mich, wenn seine Augen leuchten. Weißt du doch. Das reicht mir. War Sabine bei der Verhandlung gegen Fabian dabei?«, fragt er.

»Ja, ich wollte dich nicht beunruhigen, sonst hätte ich es angesprochen. Sie hat sich unmöglich aufgeführt. Du kennst sie, wenn sie ihre fünf Minuten hat. Sie hat in der Pause kein heiles Haar an dir gelassen. Nachher hat sie nicht mal das Urteil abgewartet. Sie wollte nur ihren Dampf ablassen. Ich habe dir von Anfang an gesagt, dass es mit euch nicht gutgeht. Sie hat nie zu dir gehalten, hat sich die ganze Zeit nicht von ihrem Exmann gelöst. Du kannst froh sein, dass du sie los bist. Sie wollte nur dein Geld.«

»Ja, das hast du von Anfang an gesagt. Ich war blind, hatte mir immer eine Familie gewünscht.«

»Es ist nicht leicht. Ich hatte es mir mit Jürgen auch anders vorgestellt.«

Er stimmt zu und beendet das Gespräch. Zum Frühstück im Hotel ist es zu spät geworden, er beschließt, in ein Café in der Stadt zu gehen. Da kann er im Anschluss bei Saturn nach einem Gaming Notebook für Moritz sehen. Es soll die angekündigte Überraschung sein.

Auf der Straße denkt er daran, Montag wieder im Büro zu sitzen. Nein, er fühlt sich noch nicht bereit, die Sprüche der Kollegen zu ertragen. Außerdem könnte Sabine dort auftauchen oder ihr Exmann. Das wäre die reine Katastrophe. Er wird die Ärztin aufsuchen, um sich eine weitere Woche krankschreiben zu lassen. Der Gedanke erleichtert ihn.

In der Fußgängerzone sieht er eine dunkelgekleidete Person in einem Geschäftseingang verschwinden. Sie war schon an der Ampel am Nordring hinter ihm. Er wartet einen Augenblick. Nichts. Hat er den gestrigen Abend nicht verarbeitet? Oder verfolgt ihn die schwarze Person wirklich?

Warum verbringt er den Tag nicht vor dem Fernseher im Hotel? Das Notebook könnte er morgen besorgen. Erst mal einen Tag Abstand gewinnen. Soll er umdrehen, zurücklaufen? Unsinn, er ist kurz vor der Drehscheibe. Um die Ecke ist ein kleines Café. Da ist der Milchkaffee nach seinem Geschmack. Er läuft hin, dreht sich am Eingang um. Die verdächtige Person ist unter den vielen Menschen nicht auszumachen.

Zur Ablenkung nimmt er sich die Tageszeitung zum Frühstück, setzt sich ans Fenster, um einen Überblick über die Straße zu haben, und stöbert nebenbei in den Werbeanzeigen. Die Gaming Notebooks sind teurer, als er dachte. Was soll`s? Er wird großzügig sein, der Junge hat es verdient. Der Computer der Mutter ist in die Jahre gekommen, darauf laufen die aktuellen Spiele nicht. Am

Telefon hat er seiner Schwester angedeutet, Moritz eine Überraschung mitzubringen. Bestimmt rätseln sie, was es sein könnte. Für den Jungen würde er alles geben. Er hat ihn in sein Herz geschlossen. Was ist mit Fabian? Er muss sich mit dem Gedanken abfinden, dass er nach der U-Haft bei seiner Schwester wohnt. Wenn der kleine Bruder das Geschenk auspackt, kann er ihn nicht leer ausgehen lassen. Er erinnert sich, dass Fabian an Bildbearbeitung interessiert war, sich spezielle Programme wünschte. Damit kennt er sich nicht aus. Wenn der Besuch am Freitag in seinem Sinn verläuft, wird er Fabian anbieten, am Samstag gemeinsam ein passendes Gerät auszusuchen. Sie können zusammen zum Shoppen in den Ruhrpark fahren, wenn seine Schwester einverstanden ist. Und Moritz wird er mitnehmen.

Er trinkt den Milchkaffee aus und läuft das kurze Stück zu Saturn. Die Anwesenheit des Sicherheitsdienstes am Eingang beruhigt ihn. Er fährt die Rolltreppe hoch in die zweite Etage, sieht sich die Notebooks an, fragt den Verkäufer nach den Angeboten aus der Zeitung. Er wählt ein Gerät mit großem Arbeitsspeicher und einer Grafikkarte für die neuesten Spiele aus, nimmt eine passende Tasche dazu. Wie oft hatte seine Schwester beklagt, dass Moritz bei den Online-Spielen mit den Mitschülern nicht mithalten kann. Es ist vorbei. Er wird ihm dankbar sein.

An der Kasse denkt Wolfgang kurz daran, eine Sicherheitskraft zu bitten, ihn für eine Bonuszahlung zum Hotel zu begleiten. Er könnte sagen, er wäre nach einem Einkauf kürzlich überfallen worden. Unsinn, er wird sich nicht lächerlich machen. Zurück in der Fußgängerzone hat er sofort wieder das Gefühl, verfolgt zu werden. Er beschleunigt seine Schritte, rennt zum City Point und bestellt an der Verkaufstheke der Bäckerei einen Milchkaffee und ein belegtes Brötchen. Vom Hocker an der Ecke hat er einen Überblick über die Kaufhauspassage. Er zwingt sich zur Ruhe, nippt an dem Kaffee und beißt in das Brötchen. Wo ist der Karton mit dem Notebook? Neben ihm. Er atmet auf. Er ist vergesslich, wenn er aufgeregt ist. Er sieht sich um. Die üblichen Paare, junge Mädchen, die an ihm vorbeigehen, einige Grauhaarige.

Wenn der Verfolger nicht seiner Einbildung entspringt, wird er in der Nähe warten und ihn beobachten. Ist es derselbe wie am Abend? Oder eine Frau? Sabine Färber? Hat sie ihrem Mann eine Waffe entwendet. Oder ist er es? Er sollte die Polizei rufen, sich nicht vom Fleck rühren, bis die Beamten da sind. Es hat keinen Sinn, sie würden ihn für paranoid halten. Er könnte sich als Zeuge der Schießerei von gestern outen und seinen Verdacht äußern. Mit dem Ergebnis, dass sie Sabine verhören würden. Das darf er nicht zulassen. In ihrer Wut würde sie ihn wegen Missbrauchs anzeigen. Wieso hat er sich darauf eingelassen? Er sieht sich selbst als kleinen Jungen, der den Launen des Erziehers ausgeliefert war, den sexuellen Spielchen. Er könnte heulen. Was ist aus ihm geworden? Er rennt zum Ausgang auf der anderen Seite. Von dort ist es nicht weit bis zum Hotel. Auf dem Weg dreht er sich ständig um. Seitenstiche quälen ihn, der Karton behindert ihn. Warum müssen die Ampeln immer rot sein, wenn er es eilig hat? Er möchte den beiden Mädchen auf der anderen Seite kein schlechtes Vorbild sein. Den Verfolger hat er hoffentlich abgehängt. Er nimmt sich vor, das Hotel heute nicht mehr zu verlassen und morgen einen Hinterausgang zu wählen, wenn er seine Schwester besucht. Der Aufstand von Sabine in der Kneipe, die Todesschüsse auf dem Rückweg, er ist für so eine Aufregung nicht geeignet, ist zu sensibel dafür. Warum hat der Freund des Opfers bei den Bullen geschwiegen? Sie kamen zusammen aus der Kneipe. Klar, der hätte zugeben müssen, dass sie ihn berauben wollten. Die Polizei wird es herausfinden. Es ist eine Frage der Zeit, bis sie vor dem Hotel stehen. Er ist verdächtig, weil er sich nicht gemeldet hat. Er wird sagen, dass er unter Schock stand, sich nicht aus dem Zimmer traute. Der Mitarbeiter an der Rezeption wird seinen desolaten Zustand bestätigen.

Die Ampel springt auf Grün. Endlich. Die beiden Mädchen kommen ihm entgegen, lachen, sind vorbei. Der Weg zum Hotel zieht sich endlos hin. Dabei sind es nur einige hundert Meter. Er beschleunigt seinen Gang, gleich hat er es geschafft. Er dreht sich um. Nichts. Eine Erleichterung will sich nicht einstellen. Vom Hotel kommt ihm jemand mit schnellen Schritten entgegen, das Gesicht im Mantelkragen versteckt. Er geht an den äußeren Rand des Weges, will losrennen, der Hoteleingang ist nur ein paar Meter entfernt. Die Gestalt lässt ihn nicht vorbei. Er erkennt ihn. Erschrickt zu Tode. Die Waffe in der Hand mit dem Aufsatz. In Sekundenschnelle wird ihm alles klar. »Nein!« Er spürt den kalten Lauf am Hinterkopf, denkt, dass es nicht sein kann, er noch so viel geplant hat. Der Schlag, der Schmerz. Er taumelt, verliert den Halt, prallt auf das Pflaster.

Kapitel 28

Marie Marler sitzt im Café Tucholsky an einem Tisch am Fenster. Warum können Männer nie pünktlich sein? Warten gehört nicht zu ihren Stärken. Abgesehen davon muss sie um drei zur Sprechstunde zurück sein. Im gleichen Moment, in dem Christian hereinkommt, ist ihre Ungeduld verschwunden. Sie sieht auf seine Schuhe. Weiße Sneakers. Gefallen ihr.

»Entschuldige die Verspätung. Hast du bestellt?« Er setzt sich zu ihr an den Tisch.

»Ich dachte, wir bestellen zusammen. Habe ich so gelernt.«

Er schlägt die Karte auf. »Möchtest du überhaupt etwas essen oder nur die Neuigkeiten hören?«

Sie lacht. »Lass uns bestellen … dann können wir über den Fall reden.«

Der Kellner kommt. Er entscheidet sich für ein Frühstück mit Rührei, Obstsalat und Milchkaffee. Eine weitere Gemeinsamkeit, stellt sie fest und wählt dasselbe.

Er berichtet von der Festnahme bei Frau Driesen. »Unser Schütze war ein Profi, da scheidet Fuhrmann aus. Der prügelt sich, droht und verträgt sich wieder. Haben Fabian und Timo etwas erzählt, was uns weiterbringen könnte?«

Marie berichtet von dem Onkel, dem Missbrauch, Kristofs Idee, ihn zu überfallen und den plötzlichen Schüssen.

Das Frühstück wird serviert. Sie spürt Christians Blicke, nimmt den Kaffeepott und trinkt, um sich abzulenken.

»Hat der Onkel einen Namen?«, fragt er.

»Wolfgang Töpfer. Meinst du, er könnte Kristof erschossen haben?«

»Dafür spricht, dass er sich bei uns nicht gemeldet hat. Er wird sich denken, dass er sich mit seinem Verhalten verdächtig macht.«

»Er hat Angst, dass ihr gegen ihn wegen Missbrauchs ermittelt. So verkriecht er sich lieber in der Hoffnung, der Täter wird schnell gefasst und er bleibt unbehelligt.«

Christian nickt ihr anerkennend zu. »Du bringst mich auf eine Idee. Ich habe geahnt, dass an der Geschichte mit Kristof etwas nicht stimmt. Was ist, wenn die Schüsse Töpfer galten? Jemand wollte sich an ihm rächen.«

»Ein Profi wird es erneut versuchen«, sagt Marie.

»Ich fürchte sogar, uns bleibt wenig Zeit. Mein Kollege holt mich um drei ab. Hast du die Adresse aufgeschrieben?«

Sie schüttelt den Kopf. »Seine Verlobte hat ihn Anfang der Woche aus der Wohnung geworfen. Sie war gestern bei der Gerichtsverhandlung, schien furchtbar aufgebracht. In der Pause hat sie auf Fabians Mutter eingeredet. Ich habe ein wenig gelauscht. Sie hat im Zusammenhang mit ihrem Exmann von Waffen gesprochen. Mit ihm sei nicht zu spaßen, wenn es um den Jungen gehe.

Sie würde sich Sorgen machen. Dann ist sie verschwunden, hat nicht einmal das Urteil abgewartet.«

»Entschuldige, hat sie rote Haare und trug weite Kleider?«, unterbricht er sie.

»Ja. Warum? Kennst du sie?«

»Nein, Zeugen haben sie so beschrieben und ausgesagt, sie habe im Gerichtssaal von einer Schusswaffe gesprochen. In der Kneipe an der Brückstraße hat sie Töpfer nach Aussage der Wirtin bedroht. Hast du ihren Namen erfahren?«

»Leider nein. Es ging zu schnell. Kaum hatten sie die Verlobte erwähnt, waren sie verschwunden.«

»Entschuldige, du wolltest sagen, wo sich der Onkel aufhalten könnte.«

»In einem Hotel am Nordring … ab Freitag kann er bei seiner Schwester wohnen, bis er was Eigenes gefunden hat.«

»In der kleinen Wohnung? Es hieß, Fabian wäre ihr schon zu viel.« Kramer schüttelt den Kopf.

»Ihr Sohn bringt kein Geld ein«, sagt Marie. »Meinst du, Kristof könnte zur falschen Zeit am falschen Ort gewesen sein?« Ihr ist komisch bei dem Gedanken.

»Ich möchte es zumindest nicht ausschließen. Warten wir die Ergebnisse der KTU ab. Sie werden den Standort des Täters ermitteln.« Er nimmt ihre Hand. »Darf ich dich zum Essen einladen, wenn das vorbei ist.«

»Zur Lasagne mit anschließendem Filmabend und Kontakt zu deiner Verlobten?«, scherzt sie.

»Oh, Nina hat geplaudert.« Er lässt ihre Hand los.

Sie bereut sofort, es nicht anders ausgedrückt zu haben. »So sind wir Frauen. Immer informiert. Wenn du von Alina nicht loskommst, Christian, fangen wir besser nicht erst an. Ich möchte nicht aus deiner Wohnung fliehen, weil eine andere vor der Tür steht.«

Schulz kommt herein. »Sorry, ich störe ungern, aber am Nordring gibt's einen Toten. Auf der Straße erschossen. Die Leitstelle fragt, wo wir bleiben, die anderen sind da.«

»Ich übernehme das hier ...«, sagt Marie und deutet auf das Frühstück.

Christian steht auf. »Nur, wenn ich beim nächsten Mal bezahlen darf.«

Kapitel 29

Auf dem Weg zum Tatort informiert Kramer seinen Kollegen über das Gespräch mit Marie. Schulz leitet die Fahndung nach Wolfgang Töpfer ein.

»Hoffentlich kommen wir nicht zu spät«, merkt Kramer an.

»Du meinst, er könnte der Tote am Nordring sein«, folgert Schulz.

»Warum haben uns die Jungen nicht von Anfang an die Wahrheit gesagt? Dann hätten wir eine Chance gehabt, ihn lebend zu erwischen.«

Schulz zuckt mit den Schultern. »Warten wir ab, ob er es ist.«

Bei ihrem Eintreffen hat die Schutzpolizei den Tatort weiträumig abgesperrt. Rechtsmedizin und Spurensicherung sind vor Ort. Der Tatortbeamte kommt auf Kramer zu. »Eine Augenzeugin wartet im Hotel. Sie hat gesehen, wie der Mann zusammenbrach, und sofort den Notarzt alarmiert. Er konnte nur noch den Tod feststellen. Das Opfer hatte im Hotel ein Zimmer gemietet. Wir haben seine Personalien. Wolfgang Töpfer.«

Kramer wendet sich an den Beamten: »Was sagt die Zeugin?«

»Sie hat eine Person in einem dunklen Mantel bei dem Opfer gesehen, die sich eilig entfernte. Näher beschreiben konnte sie ihn nicht, sie sprach davon, dass alles furchtbar schnell ging. Sie hörte nicht mal einen lauten Knall. Das legt die Vermutung nahe, dass ein Schalldämpfer verwendet wurde.«

»Gibt es Erkenntnisse, ob es die gleiche Waffe war wie gestern Abend?«, fragt Schulz dazwischen.

»Die Spurensicherung geht nach den Funden von Patronenhülsen von unterschiedlichen Waffen aus, das kann schon gesagt werden.«

»Mit anderen Worten, es kommen zwei Täter in Betracht«, bringt Schulz es auf den Punkt. »Rache für Kristofs Tod?«

»Was weiß man über Kristofs leiblichen Vater?«, fragt Oberstaatsanwalt Reidinger, der mitgehört hat.

»Der ist vor Jahren verstorben«, erwidert Kramer. Er wendet sich an den Rechtsmediziner. »Kann man etwas zu der Schussverletzung sagen?«

»Zwei gezielte Schüsse in den Hirnstamm«, sagt Rilke. »Ich würde von einem Profi ausgehen.«

»Das dachte ich mir. Es wird der gleiche Täter sein. Er besitzt verschiedene Waffen.«

Oberstaatsanwalt Reidinger baut sich in seiner Größe von einem Meter neunzig vor ihnen auf. »Maskiert … schießt präzise und verschwindet, ehe ihn jemand erkennt. Das sind mafiöse Strukturen. Wir werden das Handy von Töpfer auswerten. Vielleicht liefert es Anhaltspunkte.«

»Lass uns zu Frau Driesen fahren«, meint Schulz. »Wir erzählen ihr, dass wir ihren Mann freilassen.«

»Was willst du damit erreichen? Sollen wir nicht zuerst Frau Meisner die Nachricht überbringen?«, fragt Kramer. »Es handelt sich um ihren Bruder.«

»Ich möchte das Gesicht von Frau Driesen sehen, wenn sie es erfährt. Um auszuschließen, dass sie mit dem Mord an Töpfer zu tun hat.«

»Wie kommst du darauf?«, fragt Kramer.

»Die Worte des Oberstaatsanwalts von den mafiösen Strukturen und das Bild der Bandidos in ihrem Flur.«

Kramer stimmt zu, obwohl er an einen solchen Zusammenhang nicht glaubt. Sie erreichen das Mietshaus in Hamme. Nach mehrmaligem Schellen wird ihnen geöffnet. Frau Driesen steht im Bademantel an der Tür.

»Wo waren Sie zwischen vierzehn und fünfzehn Uhr?«, fragt Kramer.

»Na, hier«, antwortet sie. »Was wollen Sie? Der Junge ist tot, der Mann verhaftet. Bin ich jetzt dran?«

»Ein wichtiger Zeuge der gestrigen Schießerei wurde vor seinem Hotel erschossen«, sagt Schulz.

»Wer soll das sein?« Ein neugieriger Blick trifft ihn.

»Dazu dürfen wir keine Angaben machen.«

»Was wollen Sie dann von mir? Ich habe keine Waffen und meinen Mann haben Sie festgenommen. Oder ist er wieder frei?«

Kramer hört ein heftiges Husten aus der Küche.

»Ein Nachbar«, sagt Frau Driesen. »Wir kochen und essen zusammen. Mit meinem Mann, wenn er da ist. Wir haben eine gute Hausgemeinschaft.«

Schulz und Kramer gehen in die Küche. Ein Typ mit erhitztem Gesicht steht am offenen Fenster und raucht. »Suchen Sie Ihre Mörder woanders. Wir sind friedliche Leute«, sagt er.

Schulz fragt nach den Personalien. Er holt seinen Ausweis aus dem Portemonnaie. Es trägt die Initialen der Bandidos.

»Wo waren Sie zwischen vierzehn und fünfzehn Uhr?«

»Hier! Das kann Frau Driesen bestätigen. Wir haben gekocht. Das hat sie schon gesagt. Es gibt Reste. Wollen Sie nachsehen?« Er öffnet einen Topf mit Gulaschsuppe.

»Habe ich Sie richtig verstanden, dass ein wichtiger Zeuge von gestern erschossen wurde?«

Schulz übergeht die Frage und wendet sich an Frau Driesen: »War der Vater von Kristof bei den Bandidos?«

Sie überlegt einen Augenblick. »Ach, das Bild im Flur. Das ist lange her. Sie haben mich beschützt ... damals ... ich bin mit fünfzehn von zu Hause ausgerissen ... wegen der Prügel meines Vaters ... wenn ich nicht so wollte wie er. Da war die Sache mit der Lederhose, ich hatte kein Geld ... wurde im Kaufhaus erwischt. Ich traute mich nicht zurück. Wo sollte ich hin? Ein junges Mädchen bleibt auf der Straße nicht lange allein. Außerdem brauchte ich Geld.« Sie stockt.

»Erzählen Sie weiter«, fordert Kramer sie auf.

»Mit siebzehn war ich schwanger. Wir malten es uns in rosigen Farben aus. Eine richtige Familie. Die Wirklichkeit war anders. Das Jugendamt wollte mir den Jungen wegnehmen, mein Mann war ständig betrunken und schlug uns. Er konnte nicht mit Geld umgehen, wir waren am Fünften des Monats pleite trotz all seiner Schwüre, nicht mehr zu spielen. Ich trennte mich von ihm und behielt meinen Sohn. Es war nicht leicht, das kann ich Ihnen sagen. Raimund Fuhrmann und seine Freunde lernte ich kennen, als Kristof in der Grundschule war. Da arbeitete ich nachts in einer Bar. Sie halfen mir.«

»Können Sie sich vorstellen, dass sich jemand für Ihren Sohn rächen wollte?«, fragt Schulz eindringlich.

»Warum? Wurde sein Mörder erschossen?«, wirft der Nachbar ein.

»Wir gehen alle Möglichkeiten durch, um uns ein Bild zu verschaffen«, erwidert Schulz.

Frau Driesen sagt: »Wir haben niemanden beauftragt. Soweit reichen unsere Beziehungen nicht. Außerdem weiß ich nicht, wer Kristof erschossen hat. Bei wem sollte ich mich für seinen Tod rächen?«

Kramer sieht in ihren Augen, dass sie es ehrlich meint. »Wir werden den Täter ermitteln, da gebe ich Ihnen mein Wort drauf.«

»Könnte es sein, dass Kristof gestern nicht gemeint war?«, mischt sich der Nachbar ein. Kramer staunt über die plötzliche Hellsichtigkeit.

»Wie kommen Sie darauf?«, fragt sein Kollege.

»Nur so eine Idee. Ich kann mir nicht vorstellen, dass jemand ein Interesse daran hat, Kristof zu erschießen. Trotz allem, was er angestellt hatte.«

Frau Driesen scheint es nicht zu verstehen. Der Nachbar versucht, es ihr zu erklären.

»Das macht es nicht besser«, sagt sie schließlich. »Mein Sohn ist tot.«

»Wir übersehen etwas, Manfred«, meint Kramer nachher auf der Straße. »Weil wir auf den Tod von Kristof fixiert sind. Spielen wir mal durch, dass er nicht gemeint war. Bei dem Täter könnte es sich auch um eine Frau handeln.«

»Meinst du seine Schwester, weil Töpfer ihren Jüngsten missbraucht hat? Oder die Verlobte, die ihn rausgeschmissen hat, nachdem er ihren Sohn angepackt hat?«

»Die Meisner könnte ihm aufgelauert haben, sie kannte seinen Rückweg von der Kneipe zum Hotel. Die Verlobte könnte die Waffen von ihrem Mann besorgt haben. Sie hatte damit gedroht. Als Wrede davon sprach, ergab es keinen Sinn. Jetzt wird es klarer.«

Kapitel 30

Die Verbindung ist im Smartphone gespeichert. Ob sie noch aktiv ist? Zumindest geht der Ruf raus. Sie soll nicht sehen, wer anruft, er hat die eigene Nummer unterdrückt. Sonst blockiert sie ihn nachher. Im Gerichtssaal hatte sich keine Gelegenheit gefunden, um mit ihr zu sprechen, obwohl er es sich vorgenommen hatte. Sie wirkte abweisend, vermied den Blickkontakt zu ihm, wahrscheinlich, weil die Färber neben ihm saß. Die hatte er über ihren Mann in früherer Zeit kennengelernt. Ihre Affäre mit Töpfer hatte ihn überrascht.

»Silvie Meisner«, meldet sich seine Exfrau am Telefon. Die Stimme klingt vertraut, als hätte er erst gestern mit ihr gesprochen. Es sind die Stimmen, die im Gedächtnis bleiben, überlegt er.

»Ich möchte mich entschuldigen, dass ich bei der Verhandlung nicht bis zum Ende geblieben bin. Ich musste zu einem wichtigen Termin.«

»Bei dir ist alles wichtig außer den Kindern. Warum entschuldigst du dich nicht bei Fabian? Hast du mal darüber nachgedacht, was du ihm angetan hast? Sein Absturz geht auf dein Konto, das ist dir hoffentlich klar. Ich bin echt erstaunt, dass du es wagst, mich nach der langen Zeit anzurufen. Also, was willst du? Du rufst nicht ohne Grund an, nicht, um dich zu entschuldigen.«

»Wir haben alle Fehler gemacht«, beginnt er.

»Nein, Jürgen. Du hast Fehler gemacht«, unterbricht sie ihn. »Lass mich da raus. Erst bist du Tag und Nacht mit Fabian zusammen, dann verschwindest du von heute auf morgen aus seinem Leben. Ich habe versucht, dem Jungen den Vater zu ersetzen. Das war nicht leicht, was sage ich, nicht möglich.«

»Ich nehme an, dein Bruder hat dir dabei geholfen.«

»Ja, bis die Färber den Kontakt zu mir zerstörte. Wolfgang hat sogar seine Wohnung gekündigt, um zu ihr zu ziehen. Dieser gutmütige Esel. Jetzt steht er auf der Straße, weil sie ihn von heute auf morgen hinauswarf. Ich nehme an, sie hat es erzählt. Sie saß ja neben dir im Gericht.«

»Ja, sie ließ kein heiles Haar an deinem Bruder. Bei ihrem Ehemann war sie genauso, da steigerte sie sich auch in jeden Konflikt hinein. Warum hat sich Wolfgang überhaupt mit ihr eingelassen?«

»Er ist naiv, sucht die intakte Familie. Du kennst unsere Geschichte. Ich hoffe, dass sie ihm einen Rest von seinem Geld gelassen hat. Ehrlich, ich konnte sie nie leiden.«

»Du meinst, er hat seine Ersparnisse mit ihr durchgebracht. Deswegen hat sie ihn rausgeworfen. Das wäre ihr zuzutrauen.« Meisner erinnert sich, dass seine Exfrau Wolfgangs Freundinnen nie mochte.

»Ich könnte dieses habgierige Biest …«, regt sie sich auf. »Sie wollte mir einreden, Fabian vor Gericht entlasten zu können. Hat sie mit dir darüber gesprochen?«

»Ja, sicher. Es ging auch um ihren Sohn. Wolfgang habe sich in sein Vertrauen geschlichen, um ihn gegen sie aufzuhetzen.«

»Unsinn! So ist mein Bruder nicht. Das traue ich ihm nicht zu. Er ist kinderlieb.«

»Sogar zu sehr. So drückte sie sich aus.«

»Ach, das ist Unsinn, was sie erzählt, üble Nachrede. Sie hat ihn überredet, bei ihr einzuziehen. Er hatte so eine schöne Wohnung am Stadtpark, direkt im Grünen. Erinnerst du dich?«

»Ja, sicher. Ich hatte den Eindruck, sie wollte sich wichtigmachen. Wie ist die Verhandlung ausgegangen?«

»Achtzehn Monate Jugendstrafe im offenen Vollzug. Bis zum Strafantritt bleibt er bei mir. Dabei habe ich kaum Platz, aber wo soll er hin?«

Er übergeht die Anspielung. »Ich hatte den Eindruck, dass die Mittäter ihn in die Überfälle reingezogen hatten.«

»Er hätte sich andere Freunde aussuchen können. Stell dir vor, gestern Nacht war die Kripo bei uns. Am Tag seiner Entlassung hing er schon wieder mit denen ab. Das ist doch nicht normal.«

»Was wollte die Polizei von ihm?«, fragt er.

»Sein Freund Kristof ist in der Altstadt erschossen worden. Der Glatzkopf, der nah am Richterpult saß. Du hast ihn im Gerichtssaal gesehen. Der Schlimmste von ihnen, der sie zu den Überfällen angestiftet hatte.«

»Ich habe von dem Tod eines jungen Mannes in der Zeitung gelesen. Sag nicht, dass Fabian dabei war.«

»Er hatte sich an dem Abend mit Kristof und dem anderen getroffen ... die Entlassung feiern. In der Altstadt war er nicht dabei. Das hat er ausgesagt, sicher bin ich mir nicht. Die lügen wie gedruckt.«

Er räuspert sich. »Am Telefon ist das nicht zu besprechen. Was hältst du davon, wenn wir uns treffen. Ich habe dir etwas Wichtiges zu berichten.«

»Jetzt auf einmal, Jürgen? Ich weiß nicht, ob das eine gute Idee ist.«

»Hast du gehört, dass meine Mutter verstorben ist?«

»Nein. Das tut mir leid. Du wirst nicht erwarten, dass ich besonders traurig bin. Wir haben uns nie gemocht. Also, was willst du besprechen?«

»Ich habe einen Käufer für das Haus. Mein Anwalt hat alle Vollmachten, er wickelt es ab. Ich möchte das Geld für die Jungen anlegen. Eine ordentliche Ausbildung ... die Welt erobern. So kommt Fabian aus dem Schlamassel heraus und Moritz nicht hinein. Verstehst du?«

»Ja, sicher. Für die Jungen tue ich alles. Wann können wir uns sehen?«

»Am besten sofort. Morgen fliege ich nach Afghanistan, komme frühestens in einem halben Jahr zurück. Ihr könnt das Geld sicher brauchen. Mit meinem Anwalt ist besprochen, dass er ein Gnadengesuch für Fabian aufsetzt. Der Junge soll eine Therapiemaßnahme aufnehmen. Auf jeden Fall muss er raus aus dem Milieu. Im Knast ist er mit den gleichen Leuten zusammen. Das zieht ihn nur weiter rein.«

»Wo sollen wir uns treffen?«, fragt sie.

Er spürt ihr zunehmendes Interesse. Natürlich, sie wittert das Geld. Damit hatte er gerechnet.

»Erinnerst du dich an das Haus meiner Mutter in Witten?«

»Ja, sicher. Wie könnte ich es vergessen? Ich fahre sofort los. Den Jungen gebe ich Geld für Pizza. Da freuen sie sich. Sie sind verrückt danach.«

Kapitel 31

Christian Kramer schellt mehrmals bei Meisner. »Niemand zu Hause«, sagt sein Kollege. Er versucht es erneut, da ertönt der Türöffner. Sie steigen die Treppenstufen hinauf. Fabians Bruder empfängt sie an der Wohnungstür. Die gleichen welligen Haare, die gleiche Figur. Kramer beugt sich zu ihm herunter. »Wer bist du denn?«

»Moritz«, antwortet der Junge mit klarer Stimme. Schulz zeigt ihm die Polizeimarke. Er nimmt sie in die Hand und betrachtet sie von allen Seiten, bevor er sie dem Beamten zurückgibt. »Meine Mutter ist nicht da. Sie ist vor einer halben Stunde weggefahren.«

»Weißt du, wann sie zurückkommt?«, fragt Schulz.

»Sie hat gesagt, dass es später wird. Wir sollen uns keine Sorgen machen und pünktlich ins Bett gehen. Eine genaue Uhrzeit hat sie nicht genannt.«

»Ist dein großer Bruder da?«

»Fabian holt Pizza. Mama hat ihm Geld gegeben, bevor sie ging. Ich bin allein und darf keinen reinlassen.«

»Soso«, mischt sich Kramer ein. »Hat dein Bruder gesagt, wie lange es dauert?«

»Nein … er wollte sich beeilen.«

Kramer sieht auf die Uhr. »Hast du die Handynummer deiner Mama?«

»Ja. Ich hole mein Smartphone.«

Kramer will hinter ihm her, doch wird von dem Jungen ausgebremst.

»Meine Mutter möchte nicht, dass ich fremde Leute in die Wohnung lasse, wenn ich allein bin.«

»Da hat sie völlig Recht. Wir werden vor der Tür warten«, greift Schulz ein.

Kramer nimmt den strafenden Blick seines Kollegen wahr. »Kann er bei uns keine Ausnahme machen?«

»Würde bei unseren Jungen auch nicht gelten. Heute kann sich jeder als Polizist ausgeben.«

Moritz kommt mit dem Smartphone zurück. Er hat die Nummer gewählt. »Mama geht nicht dran. Die Mailbox ist eingeschaltet. Das ist bei ihr ständig so.«

Schulz beugt sich zu ihm herunter. »Kannst du ihr eine Nachricht darauf sprechen, dass wir eine wichtige Mitteilung für sie haben?«

»Fabian«, ruft Moritz erleichtert und deutet zur Treppe. Sein Bruder kommt die Stufen herauf mit zwei Pizzakartons in der Hand.

»Sie sind von der Polizei ... kannst du mit ihnen reden?«, fragt Moritz aufgeregt.

»Alles in Ordnung.« Fabian schiebt seinen Bruder in die Wohnung. »Meine Mutter wollte erst am späten Abend zurück sein. Kann ich Ihnen weiterhelfen.«

Kramer macht einen Schritt auf ihn zu. »Können wir reinkommen? Es ist wichtig.«

»Ja, sicher.« Fabian lässt sie durch. »Die Wohnung kennen sie ja.« Er öffnet die Küchentür.

Moritz will in sein Zimmer ausweichen, doch Kramer

hält ihn auf. »Kommst du mit? Es dauert nicht lange. Damit die Pizza nicht kalt wird.«

Sie setzen sich an den Holztisch. In der Mitte steht eine Vase mit Schnittblumen. Bunte Nelken. Die sind Kramer gestern nicht aufgefallen. »Wir möchten über euren Onkel und seine Verlobte sprechen.«

»Ist es wichtig, dass Moritz dabei ist?«, unterbricht ihn Fabian.

»Ich verstehe, dass du um deinen Bruder besorgt bist«, sagt Kramer. »Doch ich glaube, er ist alt genug und kann uns sogar weiterhelfen.« Gleichzeitig fragt er sich, ob Fabian verhindern will, dass der kleine Bruder etwas ausplaudert. Es wäre nicht auszuschließen, dass die ganze Familie die Tat geplant hatte.

Sein Kollege greift ein. »Wann habt ihr euren Onkel zuletzt gesehen? Zuerst Fabian.«

»Gestern Abend in der Kneipe an der Brückstraße. Ich nehme an, dass Frau Marler Ihnen davon erzählt hat.«

»Und Moritz. Erinnerst du dich?« Kramer nimmt wahr, dass der Junge leicht zu zittern beginnt. »Ist alles gut«, versucht er, ihn zu beruhigen. »Du brauchst keine Angst zu haben. Wir möchten nur wissen, wann du ihn das letzte Mal gesehen hast.«

Moritz schluckt, räuspert sich. »Er kam zu meinem Geburtstag.«

»Vor einer Woche«, ergänzt Fabian. »Ich war noch in Untersuchungshaft.«

»Hat Onkel Wolfgang in deinem Bett geschlafen?«, fragt Kramer. Die Frage fällt ihm nicht leicht, er sieht den Blick seines Kollegen.

Fabian nimmt den Bruder in den Arm. Moritz windet sich heraus und nickt leicht mit dem Kopf. »Ich habe Frau Paulsen alles erzählt.«

»Das ist seine Klassenlehrerin«, ergänzt Fabian.

»Mit deiner Mama hast du nicht gesprochen?«, fragt Kramer.

»Sie wollte es nicht hören. Fragen Sie meinen Bruder«, bricht es aus Moritz heraus.

Ein leichtes Kopfnicken zur Bestätigung.

»Deswegen habe ich das eigene Zimmer.« Er scheint Mut gewonnen zu haben. »Ich darf entscheiden, wer darin schläft. Wenn ich abschließe, kommt keiner rein.«

»Wer sagt das?«, fragt Fabian.

»Die Frau vom Jugendamt. Sie hat mit mir gesprochen.« Moritz sieht seinen Bruder an und stürzt aus der Küche ins Bad. Er schließt sich ein. Fabian klopft an die Tür. »Ist alles gut. Ich bin stolz auf dich, dass du es erzählt hast. Ich hatte damals zu viel Angst. Ich lass dich nicht mehr allein. Versprochen. Wir halten zusammen.« Die Tür öffnet sich einen Spalt. Fabian zwängt sich hindurch.

Kramer zuckt mit den Schultern. Er nimmt sein Handy und wählt Maries Nummer. Sie ist sofort dran. Er schildert ihr die Situation in knappen Worten. »Kannst du rauskriegen, wer vom Jugendamt mit Moritz gesprochen hat?«

»Ja, sicher. Ich rufe dich später zurück.«

»Wenn du mich nicht erreichst, schicke mir eine Nachricht. Wir fahren zur Besprechung ins Präsidium. Nachher werden wir die Verlobte von Töpfer besuchen.«

Kramer klopft an die Badezimmertür. »Könnt ihr einen Moment rauskommen?«

Die Tür öffnet sich. »Sie brauchen sich keine Sorgen zu machen«, sagt Fabian. »Ich bleibe bei Moritz, bis unsere Mutter zurück ist.«

»Gut. Hast du den Namen und die Adresse der Exverlobten deines Onkels?«, fragt Kramer.

»Sabine Färber. Sie wohnt im Kirchviertel. Den Straßennamen kenne ich nicht.«

Sein Bruder taucht neben Fabian auf.

»Sagt eurer Mutter, sie soll mich anrufen, wenn sie zurück ist. Versprochen?«

»Ja, klar«, bestätigt Fabian.

Mit ungutem Gefühl verlässt Kramer die Wohnung. Hätte er ihnen von dem Tod ihres Onkels berichten sollen? Er fragt seinen Kollegen, der genauso unsicher ist.

»In welchen Zeiten leben wir. Die Mutter sieht weg, wenn ihr Bruder die Jungen missbraucht«, sagt Kramer auf dem Weg ins Präsidium. »Bei ihr hat alles einen Preis.«

»Sabine Färber war er zu hoch, deswegen hat sie Fuhrmann am Montag vor die Tür gesetzt. Dann hat sie sich bei ihrem Exmann beschwert und in der Kneipe Töpfer vor ihm gewarnt. Da war es schon zu spät.«

Kramer erkennt Maries Nummer im Display. Er drückt auf Verbindung und deutet seinem Kollegen an, vorzugehen ins Präsidium. »Sag ihnen, ich habe einen wichtigen Anruf erhalten.«

»Was gibt es Neues?«, spricht er ins Smartphone.

»Vom Jugendamt war Judith Schöne-Lenhard in der letzten Woche bei Frau Meisner. Sie hat gedroht, Moritz aus der Familie zu nehmen. Sie ist Hinweisen der Klassenlehrerin gefolgt. Die Mutter hat alles bestritten, doch versprochen, aufzupassen, dass ihr Bruder sich dem Jungen nicht nähert. Sie haben sich darauf verständigt, vorerst keine Anzeige zu erstatten, um Moritz nicht in eine Ermittlung gegen den Onkel zu verwickeln, der alles abstreiten würde. Halte dich fest, ich habe noch mehr erfahren.«

»Mach´s nicht so spannend. Ich muss in die Besprechung.«

»Frau Färber hat einen Sohn. Felix, er ist ein Jahr jünger als Moritz. Sie hat Töpfer am Montag mit ihm erwischt und ihn aus der Wohnung geworfen. Sie hat es der Meisner bei der Gerichtsverhandlung gesagt. Es kommt noch besser, ihr geschiedener Mann ist in einem Schützenverein. Er hängt abgöttisch an seinem Sohn und gab Töpfer die Schuld für die Trennung.«

»Hast du die Adressen?«

»Nur von Frau Färber«, sagt Marie.

Er notiert sie sich. »Im Anschluss an die Besprechung werden wir sie besuchen und eine Fahndung nach ihm einleiten. Dank dir.«

Im Konferenzraum befragt ihn Kriminaldirektor Weiß zu neuen Ergebnissen.

»Es bestehen kaum Zweifel, dass auch der erste Mordanschlag Töpfer galt. Kristof Driesen plante einen Überfall und lief unglücklich ins Mündungsfeuer«, erwidert Kramer.

»Haben Sie konkrete Beweise für die Behauptung?« Weiß sieht ihn erwartungsvoll an.

»Töpfer hatte sich an dem Jungen seiner Verlobten, Sabine Färber, vergangen. Sie hat ihn aus der Wohnung geworfen und ihren Exmann informiert. Er ist im Schützenverein. Die Fahndung wurde soeben eingeleitet.«

»Passt ja wunderbar«, meint Weiß. »Vielleicht zu gut. Auf jeden Fall können wir der Presse berichten, dass sich die Spuren verdichtet haben. Alles weitere nach der Festnahme bei einer Pressekonferenz.«

Kramers Handy vibriert in der Jackentasche. Er geht vor die Tür. Bei seiner Rückkehr in den Konferenzraum spürt er erwartungsvolle Blicke. »Sie haben das Smartphone vor der Hauptsparkasse am Dr. Ruer Platz geortet. Ein SEK ist unterwegs, um ihn festzunehmen.«

»Wäre gut, wenn wir die Sache bald abschließen können«, sagt Weiß. »Versuchen Sie es mit Verständnis für den Jungen. Ist ja auch eine Schande. Schleicht sich in die Familie ein, um den Kleinen zu missbrauchen. Was ist das für eine Welt geworden? Machen Sie dem Vater Hoffnungen, dass er mit einem Geständnis auf ein mildes Urteil hoffen kann.«

»Und der Tod von Driesen?«, wirft Schulz ein.

»Danke für den Hinweis«, erwidert Weiß. »Sonst noch was? Wir sollten nicht einseitig ermitteln. Was ist mit der geschiedenen Frau? Sie kann sich eine Waffe besorgt haben. Fragen Sie ihn, ob sie Zugang zu dem Waffenschrank hatte.«

»Auch möglich, dass sie es zusammen geplant haben«, sagt Schulz.

Weiß übergeht den Einwand. »Wie weit ist Fabians Mutter über die Machenschaften ihres Bruders informiert?«, erkundigt er sich. »Was ist mit dem Vater, der sonstigen Familie? Fakten, Fakten, meine Herren.«

»So weit sind wir nicht. Nach dem gestrigen Abend hatten wir uns auf das Umfeld von Kristof Driesen konzentriert«, sagt Kramer. »Wir sind erst wenige Stunden dabei, den Blickwinkel zu ändern.«

»Das hoffe ich, dass Sie ganz schnell den Blickwinkel ändern.« Weiß steht auf. »Ich erwarte Ergebnisse nach der Anhörung von Färber. Was ist mit Fuhrmann? Kann er entlassen werden?«

Kramer überlegt. »Wenn wir ihm sagen, dass er nicht mehr verdächtigt wird, hat er vielleicht nützliche Informationen für uns. Immerhin war er am Tatort.«

Weiß willigt ein. Die Konferenz löst sich auf. Kramer und Schulz holen Fuhrmann in ihr Büro und klären ihn über die aktuelle Situation auf.

»Wen oder was haben Sie am Tatort gesehen?«, fragt Kramer, nachdem sie sich um den runden Tisch am Fenster gesetzt haben und ihm Kaffee angeboten haben.

Fuhrmann wirkt überrascht. Er zögert, überlegt offenbar, ob es ein Trick ist. »Ich kann nach dem Gespräch zu meiner Frau gehen?«

»Ja, wir versprechen es Ihnen«, sagt Kramer.

»Gut. Ich ging von der Kneipe zum Nordring. Kennen sie das Fliednerhaus?«

Kramer bestätigt es mit einem Kopfnicken.

»Ich überlegte, dort zu übernachten, doch konnte mich nicht überwinden. Ich ging zurück zu der Trinkhalle und trank noch ein Bier. Da hörte ich Schüsse. Erst zögerte ich, dann lief ich hin und erkannte Kristof. Eine rothaarige Frau kniete neben ihm. Sie rief die Bullen … Entschuldigung, die Polizei. Nach kurzer Zeit kamen Leute dazu. Auch die beiden Freunde, sie wirkten entsetzt und verschwanden schnell wieder. Ich machte mich auf den Weg zu meiner Frau.«

»Warum haben Sie uns das nicht in der Wohnung erzählt?«, fragt Kramer.

»Ich wollte nicht sagen, dass ich Kristof auf der Straße gesehen hatte. Sie muss es nicht wissen, verstehen Sie?«

»Sind Sie sich sicher, dass die Frau am Tatort rote Haare hatte?«

»Ja, ich habe ihr entsetztes Gesicht vor Augen, sie wirkte auffällig. Ich weiß nicht, was sie mit der Sache zu tun hat.«

»War ein Mann bei ihr?«, fragt Schulz.

»Nein. Sie war allein, bis die anderen kamen. Da bin ich schnell weg. Zu meiner Frau.«

Kapitel 32

Färber sitzt an dem rechteckigen Tisch vor dem Mikrophon. Rötliche Locken, Sommersprossen im Gesicht und auf den kräftigen Oberarmen. Die Kollegen der Schutzpolizei verlassen das Büro. Schulz belehrt ihn über die Zeugenvernehmung.

»Was soll das? Können Sie einen unschuldigen Bürger festnehmen? Das ist Freiheitsberaubung. Ich möchte sofort einen Anwalt sprechen. Das können Sie mir nicht verwehren. Ich kenne meine Rechte. Wir leben in einem Rechtsstaat.«

»Entschuldigen Sie das Vorgehen.« Kramer gibt sich betont freundlich. »Bisher werden Sie als Zeuge vernommen. Wenn es nicht dringend wäre, hätten wir Sie schriftlich vorgeladen. Bei Tötungsdelikten zählt jede Sekunde, da bleibt keine Zeit für Formalitäten. Ich nehme an, dass Sie von dem Todesfall gehört haben?«

»Was soll das heißen? Was wollen Sie von mir? Ich kenne diese Leute nicht. Es kann sich nur um einen Irrtum handeln.« Er macht Anstalten, aufzustehen, dreht sich zur Tür.

»Wolfgang Töpfer hat bis Montag bei Ihrer Ehefrau gewohnt«, meint Schulz mit kalter Stimme. »Da wollen Sie behaupten, ihn nicht gekannt zu haben?«

Kramer sieht ihm die Überraschung an. Sie wirkt nicht

gespielt.

»Wieso Töpfer? Ich dachte, der Junge wäre erschossen worden.«

»Wolfgang Töpfer wurde vor wenigen Stunden Opfer einer Gewalttat. Wir vermuten, dass sein Tod in Verbindung mit der gestrigen Tat steht.«

Färber lacht bitter. »Da wollen Sie mir weismachen, mich als Zeugen zu vernehmen? Der Missbrauch an dem Jungen und der Vater im Schützenverein. Sie haben eins und eins zusammengezählt. Aber Sie irren sich ... mehr kann ich dazu nicht sagen. Ich schieße nicht auf Menschen. Nicht auf einen Jungen, nicht auf einen Kinderschänder. Obwohl ich bei Töpfer verdammt Grund gehabt hätte ... erst nimmt er mir die Frau, dann macht er sich an meinen Sohn heran. Ich konnte den Kerl nie ausstehen. Das ist wohl verständlich. Da mache ich kein Geheimnis daraus. Mir ist nicht klar, was meine Frau an ihm gefunden hat. Es schockiert mich nicht, dass er tot ist. Sie werden es verstehen. Oder denken Sie, der Junge könnte das so leicht abschütteln? Der Kerl schleicht sich in sein Vertrauen, spielt sich als was Besseres auf: Betriebswirt bei der Bank, und lacht über mich als den Berufskraftfahrer.«

»Dazu arbeitslos«, ergänzt Schulz.

»Was soll das? Wollen Sie mich provozieren? Ab Montag habe ich wieder Arbeit bei einer Spedition. Das habe ich Sabine am Telefon erzählt, als Ihre Kollegen kamen. Wir fangen neu an, es ist für den Jungen das Beste. Ich hatte sie von Anfang an gewarnt, dass mit

Töpfer was nicht stimmt. Sie können sich nicht vorstellen, wie sie geheult hat, als ihr bewusst wurde, wen sie sich da ins Haus geholt hatte. Sie lässt sich von ihm aushalten und schwärmt, dass er so kinderlieb ist, mit Felix lernt und spielt. Dann wundert sie sich, dass er mit ihm ins Bett geht. Jetzt will sie unseren Sohn zum Therapeuten schicken. Das hat sie mit der Dame vom Jugendamt abgekaspert. Aber da mache ich nicht mit. Das habe ich ihr klipp und klar gesagt. Ich lass den Jungen nicht kaputtgehen. Keine Polizisten, die ihn mit ihren Fragen quälen. Und eine Therapie erst, wenn er es will. Ich fahre am Wochenende mit ihm in einen Center-Park nach Holland. Das braucht er, die schönen Seiten des Lebens, Abenteuer, die ihn auf andere Gedanken bringen, das ist die beste Therapie. Felix ist stark, er wird es verkraften. Man sollte es nicht dramatisieren. Das schadet nur. Ich werde ihm helfen ohne Jugendamt, ohne Therapeuten, ohne Polizei. Hat sich ja erledigt, wenn Töpfer tot ist.«

»Sie wissen, dass Ihre Frau Kontakt zum Jugendamt aufgenommen hat«, stellt Schulz fest.

»Sicher, wir haben keine Geheimnisse voreinander. Frau Schöne-Lenhard war bei der Trennung für uns zuständig. Es gab Probleme, Meinungsverschiedenheiten, Verletzungen, keinen Rosenkrieg ... so schlimm war es nicht. Das Sorgerecht wurde geteilt.«

»Wann haben Sie von dem Missbrauch erfahren?«, erkundigt sich Kramer.

»Am Montag. Gleich, nachdem sie Töpfer rausgeworfen hat. Kommt früher von einem Essen mit ihrer Freundin und findet ihn mit dem Jungen nackt im Bett. Glauben Sie mir, ich werde mich um Felix kümmern. Das ist wichtiger, als das Schwein zu erledigen. Knast hätte ich ihm gegönnt. Da wissen sie, wie man mit so einem umgeht. Ich mache mir die Finger nicht schmutzig. Wegen so einem gehe ich nicht in den Knast. Das würde Felix den Rest geben. Nein, blöd bin ich nicht.«

Nach dem Redeschwall ist Ruhe. Kramer sieht zu seinem Kollegen. Der fühlt wie er. Sie haben den Falschen. Weiß wird nicht begeistert sein.

»Sagen Sie uns, wo Sie gestern Abend zwischen zwanzig und zweiundzwanzig Uhr waren.«

Kramer ist sicher, ein wasserdichtes Alibi präsentiert zu bekommen.

»Im Vereinsheim. Den ganzen Abend. Ich schreibe Ihnen die Gaststätte auf. Auch die Wirtsleute und die Kameraden, mit denen ich zusammen war.«

»Und Ihre Frau?«, mischt sich Schulz ein.

Färber räuspert sich. »Sie müssen sie fragen. Ich kann Ihnen nicht sagen, wo sie um diese Zeit war.«

»Sie wissen es«, sagt Schulz. »Sie war bei Töpfer in der Kneipe, kurz bevor die Schüsse auf den Jungen gefallen sind.«

»Sie wollte ihm ins Gewissen reden, weil er an der Schule war. Ihm drohen, unseren Jungen in Ruhe zu lassen. Hätte sie vorgehabt, ihn zu erschießen, wäre sie nicht in die Kneipe gegangen.«

»Sie hat ihn gewarnt, dass Sie ihn suchen.« Die Stimme seines Kollegen klingt kalt.

»Absolut lächerlich«, wehrt Färber ab. »Woher haben Sie das?«

»Von der Wirtin der Gaststätte. Sie wirkte glaubhaft, ohne Interesse, jemanden zu Unrecht zu belasten.«

»Sie müssten meine Frau sehen. Ein Bündel Verzweiflung. Sie heult sich die Augen aus über das alles. Wie gesagt, mit Schusswaffen kann sie nicht umgehen. Sie hat Angst, eine Waffe in die Hand zu nehmen. Wir haben beide nichts damit zu tun, auch wenn sie ihm gedroht hat. Es gibt Familien, die nicht nur drohen. Unser Sohn war nicht sein erstes Opfer. Seine Schwester hat zwei Jungen. Und bei der Bank hat er sicher andere Mütter getroffen. Haben Sie daran gedacht?«

»Wir verfolgen sämtliche Spuren«, sagt Kramer. »Wie gesagt, wir haben Sie als Zeugen angehört und nicht beschuldigt. Wo hat Ihre Frau Herrn Töpfer kennengelernt?«

»Wir kennen uns über den Meisner. Bevor er mit der Freundin nach Afghanistan gegangen ist. Meine Frau hat sich an Töpfer erinnert, als wir einen Kredit benötigten. Es war zu der Zeit, als ich die Arbeit verloren habe. Alles ging den Bach runter, wie man so sagt. Hypotheken und Schulden. Töpfer schlich sich als Kundenberater der Bank in ihr Vertrauen. Es ist vorbei, das Haus verkauft, alles mit einem günstigen Kredit abgewickelt. Montag geht's wieder mit der Arbeit los. Meine Frau hat sich riesig gefreut. Wir starten neu durch.«

»Das haben Sie bereits erwähnt«, meint Schulz. »Unsere Kollegen begleiten Sie zu Ihrer Wohnung und zum Vereinsheim. Wir benötigen alle Waffen, die Sie im Besitz haben.«

»Klar, verstehe ich. Sie können mitnehmen, was Sie wollen, nur das Zurückgeben nicht vergessen. Es sind wertvolle Stücke dabei … ich habe keine Lust, endlos nachzufragen.«

»Noch einmal, hat Ihre Frau Zugriff zu den Waffen?«, fragt Schulz.

»Nein, sie sind auf dem Holzweg. Meine Ehefrau kann damit nicht umgehen.«

»Würden Sie die Frage beantworten?«

»Wissen Sie, wir hatten uns geeinigt, die Schlüssel auszutauschen. Erst vor ein paar Wochen. Sie würde nie den Waffenschrank anrühren.«

»War Ihre Frau bei der Verhandlung gegen Fabian Meisner dabei?«, fragt Kramer.

»Sie war da. Sie hat davon erzählt. Sie vermutet, dass Töpfer Fabian missbraucht hatte und der Junge deswegen auf die schiefe Bahn geraten ist. Sie wollte es der Mutter stecken, aber die wusste ja alles und hat den Bruder gedeckt. Fragen Sie meine Frau. Ich kann es nur aus zweiter Hand schildern.«

»Hat sie Ihnen gegenüber vermutet, dass Moritz das nächste Opfer werden könnte?«

Schulz gibt nicht auf, denkt Kramer.

»Sicher, doch Frau Meisner ließ auf ihren Bruder nichts kommen. Sie wollte ihn bei sich wohnen lassen trotz der Vorwürfe.«

»Das wäre alles, Herr Färber«, mischt sich Kramer ein.

»Wenn Sie mit Ihrer Frau telefonieren, sagen Sie ihr, sie soll in ihrer Wohnung auf uns warten. Dann kann sie sich den Weg ins Präsidium sparen.«

Schulz verlässt den Raum, kommt mit zwei Beamten zurück, die Färber hinausbegleiten.

»Fehlanzeige! Oder was meint du?«, fragt Kramer.

Sein Kollege nickt bestätigend. »Nehmen wir uns seine Frau vor.« Er telefoniert mit der Leitstelle. »Ihr Smartphone wurde im Kirchviertel geortet. Sie ist zuhause.«

Kramers Handy macht sich bemerkbar.

»Hallo«, vernimmt er Maries Stimme. »Habt ihr was Neues?«

»Nein. Alle Spur führen in eine Sackgasse. Wir übersehen etwas. Sag mir, was es ist.«

»Fabian meint, sein Freund weiß mehr, als er zugibt. Es lässt ihm keine Ruhe. Vielleicht besucht ihr Timo und redet ihm ins Gewissen.«

»Er hat seinen Vater am Tatort gesehen. Aber der hatte kein Motiv, Töpfer umzubringen.«

»Und Sabine Färber? Judith Schöne-Lenhard wollte sie zu einer Anzeige bewegen. Moritz hat sie nach dem Gespräch bei seiner Mutter angerufen, um sich über ein betreutes Wohnen für Fabian und sich zu erkundigen.«

»Lass uns nach Sabine Färber noch einmal Timo besuchen«, schlägt Kramer seinem Kollegen vor.

Kapitel 33

»Kommen Sie herein. Ich habe Sie erwartet.« Frau Färber steht an der Tür. Die Beschreibung passt, denkt Kramer. »Hat Ihr Mann Sie informiert?«

»Ja, er meinte, Sie würden mich verdächtigen. Wissen Sie, ich hatte so eine Wut auf Töpfer, habe ihm gestern die Hölle heißgemacht vor den Gästen in der Kneipe, aber umbringen könnte ich ihn nicht.«

»Ihrem Mann haben Sie es zugetraut, zumindest haben Sie Töpfer vor ihm gewarnt«, erwidert Schulz.

»Nach dem Vorfall am Montag wagt er es, meinen Sohn an der Schule abzupassen. Er verbietet ihm, es mir zu erzählen. Ich wollte ihn in der Kneipe einschüchtern, um zu verhindern, dass er sich noch einmal in seiner Nähe sehen lässt. Das werden Sie verstehen, oder?«

Ihre Worte wirken entschieden auf Kramer, sie scheidet als Täterin aus. »Warum haben Sie ihn nicht angezeigt? Wie wir gehört haben, hatte Frau Schöne-Lenhard Ihnen dazu geraten.«

»Ja, Judith wollte mich überreden. Mein Mann war dagegen, hat er es Ihnen nicht gesagt? Wir teilen uns das Sorgerecht, überlegen sogar, wieder zusammen zu ziehen.«

»Eine zweite Chance?«, fragt Schulz.

»Ja, warum nicht.« Sie lächelt. »Mein Mann möchte

unserem Jungen die Prozedur bei der Polizei und bei Gericht ersparen. Er will etwas mit Felix unternehmen, um ihn auf andere Gedanken zu bringen.«

»Sie reden wie Ihr Mann. Trotzdem wäre eine Anzeige das Richtige gewesen. Es gibt geschulte Mitarbeiter, die sensibel mit Opfern umgehen«, sagt Kramer.

»Hören Sie auf! Ich hatte einen Fall im Bekanntenkreis. Ein Mädchen ... wurde stundenlang verhört. Keiner hat ihr geglaubt. Sie hat darunter gelitten wie unter der Tat und hat sich nachher geritzt. Trotz der Therapie. Da vertraue ich meinem Mann. Nein, bleiben Sie mir weg mit der Polizei. Die interessiert sich für die Kinder, wenn es zu spät ist. Wie bei Fabian. Da wird nicht gefragt, ob er misshandelt oder missbraucht wurde, der wird in den Knast gesteckt, damit sie ihn weiter kleinkriegen. So geht die Justiz mit Jugendlichen um. Schuldig sind die Schwachen, die sich nicht wehren können. Ich hoffe, mein Sohn wird damit nie in Berührung kommen.«

»Wir haben verstanden«, unterbricht Schulz ihren Redeschwall. »Frau Färber, wenn Sie Wolfgang Töpfer erschossen haben, werden wir es rauskriegen. Unsere Kollegen überprüfen die Waffen Ihres Mannes. Ein Geständnis wirkt strafmildernd. Bei den Hintergründen könnte auf Totschlag plädiert werden. Haben Sie einen Schlüssel zur Wohnung Ihres Mannes?«

»Ja, wir haben Ersatzschlüssel getauscht. Aber ich habe Wolfgang nicht erschossen. Sie werden nichts finden ... vergeuden nur Zeit. Fragen Sie die Meisner. Sie hängt an ihrem jüngsten Sohn.«

»Was wissen Sie darüber?« Für Kramer dreht sich die Sache im Kreis. Was übersieht er?

»Moritz hatte vor, bei seiner Mutter auszuziehen, wenn ihr Bruder eingezogen wäre. Er hat es Felix erzählt.«

»Die beiden hatten Kontakt?« Kramer ist überrascht.

»Wolfgang hatte uns seine Familie bei einem Kaffeetrinken vorgestellt. Seine Schwester beschwerte sich bei dem Treffen über ihren geschiedenen Mann, der ihr angeblich zu wenig Unterhalt für die Söhne bezahlen würde. Absolut lächerlich, wenn Sie mich fragen. Das hat Wolfgang mir nachher gesagt. Sie könne nur nicht mit Geld umgehen. Vielleicht erbt seine Schwester.«

»Und Sie ... sind Sie im Testament bedacht?«

Sie lacht. »Davon weiß ich nichts. Ich lasse mich überraschen.«

»Am Mittwoch waren Sie bei der Verhandlung gegen Fabian Meisner. Sie haben mit seiner Mutter gesprochen«, sagt Kramer.

»Ja, ich habe ihr erzählt, warum ich ihren Bruder rausgeschmissen hatte. Kein Bedauern, die war kalt wie ein Eiszapfen.«

»Sie halten Frau Meisner also für fähig, ihren Bruder zu töten?«

»Als Erbin braucht sie Moritz nicht zu verkaufen, um an das Geld ihres Bruders zu kommen.«

»Harte Worte. Aber wir haben verstanden«, sagt Kramer.

»Sie haben mich nach meiner Meinung gefragt. Die haben Sie nun. Ist noch etwas?«

»Kannten Sie Kristof Driesen?«, fragt Schulz.

»Ich habe ihn bei der Gerichtsverhandlung zum ersten Mal gesehen«, erwidert sie. »Ehrlich, ich habe Ihnen alles gesagt.«

Kramer versucht es erneut. »Frau Färber, ich habe den Eindruck, Sie verheimlichen uns etwas, um jemanden zu schützen. Ich möchte Sie bitten, uns Ihre Vermutungen mitzuteilen. Wir haben es mit einem zweifachen Mörder zu tun.«

»Es ist alles gesagt«, erwidert sie mit kalter Stimme. »Die Wut auf Töpfer verstehe ich. Mord finde ich scheußlich.«

»Eine letzte Frage«, sagt Schulz. »Sie haben Mittwochabend die Polizei gerufen, waren zuerst am Tatort.«

»Ich bin nach dem Treffen mit Wolfgang in der Stadt geblieben, um mir Schaufenster anzusehen. Ich wollte mich beruhigen, konnte noch nicht zurückfahren. Dann hörte ich die Schüsse, rannte erst weg vor Panik, überlegte es mir anders und lief hin, sah den Jungen auf der Straße liegen.«

Schulz gibt ihr die Visitenkarte. »Wenn Ihnen noch etwas einfällt, rufen Sie uns an.«

Kramer mischt sich ein. »Sie wissen nicht zufällig, wo sich Frau Meisner aufhält. Ihren Söhnen hat sie gesagt, erst spät zurück zu sein. Am Handy erreichen wir sie nicht.«

»Da fragen Sie die Falsche. Diese Frau verbindet nichts mit mir.«

Die Beamten verabschieden sich. »Die Erbschaft ist

neu«, sagt Kramer vor der Tür. »Ich rufe die Leitstelle an. Sie sollen prüfen, wer Nutznießer ist. Würde mich nicht wundern, wenn die Färber und ihr Sohn bedacht sind.«

»Ja, sie ist genauso hinter Geld her wie die Meisner«, bestätigt Schulz. »Ich bin gespannt, wie die reagiert, wenn sie vom Tod ihres Bruders erfährt.«

Kapitel 34

Timo Mitter ahnt beim ersten Klingelzeichen, dass die Bullen vor der Tür stehen. Er kann nicht erklären, warum. Vielleicht, weil er seinen Verdacht nicht ausgesprochen hat. Sie riechen es und werden ihn solange nerven, bis sie es aus ihm herausgeholt haben. Aber konnte er es ihnen denn sagen? Er könnte sich getäuscht haben? Er hat nur die dunkelgekleidete Gestalt gesehen, die dem Onkel zum Nordring folgte. Wie konnte er sich in dem Moment sicher sein? Seine Nerven spielten verrückt, das ist es. Er belastet niemanden allein aufgrund einer fixen Idee. Er lauscht in den Flur hinein. Seine Mutter spricht mit den Bullen an der Tür, bittet sie herein, ruft ihn dazu. Sie werden ihn wieder martern.

Er wartet einen Moment, erinnert sich an die Ladung zum ersten Gerichtstermin, da seilte er sich über den Balkon ab, als Vater ihn rief. Er blieb drei Tage bei der Oma, bis sie ihn zurückholten und er die Prügel bezog. Schon öffnet sich die Zimmertür. Mutter steht am Eingang.

»Warum kommst du nicht? Sie möchten dich sprechen. Timo, wenn du etwas gesehen hast, wäre jetzt der richtige Zeitpunkt, es ihnen zu sagen.«

Könnte er nur die Tür vor der Welt verschließen. Ein eigenes Reich, in dem er schalten und walten kann, wie er will, wo ihn keiner störte. Sie sollen nur da sein, wenn er sie braucht. Er denkt daran, dass Mutter ihm einen Urlaub auf den Kanaren versprochen hat, und folgt ihr in die Küche, begrüßt die Beamten. Sie bietet ihnen Kaffee an, ist übertrieben freundlich, wenn Vater nicht dabei ist.

Kramer wendet sich an ihn. »Timo, wer war der Dritte am Tatort? Du hast ihn gesehen, davon sind wir überzeugt. Wir verstehen nur nicht, warum du ihn deckst.«

»Ich habe ihn nicht erkannt«, antwortet Timo. »Es war zu dunkel. Das habe ich schon gesagt.«

»Aber du bist dir sicher, dass Fabians Onkel nicht geschossen hat.«

»Nein, er floh nach den Schüssen in Richtung Nordring.«

»Wo stand die dritte Person genau?«

»In der Gasse, die zu den Garagen führt. Links von der Passage.«

»Das deckt sich mit unseren Erkenntnissen«, meint Kramer. »Was passierte nach den Schüssen? Hat sich der Täter um Kristof gekümmert? Das ist wichtig, wir gehen davon aus, dass er es auf Fabians Onkel abgesehen hatte.« Bei den Worten spürt er Timos zunehmende Nervosität.

»Ich war in Panik ... bin mit Fabian in den Hauseingang geflohen. Es ging so schnell. Ich dachte, der bringt uns auch noch um.«

»Warum?«, unterbricht Schulz.

»Weil wir den Onkel verfolgt haben. Ich wusste ja nicht, was los war.«

»Ob sich einer an euch rächen wollte«, spricht Schulz den Gedanken aus. »Fabian sagte uns, dass du dich als Erster rausgetraut hattest, um nachzusehen.«

»Da war keiner mehr. Nur Kristof. Er lag auf der Straße. Ich bin mit Fabian getürmt.«

»Du bleibst dabei, den Täter nicht erkannt zu haben«, fragt Kramer eindringlich. »Du hast keinen Verdacht?«

Timo schweigt, überlegt.

»Warum antwortest du nicht?« Seine Mutter stupst ihn an.

»Ich möchte nichts Falsches sagen. Es ging alles so schnell. Ich erinnere mich nicht.«

»Timo, warum hast du uns nicht gleich an dem Abend gesagt, dass ihr dabei wart?«, greift Schulz ein. »Es muss einen Grund geben.«

Der Gedanke ist in seinem Kopf, wie er aus dem Schlamassel rauskommt. »Für einen Moment dachte ich, Vater in der Einfahrt zu erkennen. Er hatte so eine Wut auf Kristof.«

»Wie kamst du auf ihn?«, fragt Schulz weiter.

»Er hatte uns vom Mandra aus verfolgt. Ich habe gesehen, wie er sich versteckte, als ich in die Kneipe ging. Seit der Kindheit fühle ich mich von ihm beobachtet.«

Seine Mutter schüttelt den Kopf. »So ein Unsinn. Wir haben keine Waffen im Haus.«

»Ich hatte Angst. Er ist unbeherrscht, wenn er wütend ist. Das weißt du genau.« Timo ist froh, sich herausgeredet zu haben. Er hofft, die Bullen schlucken die Variante. Warum sind sie so hartnäckig? Was wollen sie von ihm hören? »Ich habe Fabian überredet, nichts zu sagen. Ich wollte nicht gegen meinen Vater aussagen, sondern erst darüber nachdenken.«

»Warum glaube ich die Geschichte nicht?«, dämpft Kramer seine Erwartung. »Was verheimlichst du uns? Ich verstehe es nicht.«

Timo zuckt mit den Schultern. »Ich versichere Ihnen, dass es so war. Was hätte ich sonst für einen Grund gehabt, nicht am Tatort zu bleiben?«

Kramer sieht ihn an. »Das wüssten wir auch gern, warum ihr nicht geblieben seid und uns solche Geschichten auftischt.«

Am besten sagt er nichts mehr. Sollen sie herausfinden, was passiert ist. Er möchte niemanden belasten. Er hat eine Idee. »Warum fragen Sie nicht die Verlobte von Fabians Onkel. Vielleicht hat sie mehr gesehen.«

Kramer sieht ihm in die Augen. »Warum?«

»Sie stand unter den Schaulustigen. Wirkte ziemlich verzweifelt, wenn Sie mich fragen.«

Die Beamten gehen nicht darauf ein, sie verabschieden sich schnell. Der gestrige Abend kommt Timo unwirklich vor. Er flüchtet sich in Gedanken. Sand, Sonne, Meer. Am Strand liegen und vergessen. Er ist in seinem Zimmer, als Fabian anruft. Er sei mit Moritz allein in der Wohnung, Mutter erst gegen Mitternacht zurück.

»Kommst du vorbei. Mein Bruder hat eine Spielkonsole. Wir können zu dritt spielen, er würde sich freuen.«

Timo ist einverstanden. Nur nicht auf die Rückkehr seines Vaters warten. Mutter wird ihm von dem Besuch der Bullen erzählen. Sie kann nichts für sich behalten. Er verspricht, bis Mitternacht zurück zu sein.

Kapitel 35

Christian Kramer möchte Marie sofort sehen, nicht erst, wenn der Fall gelöst ist. Es ist ihm ewig nicht passiert, genau seit den Anfangstagen mit Alina, dass er jemand so vermisst hat. Normalerweise möchte er nach der Arbeit seine Ruhe haben und keine Komplikationen mit Frauen, die ihr Redebedürfnis bei ihm stillen und dazu begehrt werden wollen. Es reichte ihm, mit seiner Katze auf der Couch zu liegen und einen Film im Fernsehen zu sehen. Hat er sich die ganze Zeit etwas vorgemacht? Sucht er insgeheim nach Zweisamkeit, einer vertrauten Partnerin in seinem Leben? Er starrt auf das Smartphone, das vor ihm auf dem Tisch liegt. Soll er sie anrufen? Er nimmt es in die Hand, legt es wieder beiseite, um es erneut zu ergreifen und die Nummer zu wählen. Es dauert nicht lange, bis sie sich meldet. »Hallo Marie«, sagt er.

»So ein Zufall. Ich habe gerade an dich gedacht. Hast du Lust, bei mir vorbeizukommen? Du spendierst Pizza, ich sorge für Wein, habe ein paar Flaschen meines Vaters. Du rufst doch an, um dich zu verabreden, oder liege ich da falsch? Dann vergiss es. Also, was willst du?«

»Dich sehen.«

»Ich mag die Pizza Hawaii oder mit Lachs und Spinat. Normale Größe. Soll ich dir eine WhatsApp schicken?«

»Schon gespeichert. Ich bin in spätestens einer Stunde bei dir. Wie war noch die Adresse?«

Sie nennt sie ihm. »Schalte das Blaulicht ein, ich sterbe vor Hunger. Außerdem warte ich nicht gern.«

Bevor Kramer seine Wohnung verlässt, klingelt er bei Frau Beer, der älteren Nachbarin, die sich jedes Mal freut, wenn sie Karla verwöhnen darf. Seine Katze spürt es und flitzt in die Nachbarwohnung zu ihrer Tages- und gelegentlichen Nachtpflege. Frau Beer wünscht ihm einen schönen Abend. Karla könne die Nacht bei ihr bleiben.

Kramer ist aufgeregt wie bei seiner ersten Verabredung, bestellt die Pizzen beim Italiener um die Ecke, wartet ungeduldig, bis sie fertig sind und fährt in Richtung Stadtpark. An der Goetheschule vorbei, seinem früheren Gymnasium, dem Polizeipräsidium. Er parkt direkt an der alten Villa. Sie öffnet auf sein erstes Schellen. Er steigt die Stufen hinauf bis unter das Dach. Passt zur Sozialpädagogin, die Dachgeschosswohnung, überlegt er. Sie steht an der Tür. Strahlende Augen, roter Pullover, enge Jeans, nackte Füße. Sie sieht unheimlich jung aus. Er hat bisher nicht nach ihrem Alter gefragt. Na, sie hat Sozialpädagogik studiert, eine Einstellung bei der Justiz erreicht. So jung kann sie nicht sein. Es liegt daran, dass sie klein ist, zierlich. Aus der Wohnung klingt die Mondscheinsonate von Beethoven. Er erinnert sich an seine Mutter, die die Sonate am Klavier spielte, und fühlt sich auf seltsame Art angekommen.

Sie nimmt ihm die Pizzakartons ab, führt ihn durch die

Wohnung. Der helle Dielenboden fällt ihm auf, es war bestimmt eine Riesenarbeit, ihn abzuschleifen. Das wird sie kaum selbst gemacht haben. Entweder hat ihr jemand geholfen, oder sie hat alles in dem Zustand übernommen. Er ärgert sich über sein Polizisten-Denken, betrachtet die helle Einbauküche Marke Ikea, die Korbstühle um den Glastisch. Er würde Marie gerne in den Arm nehmen. Sie öffnet die Kartons, füllt Wein in die Gläser. Sie setzen sich an den Tisch. Die Pizzen sind in Tortenform geschnitten. Sie rollt ein Stück zusammen und stopft es in den Mund. »Herrlich … genauso mag ich es.« Sie nimmt das Weinglas und stößt mit ihm an. »Ich habe Messer und Gabel, wenn du willst«, sagt sie, nachdem sie das Glas abgestellt hat. Schon ist sie an der Küchenzeile, öffnet eine Schublade mit Besteck.

»Nein, ist okay. Mach ich nicht anders.« Wie zum Beweis nimmt er ein Pizza-Stück, rollt es zusammen und beißt hinein. Trotzdem hat er den Eindruck, dass sie ihm kein Wort glaubt.

»Finde ich gut, dass du gekommen bist«, sagt sie. »Freu mich richtig. Ich liebe Pizza und Weißwein.«

Er weiß nicht so recht, was er antworten soll. Ihre Natürlichkeit gefällt ihm. Aus Verlegenheit nimmt er ein weiteres Stück Pizza.

»Habe von Nina gehört, dass du mit einer Katze lebst«, sagt sie.

»Ja, Karla ist unkompliziert. Wenn ich nicht da bin, passt die Nachbarin auf. Sie mögen sich. Was ist mit dir, lebst du allein?«

»Ja, nach der letzten Beziehung brauchte ich Luft zum Atmen. Mein Freund versuchte, mich von der Außenwelt abzuschirmen. Ich wurde immer lustloser, hing mit ihm vor dem Fernseher herum. Er wollte die Liebe mit einem Kind auffrischen. Ich fühlte mich nicht so weit und habe ihn verlassen. Er hat sich mit einer anderen getröstet, mit der er Nachwuchs erwartet. Sie wollen heiraten. Ich denke, wir sind das ganze Leben auf der Suche nach einem Partner, der ähnlich tickt. Im Idealfall finden wir ihn. Oder eben nicht. Was immer noch besser ist, als sich sein Leben lang anzupassen und die eigenen Sachen zu vernachlässigen.«

»Du meinst, es gibt das Scheitern einer Beziehung nicht, nur das Scheitern in einer Beziehung.«

»Gut gesagt. Meine Eltern haben sich getrennt, nachdem ich ausgezogen bin. Beide hatten Pläne für die Zukunft, die sie miteinander nicht verwirklichen konnten. Einer wäre auf der Strecke geblieben … wahrscheinlich meine Mutter. Sie hat ihre Interessen immer zurückgestellt. Sie kommt aus Spanien, aus Denia. Liegt zwischen Valencia und Alicante. Nach der Trennung ist sie zurückgekehrt in ihre Heimat.«

»Hatte sie mit dir spanisch gesprochen?«

»Ja, schon. Besser spreche ich deutsch. Ich bin hier aufgewachsen.«

»Siehst gar nicht spanisch aus, die blonden Haare … sind sie gefärbt?«

»Ein bisschen nachgeholfen habe ich schon, aber ich komme auf meinen Vater heraus. Auch was seine Liebe zum Theater angeht. Ich liebe das Schauspielhaus und klassische Musik.«

Er muss lachen. Sie guckt verwundert. »Sehen sich deine Eltern noch oder sind sie im Streit auseinandergegangen?«

»Seit der Trennung verstehen sie sich wieder. Vorher flogen die Fetzen.«

»Du bist Sozialpädagogin geworden, weil zuhause die Fetzen flogen?«

»Jawohl, Herr Kommissar. Ich gestehe, ich war schon in der Schule Streitschlichterin. Mit Erfolg, nur bei meinen Eltern habe ich kläglich versagt.« Sie lässt sich von seinem Lachen anstecken.

»Im Grunde ist es einfach«, sagt er. »Glückliche Menschen streiten nicht ständig, unglückliche Menschen nur, um sich in ihrem Unglück zu bestätigen.«

Sie nimmt ein Stück Pizza. »Glück ist eine Frage der Kindheit. Glückliche Kinder werden zu …«

Er schüttelt den Kopf. »Hilft nicht. Zeit ist eine Einbahnstraße, man kann sie nicht zurückdrehen. Das bringt mich auf eine Idee. Entschuldige, dass ich an die Arbeit denke.«

Sie sieht ihm in die Augen. »Ihr habt nicht mit seinem Vater gesprochen, stimmt's?«

Er hat es die ganze Zeit geahnt. »Du meinst, Fabians Vater könnte uns weiterhelfen.«

»Ich weiß es nicht. Er ist im Zentrum für Psychiatrie. In der Tagesklinik. Er war bei der Hauptverhandlung dabei, musste allerdings vor der Urteilsverkündung zurück. Er war ziemlich durch den Wind, wenn du mich fragst.«

»Hast du eine Adresse außer der Tagesklinik?«, fragt er.

Sie schüttelt den Kopf.

»Dann werden wir ihm morgen früh dort einen Besuch abstatten.«

»Sabine Färber saß im Gericht an seiner Seite. Ob sie ihm von ihrem Jungen erzählt hat?«

»Sie kennt Fabians Vater? Timo wird ihn auch kennen«, spricht Christian seinen Gedanken aus.

»Warum meinst du das?«

»Nur so. Ich hatte die ganze Zeit den Eindruck, dass er uns etwas verschweigt.«

Marie macht ihn auf sein Handy aufmerksam, das in der Jackentasche vibriert. Wenn die Zentrale einen neuen Fall meldet, kündigt er den Job. Das steht fest. Diesmal endgültig. Er erkennt die Nummer auf dem Display, überlegt, ob er drangehen soll, sieht in Maries strahlende Augen und drückt auf Verbindung. »Christian Kramer.«

»Ich bin es, Christian. Stell dir vor, Lisa ist krank geworden. Ausgerechnet am Tag der Premiere. Sie kann nicht fahren. Was mache ich denn jetzt?«

Er blickt entschuldigend zu Marie rüber. »Ich habe keine Zeit, wenn du das meinst.«

»Ach, hab dich nicht so. Wir waren schon lange nicht mehr in einer Premiere. Seit Alina weg ist, bist du nur noch mit dem Job verheiratet und hast überhaupt keine Zeit für deine Mutter.«

»Es geht nicht, ich bin nicht allein.« Die Situation

macht ihn nervös. Marie lacht und gießt Wein nach. »So ... das ist neu. Wie heißt sie denn? Kenne ich sie?«

»Sei nicht so neugierig. Sie versteht jedes Wort, so laut, wie du sprichst.«

»Den Namen kannst du mir doch sagen.«

»Ja, gut.« Er lacht. »Marie.«

»Frag, ob sie mitkommt. Ich besorge noch eine Karte. Ich gebe einen Sekt aus.«

»Nein, bitte, ein anderes Mal. Heute nicht. Wir haben schon Wein getrunken. Nimm dir ein Taxi. Sonntag erzählst du mir von der Premiere. Ich verspreche dir, dass wir in der nächsten Zeit eine Vorstellung besuchen. Mit Marie, sie hat mir erzählt, dass sie das Bochumer Schauspielhaus liebt.«

»Das freut mich. Dann grüß die geheimnisvolle Schöne. Ich werde dich an die Worte erinnern.«

»Grüße zurück«, sagt Marie.

»Sie lässt dich grüßen.« Er beendet das Telefonat. »Wenn es nicht der Job ist, ist es die Mutter. Total hoffnungslos.«

Marie nimmt das letzte Pizzastück vom Teller, teilt es in zwei Hälften. Worauf wartet er? Er sollte ihr einen Kuss geben. Jetzt sofort. In dem Augenblick. Mit dem Zögern könnte er sich auf den Mond schießen. Was hat er alles erlebt und eine solche Situation verunsichert ihn.

»Mir ist kalt«, sagt sie. »Ich habe eine richtige Gänsehaut.« Sie zeigt ihren nackten Unterarm. »Ich wollte schon den ganzen Tag duschen. Ist es okay?«

»Ja, klar. Möchtest du, dass ich verschwinde?« In

seiner Stimme schwingt Enttäuschung mit.

»Warum? Ist dir nicht kalt?« Sie schält sich aus ihrem Pullover. Darunter trägt sie ein schwarzes Korsett, das ihre Brüste betont.

»Du siehst wundervoll aus«, sagt er.

»Damit hast du nicht gerechnet, was? Ich auch nicht. Kommst du?«

Ihm fehlen die Worte. »Klar, gerne«, stottert er und folgt ihr ins Bad. Sie zieht sich blitzschnell aus, steigt in die Dusche. Wasser rieselt über ihren Körper.

»Ich habe mich immer frei gefühlt, weißt du. Meine Eltern haben nie Vorschriften gemacht. Sie haben mir nur beigebracht, dass es wichtig ist, für den eigenen Lebensunterhalt zu sorgen, um von nichts und niemand abhängig zu werden.«

»Hast du Geschwister?«, fragt er.

»Nein, ich bin ein verwöhntes Einzelkind. Hat alles Vor- und Nachteile.«

»Ich sehe nur Vorteile.« Er betrachtet sie von oben bis unten. Sie lacht und schmiegt sich an ihn.

Kapitel 36

Freitagmorgen. Fabian Meisner wacht neben Timo und seinem Bruder auf der Couch auf. Im Fernseher werden die Morgennachrichten gezeigt. Entweder hat Mutter verschlafen oder sie ist nicht nach Hause gekommen. Er steht vorsichtig auf, um die anderen nicht zu wecken, und schleicht in den Flur. Soll er die Tür zum Schlafzimmer öffnen, um nachzusehen? Er traut sich nicht. Wenn sie aus dem Schlaf gerissen wird, veranstaltet sie einen Riesenkrach, das steht fest. Er sieht im Bad nach. Ihre elektrische Zahnbürste ist unbenutzt. Wenn sie in der Nacht gekommen wäre, hätte sie Moritz ins Kinderzimmer und Timo nach Hause geschickt. Bei dem Gedanken an seinen kleinen Bruder schreckt er auf. Er läuft in die Küche, sieht auf die Wanduhr. Schon halb neun. Die Mathearbeit, Moritz wollte sie unbedingt mitschreiben, er ist viel ehrgeiziger, als er es früher war. Er schleicht ins Wohnzimmer zurück, stupst ihn an. »Kannst du nachsehen, ob Mama da ist?«

Sein Bruder ist sofort wach. »Wie spät ist es? Ich muss um 8:00 Uhr in der Schule sein.«

»Du bekommst eine Entschuldigung.«

»Nein, wir schreiben heute die Mathearbeit. Das habe ich gestern schon gesagt. Wofür haben wir sonst gelernt?« Kleinlaut fügt er hinzu: »Ich möchte Frau Paulsen nicht enttäuschen.«

»Wann habt ihr Mathe?«, fragt Fabian.

»In der dritten Stunde. Direkt nach der ersten Pause. Um zehn Uhr.« Er springt von der Couch, zieht sich blitzschnell an.

»Mama schreibt dir eine Entschuldigung für die ersten beiden Stunden. Schon, weil sie vergessen hat, dich zu wecken. Das ist das Mindeste. Sag ihr, wir hätten nicht gehört, wann sie zurückgekommen ist.«

Moritz öffnet die Tür zum Schlafzimmer. Fabian folgt ihm. Das Bett ist unberührt. »Kommt das in letzter Zeit häufiger vor?«, fragt er.

»Nein, überhaupt nicht. Sie achtet darauf, dass ich pünktlich aus dem Haus gehe, um den Bus zu erreichen.«

Timo kommt aus dem Wohnzimmer. »Lasst mich zuerst ins Bad, ich habe so einen Druck.« Er verschwindet auf der Toilette.

Fabian schneidet Brot in der Küche, nimmt Aufschnitt und Käse aus dem Kühlschrank, stellt Apfelsaft dazu.

»Ich muss sofort nach Hause«, ruft Timo aus dem Flur.

»Willst du nicht anrufen und ihnen sagen, dass wir eingeschlafen sind und zusammen frühstücken?«

»Nein, vielleicht haben sie es noch nicht bemerkt. Wäre nicht das erste Mal. Ich habe keine Lust, mit ihnen zu diskutieren, sie verstehen alles falsch. Regen sich tierisch auf, wenn ich nachts nicht nach Hause komme. Sie sehen mich in Untersuchungshaft und fürchten eine Hausdurchsuchung. Die Bullen haben beim letzten Mal alles durcheinandergewirbelt. Du kennst das doch.« Er nimmt sich eine Scheibe Brot vom Tisch, belegt sie mit Aufschnitt und geht zur Tür. »Deine Mutter wird schon auftauchen. Mach dir keine Sorgen.«

Fabian schließt die Wohnungstür hinter ihm. In der Küche sitzt sein Bruder zusammengesunken auf dem Stuhl und weint. »Ich weiß, wo Mama ist«, stammelt er, nachdem Fabian ihn aufgerichtet und in den Arm genommen hat.

»Was meinst du, wo sie ist? Hat sie einen neuen Freund?« Moritz löst sich von ihm, steht auf, holt ein Glas Nutella aus dem Schrank und nimmt sich eine Schnitte vom Brotkorb.

»Was ist los, Moritz. Willst du es mir nicht sagen?« Er möchte ihn nicht drängen.

»Papa hatte mir zum Geburtstag gratuliert.«

Mit allem hat Fabian gerechnet, nur damit nicht. War Vater deswegen bei der Verhandlung? Will er Kontakt zu ihnen aufnehmen?

»Er stand Dienstag an der Schule und schenkte mir die Drohne.«

»Ich dachte, sie wäre von Onkel Wolfgang.«

Moritz schluchzt. »Ich war an dem Tag wütend und Papa war so nett. Ich wollte es nicht, weil Onkel Wolfgang es mir verboten hatte, aber ich habe ihm alles erzählt, es kam aus mir raus. Auch, dass Mama Geld genommen hat.« Moritz wischt sich die Tränen aus dem Gesicht. »Ich habe ihm gesagt, dass die Polizei dich abgeholt hatte. Dass du nicht mehr da warst … ich mit

Mama allein war … und wie ich dich vermisste ... alles. Papa hat mir versprochen, sich darum zu kümmern. Ich habe versucht, ihn anzurufen, er meldet sich nicht. Ich habe ihm eine Mail geschickt. Nichts.«

Fabian wird schwindelig. »Meinst du, er gibt Mama die Schuld?«

»Er war so sauer, dass sie Geld von Onkel Wolfgang genommen hatte. Er hätte ihr so viel Unterhalt geschickt. Ich habe ihm gesagt, dass sie sich immer über ihn beschwerte. Was sollen wir jetzt machen, Fabian?«

»Du hast dir nichts vorzuwerfen, hörst du. Egal, was passiert, wir halten zusammen.«

»Ich habe ihm gesagt, ich würde lieber in eine Wohngemeinschaft ziehen, als bei ihr zu bleiben.« Moritz weint.

Fabian legt den Arm um seine Schulter. »Stimmt das?«

»Nur mit dir zusammen … das habe ich Frau Paulsen gesagt.« Moritz sieht ihn unsicher an. »Ich möchte nicht, dass Onkel Wolfgang noch einmal in meinem Bett schläft.« Er schüttelt den Kopf. »Lieber bin ich tot.«

»Es wird nicht mehr vorkommen«, tröstet ihn Fabian. »Wir werden das mit ihm klären. Meinst du, dass sie bei Papa ist?«

Moritz bestätigt es mit einem Kopfnicken.

»Weißt du, wo er wohnt? Seid ihr zu ihm gefahren, als er dich von der Schule abholte?«

»Sagst du es der Polizei?«

Fabian wundert sich über seinen Bruder.

»Nein. Warum? Ich werde mit der Bewährungshelferin

sprechen. Sie wird uns helfen. So wie deine Lehrerin, mit der du gesprochen hast.«

»Er wohnt in dem Haus von Oma. Sie ist im Frühjahr gestorben.«

Fabian ist sprachlos. »Sie ist tot? Ich wusste nicht mal, dass sie krank war. Was hatte sie denn?«

»Papa hat nur gesagt, dass sie gestorben ist.«

Fabian überlegt. »Es ist lange her, seit ich bei ihr war. Kurz nach der Trennung. Ich wollte von ihr wissen, wie ich Papa erreichen könnte. Sie hat mich rausgeworfen. Sie gab uns die Schuld, dass er sich für Afghanistan gemeldet hatte.«

»Können wir nachsehen, ob Mama bei ihm ist. Ich gehe nicht in die Schule. Ich werde es Frau Paulsen später erklären und die Arbeit nachschreiben.«

»Vielleicht fährt uns die Bewährungshelferin hin, wenn ich sie anrufe.« Fabian nimmt sein Handy, wählt die Nummer des Büros. Es dauert. Ein Klick in der Leitung, eine weibliche Stimme. »Ambulanter sozialer Dienst der Justiz in Bochum, Reider.«

Fabian überlegt. »Entschuldigung. Ist da nicht die Bewährungshilfe?«

»Doch. Wen möchtest du sprechen?«, fragt die Stimme.

»Meine Bewährungshelferin, Frau Marler.«

»Sie hat heute Urlaub. Kann ich ihr etwas ausrichten?«

»Nein, ich rufe morgen wieder an.«

»Warte. Du bist doch Fabian, oder?«

»Ja, Fabian Meisner.«

»Ich kann sie bitten, dass sie dich zurückruft. Deine

Telefonnummer sehe ich im Display. Was soll ich ihr ausrichten?«

»Meine Mutter ist in der Nacht nicht nach Hause gekommen und Moritz ist nicht in die Schule gegangen. Er macht sich Vorwürfe, dass er mit Vater über alles gesprochen hatte. Wir haben Angst, dass sie bei ihm ist. Können Sie ihr das so sagen? Mein Bruder möchte hinfahren, um nachzusehen.«

»Ich werde es ihr ausrichten. Versprochen. Sie wird sich bei dir melden.«

Kapitel 37

Christian Kramer frühstückt in Maries Wohnküche. Er hat ein Brötchen mit Gouda belegt und mit Heidelbeer-Konfitüre bestrichen. Dazu hat sie ihm ein Ei gekocht. Am liebsten würde er sich den Tag Urlaub nehmen, um ihn mit ihr zu verbringen. Doch das ist unmöglich bei der laufenden Mordermittlung. Schon erscheint sein Kollege auf dem Display seines Smartphones. Er drückt auf Verbindung.

»Die Mitters warten auf uns«, sagt Schulz. »Timo ist in der Nacht nicht nach Hause gekommen. Die Eltern sind in Panik, rufen ständig in der Zentrale an. Sie fürchten, dass der Mörder ihn erwischt hat. Vielleicht erfahren wir etwas, das uns weiterbringt. Ich hole dich ab.«

»Halt, warte. Ich bin nicht in meiner Wohnung.« Kramer gibt seinem erstaunten Kollegen die Adresse von Marie durch. »Ich muss sofort los«, erklärt er ihr, nachdem er das Telefonat beendet hat. »Schulz ist gleich hier.« Er beißt im Stehen in das Brötchen und nimmt einen Schluck Kaffee.

»War er überrascht, dass du bei mir bist?« Sie lächelt verschmitzt.

»Wir haben keine Geheimnisse voreinander. Er hatte schon im Gericht bemerkt, dass zwischen uns was läuft. Er findet dich sympathisch.«

»Soso, ihr habt über mich gesprochen«, spielt sie die Empörte.

»Nur Gutes«, sagt er. »Konnte ja nicht ahnen, wie du drauf bist.«

»Exactamente.« Sie gibt ihm einen Kuss auf den Mund. »Ruf mich an, ja. Ich möchte wissen, was mit Timo ist.«

Kramer ist im Treppenhaus, dreht sich zu ihr um. Sie rennt hinterher, um ihm einen Kuss zu geben. Vor der Tür wartet sein Kollege in dem BMW.

»Schon umgezogen?«, fragt Schulz.

»Man muss sich finden lassen, deine Worte.«

»Ich hoffe, ihr findet euch nicht erst in einem Monat wieder.«

»Nein, sie ist gespannt, was mit Timo ist. Wir müssen es schnell in Erfahrung bringen. Dann rufe ich sie an.«

Sein Kollege schüttelt den Kopf.

Die Mitters warten bei ihrem Eintreffen vor der Haustür. Kaum hat Schulz den Wagen geparkt, stürmen sie heran.

Die Mutter ist außer sich: »Wir haben solche Angst, dass der Mörder ihn entführt hat. Sie hatten ja gleich vermutet, dass er mehr weiß. Warum hat er nichts gesagt? Was ist mit dem Jungen? Er war immer so eigensinnig. Woher hat er das nur?« Sie sieht zu ihrem Mann.

Der gibt sich überzeugt. »Seit dem Vorfall ist er völlig verändert. Es ist nicht mehr mit ihm zu reden. Und kommen Sie mir nicht damit, dass er mich am Tatort gesehen hatte. Ich war schon weg, als es passierte. Weil meine Frau auf der Feier nicht allein sein wollte.«

»Jetzt bin ich also wieder schuld, was? Ist doch wahr. Für ihn ist nur wichtig, einen Schuldigen zu finden. Und wenn es nicht Timo ist, bin ich es.«

»Timos Freund wurde vor seinen Augen erschossen«, wirft Schulz dazwischen. »Was erwarten Sie von ihm für ein Verhalten?«

»Das war kein Freund.« Mitter führt die Beamten in die Wohnung und schließt die Tür. »Ich vermute, Timo hat irgendwo übernachtet. Sie hat mich mit ihrer Panik schon angesteckt. Aber kann er nicht zumindest anrufen?«

»Er hätte es mir gesagt«, fährt Frau Mitter ihn an. »Wenn ich wenigstens Fabians Mutter erreichen könnte, von dem Jungen fehlt mir die Handynummer. Ich spüre doch, da stimmt etwas nicht. Sollen wir eine Vermisstenanzeige aufgeben?«

»Warten Sie erst einmal ab. Es ist nicht auszuschließen, dass er woanders geschlafen hat. Vielleicht hatte er es nicht geplant. Das passiert bei jungen Leuten schon mal.« Kramer spürt den Blick seines Kollegen.

»Ich würde bis zum Abend mit einer Anzeige warten«, sagt Schulz. »Hat er nicht gesagt, wo er hinwollte?«

»Zu Fabian, aber da kann er nicht schlafen. Seine Mutter erlaubt es in der Woche nicht. Um Moritz nicht zu stören.«

Die Wohnungstür wird aufgeschlossen.

»Na, da ist ja der verlorene Sohn«, sagt Schulz.

»Wo kommst du her?«, tobt sein Vater los. »Deine Mutter hat sich solche Sorgen gemacht … sie hat die

Polizei gerufen.« Er will sich auf den Sohn stürzen, doch der warnende Blick von Schulz hält ihn auf.

Timo begrüßt die Beamten. »Entschuldigung. Wir sind eingeschlafen. Fabian hat mich vorhin erst geweckt.«

Seine Mutter drückt ihn an sich. »Wir haben gedacht, der Mörder hätte dich geschnappt. Wir sind alle ziemlich durcheinander, seit das passiert ist. Was habt ihr so lange gemacht?«

»Auf Moritz aufgepasst … mit ihm Mario Kart gespielt. Er hat uns eine Drohne mit einer Kamera vorgeführt. Dann sind wir vor dem Fernseher eingeschlafen.«

Kramer hat die Worte im Ohr, dass Frau Meisner in der Woche keinen Freund übernachten lässt. »War seine Mutter nicht zuhause?«, fragt er.

»Nein, sie kam nicht. Dabei wollte sie bis Mitternacht zurücksein.«

»Hat sie wenigstens angerufen?«, fragt Kramer nach. Timo schüttelt verneinend den Kopf.

»Versteh ich nicht«, sagt Frau Mitter. »Moritz muss zur Schule. Hat sich Fabian darum gekümmert?«

»Nein, wir sind zu spät aufgewacht. Wir wussten ja nicht, dass sie über Nacht wegbleibt.«

Kramer sieht Timo an. »Kann es sein, dass Fabians Mutter die unbekannte Person in der Sackgasse war?«

»Nein, ganz sicher nicht,« sagt er.

»Und sein Vater? Timo, war er am Tatort? Das ist jetzt wichtig.«

Er sieht zur Seite. »Das kann ich nicht hundertprozentig sagen. Es war zu dunkel.«

Kramer schüttelt den Kopf und verlässt eilends mit seinem Kollegen die Wohnung. »Wir müssen sie finden.« Er nimmt sein Handy aus der Tasche. In dem Moment kommt ein Anruf herein. Er drückt auf Verbindung.

»Christian, könntest du mich zum Flughafen bringen. Der Flieger startet um 19:20 Uhr von Düsseldorf. Unterwegs sollten wir über unsere Beziehung sprechen. Ich habe vorhin mit Leonie telefoniert. Sie ist der Meinung, dass wir uns immer gut verstanden haben. Denk nur an Mittwoch … ich habe mich lange nicht so angekommen gefühlt. Das ist ein seltener Glücksfall, wir sind uns so nah. Meine Eltern sind der gleichen Meinung. Wir müssen ja nicht immer zusammenglucken. Dazu sind wir nicht die Typen. Leonie meint, dass wir nie voneinander loskommen. Und wenn´s nach meinen Eltern ginge, sollten wir morgen heiraten. Sie würden uns ein Haus kaufen … sie wünschen sich doch ein Enkelkind … und haben nur mich.«

Sie hat ohne Pause geredet. Kramer hatte keine Chance, sie zu unterbrechen. »Ich glaub nicht, dass die Nachbarin neben Karla noch ein Baby aufnimmt.« Mehr fällt ihm dazu nicht ein.

»Ich meine es ernst, Christian. Es ist keine verrückte Idee, die morgen vergessen ist. Ich brauche ein Nest. Wann kommst du? Ich bin im Starbucks. Du kannst mir glauben, unser Kind lasse ich nicht allein. Vielleicht wird es so reiseverrückt wie ich. Meine Eltern würden uns entlasten, sie sind Feuer und Flamme.«

»Entschuldige, Alina. Wir sind auf dem Weg zu einer wichtigen Vernehmung. Ich melde mich nachher.«

»Okay, ich bleibe in der Stadt und warte auf deinen Anruf. Nur denk dran, um sechs möchte ich in Düsseldorf sein. Ich verlasse mich auf dich.«

Schon hat sie aufgelegt. Kramer überlegt, was er falsch gemacht hat. Er versteht es nicht.

»So hast du immer geguckt, wenn mit Alina Stress war«, meint Schulz.

»Erraten. Ein Jahr warte ich darauf, dass sie sich meldet … ein ganzes Jahr. Dass sie es sich anders überlegt, unserer Beziehung eine Chance gibt. Ein Jahr erinnert mich Karla jeden Morgen an sie, wenn ich aufwache. Jetzt habe ich mich anders entschieden, da ruft sie an. Spricht davon, ein Haus mit mir einzurichten und ein Kind in die Welt zu setzen.«

»Und?« Schulz lacht. »Baust du mit ihr ein Nest oder jagst du weiter Verbrecher?«

»Ach, sie hat mit ihrer Mutter einen sentimentalen Film gesehen, bei dem sie vor Familienglück zerflossen sind. Die leben nicht in der realen Welt. Das ist nichts für mich.«

Wieder werden sie von seinem Smartphone unterbrochen. »Was ist heute los?« Kramer sieht auf das Display. Sofort meldet sich sein Gewissen. Er hätte Alina entschiedener abweisen müssen. »Marie«, sagt er.

»Du und deine Frauen«, erwidert sein Kollege.

»Ich habe ein Jahr nur mit Karla gelebt und auf Alina gewartet«, rechtfertigt sich Kramer.

Kapitel 38

Marie Marler hat sich lange nicht so gut gefühlt, sie kippt Jogurt in eine Schale, schneidet Obst hinein und setzt sich an den Küchentisch. Sie freut sich auf den Urlaubstag. Einmal nicht an die Klienten denken, nur an sich selbst, es sich so richtig gutgehen lassen. Sie wird im Ruhrpark nach Herzenslust shoppen, nachher in der Medi-Therme entspannen. Von der Küche geht's ins Bad, sie steigt unter die Dusche, erinnert sich an die gestrige Nacht, genießt die Wärme des Wasserstrahls. Ein Anruf. Soll sie das Smartphone suchen oder heute für alle unerreichbar bleiben? Sie braucht Zeit, um das Für und Wider abzuwägen. Bindung oder Freiheit? Gott, was wird er von ihr denken? Sie hat ihn regelrecht überfallen. Wie er geguckt hat, als sie sich auszog. Sie ist verrückt. Doch es lief alles super, was gibt es zu kritisieren? Hoffentlich empfindet er es auch so.

Er könnte der Anrufer sein. Sie überlegt, wo sie das Smartphone hingelegt hat, läuft aus der Dusche ins Schlafzimmer und hinterlässt eine Wasserspur. Im Display erkennt sie die Nummer der Bewährungshilfe. Wäre sie bloß unter der Dusche geblieben, sie hätte zurückrufen können. Ist Nina über den gestrigen Abend schon im Bilde? So schnell? Hat Christian ihr davon erzählt? Sie kennt ihn kaum, aber kann es nicht glauben. Wenn ihre Kollegin so lange klingeln lässt, wird es einen Grund geben. Sie nimmt das Gespräch an.

»Marie, ich weiß, dass du Urlaub hast. Trotzdem, es ist wichtig, sonst würde ich dich nicht stören. Fabian hat angerufen. Er wirkte verzweifelt, wollte nicht mit einem Vertreter sprechen, nur mit dir. Ich glaube, da ist etwas passiert.«

Marie überlegt. »Hat er angedeutet, um was es sich handelt?«

»Um seine Mutter. Sie ist nicht nach Hause gekommen. Sein kleiner Bruder gibt sich die Schuld, weil er seinen Vater eingeweiht hatte.«

»Was? Tu mir einen Gefallen. Ruf Fabian an, sag ihm, dass ich in einer Stunde bei ihm bin.«

»Okay. Soll ich Christian informieren? Es wird ihn interessieren.«

»Ich rufe ihn selbst an, sobald ich bei den Jungen bin«, sagt Marie entschieden und legt auf. Aus ihrem freien Tag wird nichts, dabei hatte sie sich so gefreut. Sie trocknet sich ab, zieht sich an. Ein bisschen Make-up muss sein. Sie läuft ins Bad zurück, rutscht auf den nassen Fliesen aus und stößt sich am Waschbecken. Verdammt! Das gibt einen blauen Fleck. Sie ist zu tollpatschig. Dabei fällt ihr ein, dass Christian nichts zu ihrem Schlangen-Tattoo gesagt hatte. Sie holt ein Bodentuch aus der Küche, um die Fliesen und den Dielenboden zu trocknen. Vor lauter Schmetterlingen im Bauch denkt sie erst im Auto daran, dass Timo bei Fabian übernachtet haben könnte. Sie wird sich vor Ort überzeugen. Es ist nicht weit. Sie findet einen Parkplatz, klingelt an der Tür. Sofort wird ihr aufgedrückt. Fabian und sein kleiner Bruder erwarten sie im Hausflur.

»Du bist Moritz, stimmt´s?«, fragt sie den verweinten Jungen, nachdem sie Fabian begrüßt hat. Er ähnelt dem großen Bruder. Nickt leicht verschüchtert mit dem Kopf. Sie drängt die beiden schnell in die Wohnung, da eine Nachbarin die Treppen herunterkommt. Die braucht nicht alles mitzukriegen.

»Beantwortet mir zuerst eine Frage. War Timo über Nacht bei euch?«

»Ja, wir sind zusammen vor dem Fernseher eingeschlafen. Er wird schon bei seinen Eltern sein«, sagt Fabian.

Damit kann sie sich den Anruf bei Christian sparen. »Wenn ich meine Mitarbeiterin richtig verstanden habe, ist eure Mutter über Nacht nicht nach Hause gekommen.«

Die beiden Jungen bestätigen es mit einem Kopfnicken. »Wir erreichen sie nicht.« Fabian deutet auf den Bruder. »Moritz hatte Vater getroffen. Am Geburtstag. Er hat ihm von Onkel Wolfgang erzählt. Alles.«

»Mama hat Geld dafür genommen«, ergänzt sein Bruder.

Marie bekommt eine Gänsehaut. Sie denkt an den grauhaarigen Mann im Gerichtssaal, an das Telefonat, bei dem sie ihn nach einer möglichen Misshandlung gefragt hatte. Daran, wie entrüstet er reagiert hatte. »Ich muss den Kommissar anrufen«, sagt sie. »Wisst ihr, wo euer Vater sich aufhält?«

»Im Haus der Oma in Witten«, antwortet Fabian.

»Wohnt er bei ihr?«, fragt Marie.

»Nein. Er ist allein. Die Oma ist im letzten Jahr gestorben. Er hat das Haus übernommen. Habe ich heute erst erfahren.«

»Kennt ihr die Adresse?«

»Es ist nicht weit von der Fußgängerzone entfernt«, sagt Fabian. »Ich hatte sie nach der Trennung unserer Eltern einmal besucht. Nachher gab es keinen Kontakt mehr.« Er scheint zu überlegen. »Ich kann dir das Haus auf dem Smartphone zeigen. Eine alte Villa, liegt etwas zurück von der Straße.«

Marie hat den Eindruck, dass er die Adresse schon gegoogelt hat, zumindest findet er sie sofort. »Ich nehme an, die Oma hieß Meisner?«

Fabian nickt bestätigend. Marie wählt Christians Nummer. Er meldet sich nach mehrmaligem Klingeln.

»Timo ist zurück, er war bei seinem Freund. Ich ruf dich später an.«

»Stopp«, hält sie ihn auf. »Ihr müsst zu Fabians Vater.« Sie nennt ihm die Adresse. »Frau Meisner ist vermutlich bei ihm. Es ist dringend. Sonst würde ich dich nicht anrufen. Du weißt, dass ich einen freien Tag habe.«

»Wir sind an der Klinik. Er ist seit Mittwoch nicht mehr da gewesen. Mal sehen, ob wir ihn in Witten antreffen. Dank dir für die Information.«

Sie dreht sich etwas von den Jungen weg. »Moritz hat es ihm erzählt. Verstehst du? Seid vorsichtig!«

»Ja. Ich rufe dich an, wenn wir ihn antreffen«, verspricht Kramer.

»Die Kinder interessiert, ob ihre Mutter bei ihm ist.«

Das Gespräch ist unterbrochen. Marie hat kein gutes Gefühl. Liegt es an den Jungen, haben die sie angesteckt? Oder daran, dass Christian so abweisend wirkte?

»Wenn eure Mama da ist, werden die Beamten uns anrufen. Es wird sich alles schnell aufklären.« Sie wendet sich an Fabian. »Können wir kurz allein sprechen?«

»Ist okay. Ich habe keine Geheimnisse vor meinem Bruder. Wir halten zusammen.«

»Hat Papa unsere Mama entführt?«, fragt Moritz mit zitternder Stimme.

»Die Polizeibeamten werden es herausfinden«, sagt sie. »Ihr habt über eine Wohngemeinschaft nachgedacht, meinte Frau Schöne-Lenhard vom Jugendamt.«

»Mit einer Erzieherin wie dir oder Frau Paulsen?«, fragt Moritz. Sie hält den Blick aus den Augen kaum aus.

»Ja, genau. Und anderen Jugendlichen.«

»Versprechen Sie uns, dass Fabian und ich nicht getrennt werden?«

»Ich werde mich dafür einsetzen.« Sie nimmt ihr Smartphone und ruft Judith Schöne-Lenhard an, schildert ihr die Situation und bittet sie, an dem Gespräch teilzunehmen.

»Was ist mit dem offenen Vollzug?«, fragt Fabian. »Wann kommt die Ladung nach Hövelhof?«

»Wir werden ein Gnadengesuch stellen. Unter den veränderten Umständen besteht die Chance, dass die Strafe zur Bewährung ausgesetzt wird. Ich denke, dies ist zu begründen. Ich werde mit dem Gnadenbeauftragten und dem Richter sprechen. Verlass dich drauf. Notfalls werde ich einen guten Anwalt hinzuziehen. Da fällt mir ein, euer Vater hat mir eine Karte gegeben von einer Anwaltskanzlei. Ich werde mich damit in Verbindung setzen.«

Kapitel 39

Christian Kramer erreicht das historische Haus nahe der Wittener Altstadt. Er steigt die Steinstufen hoch zur Haustür. »Es gibt nur eine große Klingel.« Ihm fällt der genervte Blick des Kollegen auf. »Was ist los, Manfred? Schlecht geschlafen oder gab´s Ärger zuhause?«

»Alles zusammen«, murrt Schulz. »Außerdem habe ich nicht gefrühstückt. Erinnerst du dich an den Besuch bei Neuberger gestern?« Er lacht.

»Vielleicht gibt`s eine Wiederholung.« Kramer drückt auf die Klingel. Ein lauter Glockenton ertönt, sonst rührt sich nichts.

»Ich habe nicht den Eindruck, dass uns ein Frühstück erwartet«, sagt Schulz. »Sieht ein bisschen nach verarmtem Adel aus. Ich kenne eine Bäckerei in der Nähe. Wir stärken uns und kommen später wieder.«

»Noch ein Versuch«, sagt Kramer und läutet. Die schwere Holztür gibt nach.

»Ist nicht mein Tag«, schimpft sein Kollege. Der Flurbereich ist mit Stuckarbeiten verziert. Hinter einer Glastür liegt die Holztreppe mit einem geschwungenen Geländer. Sie erreichen das Hochparterre. Die Wohnungstür ist angelehnt, das Messingschild mit dem Namen Meisner nicht zu übersehen. Schulz drückt auf den schwarzen Knopf neben dem Schild. Ein Glockenton. »Ist jemand da?«, ruft er in die Stille. Er schiebt die Tür weiter auf, um hineinzusehen. Ein quadratischer Flur mit Holzdielen und roten, hohen Wänden. Klassische Wandleuchten. Holztüren im Landhausstil. Kramer holt die Pistole aus dem Halfter, tastet sich in die Wohnung hinein, gefolgt von seinem Kollegen. »Riechst du das?«, fragt er.

»Chloroform«, erwidert Schulz.

»Das gefällt mir nicht. Lass uns verschwinden. Wir rufen die Leitstelle an, ein SEK soll das Haus durchsuchen. Bis sie kommen, frühstücken wir in der Bäckerei.«

Kapitel 40

Marie Marler wartet auf Christians Anruf. Er hatte ihr versprochen, sie zu informieren, sobald sie da sind. Sie sieht auf die Uhr, solange werden sie nicht brauchen, um das Haus in Witten zu finden. Haben sie unterwegs was gegessen? Christian hatte ihr von dem ewigen Appetit seines Kollegen erzählt. Er selbst hat kaum gefrühstückt am Morgen. Soll sie ihn anrufen? Wenn sie nur wüsste, was da vor sich geht? Sie versucht, sich das Gespräch mit Meisner auf dem Gerichtsflur ins Gedächtnis zu rufen. Könnte er der Täter sein, den sie suchen? Könnte er kaltblütig zwei Menschen erschießen? Als Soldat kennt er sich mit Waffen aus. Sie darf ihre Befürchtung vor den Jungen nicht zeigen, fragt sie nach der Toilette, wählt dort Christians Handynummer. Der Ruf geht raus, das Gespräch wird weggedrückt. Das bedeutet, sie sind bei Meisner im Haus, anders ist es nicht zu erklären. Sie ruft die Zentrale der Polizei an, lässt sich mit dem KK11 verbinden und schildert eingehend die Situation. Es wird ihr versprochen, das Haus zu überprüfen. Warum haben sie nicht gleich an den Vater gedacht? Weil Kristof das erste Opfer war. Töpfer hat sie auf das Umfeld von Fabian gebracht.

Es klingelt an der Tür. Die Jungen öffnen. Judith Schöne-Lenhard hat Anke Sommer mitgebracht, die Mitarbeiterin einer Jugendwohngemeinschaft. Sie setzen sich mit den Jungen an den Küchentisch, erläutern ihnen die Aufnahmeformalitäten in der Gruppe, laden sie zum Probewohnen ein. Moritz kann es sich nur mit seinem Bruder vorstellen. Fabian lässt sich darauf ein.

Marie ruft Rechtsanwalt Krone in Münster an, der über den Fall bestens informiert ist. Er habe nach der Hauptverhandlung mit seinem Kollegen Oberler die Übernahme des Mandats besprochen. Die Akte habe er vom Gericht angefordert und einen Vollstreckungsaufschub bis zur Entscheidung der Gnadenstelle erwirkt. Bei der Aufnahme von Fabian in eine Betreuungsmaßnahme und einer Traumabehandlung werde man weitersehen. Er erkundigt sich nach der Mutter, inwieweit sie eine Maßnahme bei dem jüngeren Bruder ebenfalls unterstützt. Marie entgegnet, bei einer Ablehnung würde das Jugendamt über das Vormundschaftsgericht eine Entscheidung herbeiführen. Der Anwalt rät zu einem persönlichen Gespräch mit allen Beteiligten, er werde dazu nach Bochum kommen. Ein Termin könne mit seinem Sekretariat vereinbart werden. Bis dahin habe er die Akten sorgfältig studiert. Fabian und Timo packen mit Unterstützung der Mitarbeiterinnen des Jugendamtes die Sachen für das Wochenende. Sie einigen sich, ihrer Mutter einen Brief zu hinterlassen, darin ihre Gefühle auszudrücken, und ihren Wunsch, dass sie sie bald in der Wohngemeinschaft besucht.

Kapitel 41

Christian Kramer hört das Knarren der Treppe, die nach oben führt, zu spät. Der Mann, der zu ihnen herunterkommt, hat eine automatische Schnellfeuerwaffe auf sie gerichtet. Der Gesichtsausdruck und die gesamte Haltung vermitteln Entschlossenheit. Sie sind wie Anfänger in die Falle getappt.

»Waffen fallenlassen und reingehen!« Die Stimme lässt keinen Widerspruch zu. Kramer fallen die dunklen Augen auf, die welligen Haare. Die Ähnlichkeit mit den Söhnen ist nicht zu verleugnen. Er legt die Dienstwaffe auf den Boden und folgt seinem Kollegen in die Wohnung. So etwas ist ihnen bisher nicht passiert. Sonst wären sie vorsichtiger gewesen, hätten vor dem Betreten des Hauses ein SEK über die Leitstelle angefordert.

Meisner sammelt mit der linken Hand die Dienstwaffen auf und steckt sie in die Jackentasche. Er deutet in der Diele auf eine angelehnte Tür. Sie betreten das Esszimmer. Auf dem langen Tisch steht ein alter Kerzenleuchter als einzige Lichtquelle. Die Kerzen sind zur Hälfte heruntergebrannt, Wachs tropft auf den Tisch. Die schweren roten Vorhänge erinnern Kramer an eine Theaterbühne. Er stößt aus Versehen mit dem Schuh gegen eine Flasche auf dem Boden und sieht im selben Moment die Schusswaffe auf sich gerichtet. »Entschuldigung«, sagt er. »Es ist dunkel im Raum.«

»Die Augen gewöhnen sich daran.« Meisner weist mit der Waffe auf zwei Holzstühle. Auf dem Tisch fallen Kramer Gläser auf, dazu liegen überall Tabletten herum. In dem Kerzenlicht wirkt Meisner gespenstisch mit der bleichen Gesichtshaut, den tiefen Ringen unter den Augen, als hätte er tagelang nicht geschlafen.

»Warum Kristof?«, fragt sein Kollege.

»Ein Versehen. Die Pistole hakte. Plötzlich war der Junge da. Ich hatte es auf ihren Bruder abgesehen.«

»Wolfgang Töpfer?«

»Sie hat nur den einen.« Er spricht flüsternd, ohne Eile, in einer besonderen Weise nachdenklich. »Wissen Sie, was es heißt, missbraucht zu werden? Von dem eigenen Onkel.« Seine Stimme wird lauter. »Ich hätte mich um sie kümmern müssen. Das wollen Sie sagen, oder? Und treibe mich stattdessen mit meiner Geliebten in Afghanistan herum. Ich bestreite es nicht. Es gibt keine Entschuldigung. Ich habe die Familie im Stich gelassen, meine Jungen. Sie werden es nicht verstehen. Ich habe Tamina geliebt, wie man einen Menschen nur lieben kann.« Er reibt sich die Tränen aus den Augen. »Sie war stark, engagiert, voller Leben, Energie, dabei so weiblich. Ich ließ mich von ihrem Lebensmut anstecken. Wir wollten eine neue Welt bauen für die Kinder und ihre Mütter. Intakte Schulen, eine Infrastruktur. Getreideanbau. Ich wäre ihr überallhin gefolgt. Verstehen Sie? Träumereien werden Sie sagen. Aber wir waren so voller Hoffnung. Es dauerte, bis unser Idealismus Risse bekam.

Mein Gewissen meldete sich … wegen der Jungen. Ich ahnte, dass es nicht gutgeht. Zuallererst muss man das eigene Haus in Ordnung halten. Erst dann kann man versuchen, eine bessere Welt zu schaffen. Und es ist so schwer, überall begegnet einem dieser Hass, diese Gier.«

Kramer ist beeindruckt. Ein Mörder mit einer solchen Tatbegründung ist ihm noch nicht untergekommen. Das erleichtert die Situation keineswegs. Der Mann scheint ihm unberechenbar. Er fragt sich, ob sein Kollege ähnlich empfindet, wagt aber nicht, hinzusehen. Meisner ist Soldat, ein Profi, er wird schnell eine Absprache vermuten. Eine auffällige Bewegung und er wird schießen. Das ist so drin, gehört zur Selbstverteidigung. Das Smartphone ertönt.

»Ausschalten!«, sagt Meisner.

Kramer nimmt es in die Hand. Die Nummer von Marie. Er drückt den Anruf weg und schaltet das Gerät aus. Hoffentlich informiert sie die Zentrale.

Meisner greift mit der linken Hand nach der Wodkaflasche auf dem Tisch. Er schüttet sich ein und nimmt einen kräftigen Zug.

Kramer beobachtet, mit welcher Ruhe er das Glas in der angespannten Situation hält.

»Wodka oder Wasser?«, fragt Meisner. »Was anderes habe ich nicht anzubieten.«

»Wasser«, sagt Schulz. »Wir sind im Dienst.«

»Für mich auch ein Glas«, meint Kramer. Wieder ein paar Sekunden gewonnen.

»Im Dienst, soso.« Meisner deutet ein Lächeln an,

schiebt die Wasserkaraffe über den Tisch.

»Bedienen Sie sich selbst. Die Gläser sind nicht benutzt.«

»Warum haben Sie die Jungen nach Ihrer Rückkehr nicht besucht?«, fragt Kramer.

Der Mann sieht ihn ausdruckslos an. Er hat den Eindruck, als wäre Meisner in Gedanken weit entfernt in einer anderen Welt. Als bräuchten sie ihm nur die Waffe abzunehmen und ihn auf die Wache zu führen, doch bei der kleinsten Bewegung kehrt die Aufmerksamkeit in die Augen zurück. »Wo ist Ihre Freundin jetzt?«, fragt er, um ihn auf andere Gedanken zu bringen.

»Wir bekämpften die Taliban in Kunduz. Dabei rutschte unser Fahrzeug einen Abhang hinunter und überschlug sich. Sie starb in meinen Armen.« Seine linke Hand umschließt das Glas, er führt es zum Mund, nimmt einen Schluck Wodka. Der Gesichtsausdruck verklärt sich. »Ich konnte nicht bleiben. Sie schickten mich in die Heimat … ins Zentrum für Psychiatrie. Posttraumatische Belastungsstörung.« Seine Augen wirken entrückt. »Sie kommt jede Nacht zu mir … um mich zu holen.« Er wird lauter. »Einmal etwas richtig machen … für die eigenen Jungen … verstehen Sie? Ich konnte es doch nicht zulassen, musste dem ein Ende setzen. Wir sind dabei, die Zukunft in unseren Kindern zu zerstören. Spüren wir das nicht? Der ewige Krieg um Ressourcen, Waffen- und Drogengeschäfte, diese furchtbare Gier derer, die schon genug haben. Wir verwüsten die Erde. Für was? Sagen Sie es mir. Aber mit wem rede ich? Mit der Polizei … der

Justiz, den Helfern der Mächtigen für Recht und Ordnung.« Ein Lächeln huscht über das Gesicht. In seinen Augen taucht wieder die Entrücktheit auf. Er springt auf, läuft vor dem Tisch hin und her. »Wissen Sie, wie schön Tamina war. Wie liebevoll? Ich konnte ihr nicht widerstehen.« Tränen in seinen Augen. Kramer überlegt, ob er eingreifen kann, ohne Schulz und sich selbst zu gefährden. Er richtet sich auf.

»Lassen Sie es. Es ist mein Handwerk, schneller zu sein. Vergessen Sie das nicht.« Meisner scheint nichts zu entgehen.

»Woher haben Sie von dem Missbrauch an Ihren Jungen erfahren?«, fragt Kramer.

»Wissen Sie es nicht?« Meisner überlegt. »Oder wollen Sie Zeit gewinnen? Ja, das wird es sein. Sie warten auf Verstärkung. Sollen Ihre Kollegen kommen. Ich habe keine Angst. Eine Bewährungshelferin hatte mir ihre Nummer hinterlassen. Ich rief zurück … war interessiert, was sie von mir wollte. Dabei ahnte ich es … ja, die ganze Zeit schon. Fabian, mein kleiner Junge. Es gibt kein Halten mehr, wenn man einen Berg hinabstürzt, nichts, um sich festzuklammern. Man traut sich nicht mal, den Blickwinkel zu ändern, sondern starrt gebannt in die Tiefe.«

»Sie könnten der Ast sein, an dem die Jungen sich festhalten«, sagt Kramer leise, eindringlich.

Meisner lacht. Schulz geht darauf ein.

»Warum versuchen Sie es nicht zumindest? Es wäre besser als das hier. Oder meinen Sie, das hilft Ihren Kindern?« Er deutet auf die Waffe.

»Schauen Sie mich an.« Meisner rückt den Leuchter näher an sein Gesicht heran. »Meinen Sie, so sieht ein Vorbild aus? Ein Fels in der Brandung? Nein, darauf falle ich nicht herein.«

»Die Bewährungshelferin hatte Sie informiert«, knüpft Kramer an die Antwort an.

»Ja, sie deutete ein Trauma bei Fabian an. Es ließ mir keine Ruhe. So jemand sagt das nicht aus einer Laune heraus. Pädagogen denken sich was dabei. Ich fühlte, dass es stimmt. Die Entwicklung von Fabian war nur so zu erklären. Ich kannte ihn als wissbegierigen Jungen, der zu allen freundlich war. Ich rang mich durch … holte Moritz am Dienstag von der Schule ab, schenkte ihm ein neumodisches Spielzeug, eine Drohne, die in einem Spielzeugladen angepriesen wurde. Er wirkte traurig, ganz anders, als ich ihn in Erinnerung hatte. Er packte die Drohne erst gar nicht aus. Es dauerte ewig, bis er sich bereit erklärte, mit mir nach McDonalds zu gehen. Wir fuhren in den Ruhrpark, kauften beim Mediamarkt Spiele für seine Wii U. Ich erzählte ihm von Afghanistan … dem Leben dort. Haben Sie schon einmal ein Mohnfeld gesehen?«

Kramer schüttelt den Kopf. »Nein«, fügt sein Kollege hinzu.

Meisner beginnt mit brüchiger Stimme zu singen: »Rot blüht der Mohn, und der Wind bewegt ein Meer von Blüten …«

Sentimentalität gepaart mit Endzeitstimmung. Völlig

abgedreht. Kramer fragt ihn: »Was hat Moritz bei dem Ausflug über Wolfgang Töpfer erzählt?«

»Er hätte ihm die Wii U zum Geburtstag geschenkt … dabei druckste Moritz herum. Onkel Wolfgang wäre immer da gewesen, auch zu Fabians Geburtstagen. Ein versteckter Vorwurf, ich merkte, wie schuldig ich mich gegenüber meinen Kindern gemacht hatte. Wie konnte ich es schaffen, sein Vertrauen zu gewinnen? Na, sagen Sie es mir.«

Kramer zuckt nur mit den Schultern. Er spürt, dass Meisner keine Antwort erwartet. Auch sein Kollege geht nicht darauf ein.

»Ich überlegte hin und her, erzählte lustige Geschichten von Fabian und ihm aus früherer Zeit. Allmählich taute er auf. Die Sehnsucht nach seinem Bruder war zu spüren. Sein großes Vorbild, wie es ältere Geschwister für die jüngeren sind.«

Schulz nickt zustimmend mit dem Kopf.

»Sie haben Kinder, ja, das habe ich mir gedacht.«

»Zwei Jungen«, bestätigt Schulz.

»Ich sagte Moritz meine Unterstützung zu.«

»Haben Sie ihn auf den Missbrauch angesprochen?«, fragt Schulz.

»Ja, zuletzt. Die Frage verfehlte nicht ihre Wirkung. Ich sah die Veränderung in seinem Gesicht, den Augen. Er weinte, als er gestand, mit der Lehrerin darüber gesprochen zu haben. Verstehen Sie? Seine Mutter würde sich über das Geld von Onkel Wolfgang freuen. Sie können sich nicht vorstellen, was für ein Unwetter in mir tobte.

Meine geschiedene Frau als Komplizin. Die Jungen als Opfer. Ich hatte den Wunsch, allein zu sein, über alles nachzudenken. Jetzt frage ich Sie als Vater: Durfte ich Moritz zu einer solchen Mutter zurückschicken? Oder sollte ich den Jungen zum Jugendamt bringen, den Onkel und die Mutter anzeigen? Das wollen Sie sagen, oder?«

»Es wäre das Beste gewesen«, bestätigt Schulz.

»Wer hätte mir geglaubt? Was hatte ich für Beweise? Sollte ich Moritz als Zeugen benennen gegen seinen Onkel und die eigene Mutter? Sie hätten es auf meine Krankheit geschoben … Wahnvorstellungen. Ich ließ mir nichts anmerken, brachte Moritz zurück. Vor seiner Haustür versprach ich ihm, mich um alles zu kümmern. Ich fuhr nach Witten, zerriss die Familienfotos von meiner Frau und ihrem Bruder, die ich hatte, rannte aus dem Haus und lief stundenlang herum. Ich malte mir aus, was Wolfgang meinen Söhnen angetan hatte. Wie die eigene Mutter das Geld nahm.«

»Wie kamen Sie auf die Gerichtsverhandlung?«, fragt Kramer.

»Habe ich das vergessen? Moritz erzählte davon. Nach anfänglichem Zögern kam er mit der Wahrheit heraus, der Untersuchungshaft, der Verhandlung am Mittwoch. Er bat mich, es seiner Mutter nicht zu erzählen. Sie hätte versucht, es ihm gegenüber zu verheimlichen und von einem Internatsaufenthalt erzählt. Er würde gerne mit seinem Bruder in eine Wohngemeinschaft umziehen.«

»Haben Sie mit Ihrer Exfrau darüber gesprochen?«, fragt Kramer, um das Thema auf sie zu lenken. Was hat er mit ihr gemacht? Hält er sie in einem der Zimmer gefangen? Er denkt an den Geruch von Chloroform.

»Sie schob es auf Fabians Umgang, er hätte die Trennung nicht verkraftet. Was anderes hatte ich nicht erwartet. Sie suchte immer Schuldige. Ich fragte nach ihrem neuen Lebenspartner. Sie habe keinen … ich sei es gewesen, der hinter den jungen Röcken her gewesen wäre, so drückte sie sich aus. Ihr Bruder habe sich um die Jungen gekümmert und sie unterstützt. Ich empfand so einen Hass. Wolfgang war in einem Heim, er wurde von einem Erzieher missbraucht. Sie hatte mir früher davon erzählt, um zu begründen, wieso er es nicht schaffte, eine längerfristige Beziehung aufzubauen. Immerhin erreichte er einen Abschluss als Betriebswirt, verdiente gut bei der Bank. Natürlich wusste er, dass meine Frau hinter dem Geld her war wie der Teufel hinter dem Weihwasser. Wolfgang, ich mochte ihn nie leiden. Bei den Feiern hatte er Fabian immer einen Tick zu lange im Arm gehalten. Erst wenn ich einschreiten wollte, ließ er ihn los. Meine Frau spielte es herunter, aber ich hätte es wissen müssen.«

»Warum haben Sie die Jungen nicht früher besucht? Was hat Sie gehindert? Musste erst dieser Verdacht Gewissheit werden?«, fragt Schulz.

»Ich war krank, als ich nach Deutschland zurückkam. Reizbar, aggressiv, dachte täglich an Suizid. Dazu die Träume. So konnte ich meinen Jungen nicht gegenübertreten. Kinder brauchen Optimismus. Ich wollte erst die Therapie absolvieren, erhoffte mir davon neuen Lebenswillen.« Meisner nimmt einen Schluck Wodka. »Ich habe mich mit der russischen Literatur beschäftigt. Dostojewski prophezeite, irgendwann werden sie ihre eigenen Kinder fressen oder so ähnlich. Wir sind nicht mehr weit davon entfernt, was meinen Sie?«

Kramer räuspert sich. »Der größte Teil der Jugend wächst behütet auf.«

»Meinen Sie?« Er lacht gekünstelt. »Ja, das halbvolle Glas … entscheidend ist, wohin man blickt.«

»Wo ist Ihre Frau«, fragt sein Kollege.

Er geht nicht darauf ein. »Wir haben versagt«, flüstert er. »Die Vergangenheit holt jeden ein. Ich habe Angebote gemacht, sie wollte Moritz nicht abgeben. Da wusste ich mir keinen anderen Rat. Man kann seiner Verantwortung nicht entfliehen. Es kommt der Tag. Ich hoffe, unsere Jungen finden bessere Vorbilder. Es ist Geld für beide da, Sparbücher, der Erlös des Hauses. Es ist verkauft, mein Anwalt regelt alles. Er wird sich mit dem Jugendamt in Verbindung setzen. Ein Internat in der Schweiz, einem neutralen Land … wichtig ist, dass sie zusammenbleiben. Das war die Bedingung von Moritz, er hängt an seinem Bruder, ich sagte es bereits. Auch umgedreht. Für Fabian wird ein Gnadengesuch gestellt. Der Anwalt hat mir versichert, dass er die Strafe nicht anzutreten braucht. Mit dem Missbrauch haben sich neue Fakten ergeben. Der Jugendrichter wird eine positive Stellungnahme abgeben, die Staatsanwaltschaft keine Einwände erheben. Fabian ist nur ein kleiner Mitläufer gewesen.«

»Wo ist Ihre Frau?«, wiederholt sein Kollege.

»Dort«, flüstert er, als würde er sich an sie erinnern. Sein Blick verschwimmt. Mit einer Kopfbewegung weist er in den Flur. »Wollen wir hingehen?«, sagt er ehrfürchtig, steht auf, hält die Schnellfeuerwaffe in der rechten Hand und geht rückwärts zur Tür, zielt dabei auf Schulz und ihn. Wenn er stolpert und versehentlich abdrückt, ist es aus. Nicht dran denken. Kramer folgt ihm in den Flur. Sein Kollege kommt hinterher. Meisner öffnet eine Tür, winkt sie heran. »Kommen Sie.«

Vom Flur dringt wenig Licht in den Raum. Er nimmt ein Feuerzeug, beugt sich über eine Kerze, um sie zu entzünden. Es wäre die Gelegenheit, ihn zu überwältigen. Kramer hält sich zurück, möchte nicht riskieren, dass es schiefgeht. Meisner fordert sie mit der Waffe auf, näher zu kommen. Kramer wagt einen Schritt vorwärts, einen weiteren. Schulz bleibt hinter ihm. Sie liegt auf dem Bett, als würde sie schlafen. Meisner flüstert. »Ich konnte nicht auf sie schießen. Sie ist die Mutter meiner Kinder. Sie werden es verstehen.«

Kramer wagt kaum zu atmen. Eine Spritze liegt auf dem Nachttisch. Er spürt seinen Kollegen neben sich. Meisner deutet mit der linken Hand an, zurück ins Esszimmer zu gehen. Sie setzen sich um den schweren Holztisch. Stille breitet sich aus. Kramer sieht sich als Kind am Esstisch. Seine Eltern, sein Bruder und er. Bis Vater von dem Bankräuber erschossen wurde. Ein kurzer Blick zum Kollegen. Nicht dran denken. Marie, sie ist bei Fabian und Moritz. Der Abend mit ihr, es war so leicht, er hatte das Gefühl, sie würden sich seit langer

Zeit kennen. Die Augenblicke sind ewig. Er spürt es wie nie zuvor. Wenn er die Wohnung lebend verlässt, wird er versuchen, eine Beziehung zu ihr aufzubauen. Alina ist sprunghaft, in einem Moment ist es das Haus, das Kind, dann kommt die Langeweile, die Unzufriedenheit, der Streit, der sie zu neuen Abenteuern treibt. Er möchte das nicht, mag die Ruhelosigkeit nicht. Ihm reicht der Blick beim Frühstück auf die hohen Birken im Garten. Die Arbeit ist ihm wichtig, Karla, wie gerne sie mit dem Staubwedel spielt und den Ball zurückbringt, wenn er ihn wirft. Sie ist bei der Nachbarin, um sie braucht er sich nicht zu sorgen. Er wird ein anderes Schloss in der Tür einbauen. Alina soll schellen, wenn sie zu Besuch kommt. Er wird nicht zulassen, dass sie Marie verjagt.

Meisner füllt sich Wodka nach.

»Wie sollen die Kinder damit leben?«, fragt Schulz. »Haben Sie darüber nachgedacht?«

»Sie meinen, Moritz soll wie Fabian im Knast landen, weil sich letztlich keiner für Hilfeschreie interessiert, sondern auffällige Jugendliche lieber in den Justizvollzug steckt. Sollen sie auf der Zelle abhängen, da stören sie nicht. Nein! Das lasse ich nicht zu. Mein Anwalt wird die notwendigen Schritte einleiten.« Er schiebt mit der linken Hand eine Visitenkarte über den Tisch und flüstert: »Ich werde mich von ihr verabschieden. Dann können Sie mich mitnehmen.« Er deutet in den Flur.

Kramer hätte ihm die Schnelligkeit nicht zugetraut. Schon ist er aus der Tür verschwunden. Schulz springt auf. »Machen Sie keinen Unsinn, Herr Meisner. Die

Jungen brauchen Sie.«

»Nein, sie sollen mich nicht im Knast besuchen.«

Das Schlafzimmer wird von innen verschlossen. Sie rütteln an der Tür. Kramer holt sein Handy hervor, er telefoniert mit der Leitstelle, schildert die Situation. Ein Einsatzkommando und ein Notarztteam sind unterwegs. Er erfährt, dass Marie in der Zentrale angerufen hatte. Mit seinem Kollegen läuft er auf die Straße, lässt die Türen angelehnt. Sirenen, Blaulicht. Er schildert den Sachverhalt, führt die Beamten in die Wohnung.

»Kommen Sie mit erhobenen Händen heraus«, ruft der Einsatzleiter. »Sonst öffnen wir die Tür mit Gewalt.«

Ein Schuss! Sofort versuchen sie, die schwere Holztür aufzuhebeln. Es dauert, bis sie nachgibt. Er liegt leblos neben dem Bett. Frau Meisner wird in Begleitung des Notarztes auf einer Trage in den Krankenwagen gebracht.

Kramer wählt die Nummer von Marie. Sie meldet sich sofort. Er ist froh, ihre Stimme zu hören. »Wir sind gleich bei euch.«

»Ich hatte so eine Angst«, sagt sie.

»Lass uns gleich reden, ja. Hast du mit dem Jugendamt gesprochen?«

»Ja. Die Brüder bleiben zusammen. Sie sind auf dem Weg in eine Jugendwohngemeinschaft. Wie geht es der Mutter?«

»Gedulde dich, bis wir da sind.«

»So schlimm?« Maries erschrockene Stimme.

»Sie wird auf die Intensivstation gebracht. Zumindest

lebt sie.«

»Ich warte an der Straße auf euch. Bis gleich.«

Kaum ist Kramer aus dem Auto gestiegen, fällt sie ihm um den Hals. »Du siehst furchtbar aus.«

»Wir hoffen, dass Frau Meisner durchkommt. Er hatte ihr Heroin gespritzt. Sie lag bei unserem Eintreffen schon im Koma. Er hatte uns eine Falle gestellt.«

»Was ist mit ihm?«, fragt Marie.

»Er hat sich erschossen. Er wollte den Jungen nicht zumuten, ihn im Knast zu besuchen. Beim Anwalt hat er Sparbücher hinterlegt. Er sprach von einem Internat in der Schweiz, einem neutralen Land. Er hat uns eine Visitenkarte seines Rechtsanwalts in die Hand gedrückt, der sich wegen eines Gnadengesuchs mit dir in Verbindung setzen wird.«

»Er hatte sie mir schon im Gericht gegeben. Es war alles geplant. Ich habe mit dem Anwalt telefoniert. Christian, du hast von einem Kurzurlaub gesprochen. Könnte ich brauchen.«

»Wenn du das auf der Arbeit hinkriegst, fliegen wir morgen. Last minute ab Düsseldorf in den Süden. Was sagst du?«

Sie sieht auf die Uhr. »Nach Alicante, ja? Ich zeige dir die Gegend. Ich ruf schnell meinen Kollegen an. Er wird mich vertreten. Die Jungen sind gut untergebracht. Der Anwalt wird sich um alles kümmern, wenn er die Akten studiert hat.«

Marie wählt die Handynummer des Kollegen. Udo Fröbel erklärt sich nach ihren Schilderungen sofort einverstanden, die Urlaubsvertretung zu übernehmen. Er wird die Verwaltung beim Landgericht informieren. »Geschafft«, freut sie sich.

Kramer sieht seinen Kollegen an. »Ich spendiere dir ein Essen, wenn wir zurückkommen. Die Restaurantauswahl überlasse ich dir.«

»Überredet«, sagt Schulz. »Ich werde ein passendes Lokal aussuchen.«

DANKE

Danke an die lieben Korrekturleser/innen, deren Hilfe ich hoffentlich bald wieder in Anspruch nehmen darf.

Mein Dank gilt meinem Bruder Klaus Märkert und den Kolleginnen und Kollegen der Bewährungshilfe Herne für die ersten Korrekturen.

Mein besonderer Dank gilt Stefanie Gregg und Julia Cornelius für Lektorat und Korrektorat.

Danke an den Krimistammtisch des Syndikats im Unperfekthaus in Essen.

Danke für die Unterstützung durch die Mitarbeiter des KK12 bei der Kripo Bochum für die wertvollen Tipps.

Danke an die Richterinnen und Richter beim Land-gericht Bochum und an meine Klientinnen und Klienten bei der Bewährungshilfe, ohne sie alle wären die Justizkrimis nicht entstanden.

Danke an Aylin Reckermann für das Coverfoto und Jen Maerkert für die Covergestaltung.

Gleich weiterlesen: Bd. III der Justizkrimis um Bewährungshelferin Marie Marler

 Frederik sieht sich im Spirituosenladen nach Spiced Rum um. Janina hat ihn gebeten, eine Flasche zu ihrer Abifeier mitzubringen. Sie liebt den Rum mit Cola. Er wird ihr gleich beim Eintreffen einen Longdrink mischen, um ihr näherzukommen. Er sieht auf die Uhr. Wieso schafft er es nicht, pünktlich zu sein? Die anderen werden vor ihm da sein. Die ganze Stufe ist in Janina verknallt. Mit ihrer Lebensfreude reißt sie alle mit. Dazu trägt sie diese auffallenden Klamotten. Der totale Hingucker. In der Schule drehte sich alles um sie. Selbst bei den Lehrern stand sie im Mittelpunkt. Sie brauchte nur mit den Fingern zu schnippen, schon war sie an der Reihe.

Die Kassiererin fragt nach seinem Ausweis. Er hat ihn vorsorglich eingesteckt und reicht ihn ihr. »Der Rum ist für unsere Abifeier«, rechtfertigt er sich. Warum? Er wird in wenigen Monaten zwanzig Jahre. Nach einem Blick auf sein Geburtsdatum gibt sie ihm den Ausweis mit einem Lächeln zurück und wünscht ihm viel Spaß bei der Feier.

Janina wohnt mit ihrem jüngeren Bruder bei ihren Eltern in einem modernisierten Zechenhaus im Bochumer Kirchviertel. Gleich beim ersten Klingeln ist sie an der Tür. Er ist etwas enttäuscht, dass sie ihre stylische

Lederhose mit dem bunten Pullunder nicht trägt. Doch das enge Kleid mit dem tiefen Ausschnitt steht ihr super, es erinnert ihn an ein Video von Rihanna. Er hatte Janina vor einiger Zeit einen USB-Stick mit ausgewählten Songs der Sängerin geschenkt.

»Wir haben das Haus für uns«, verkündet sie gutgelaunt. »Meine Mam übernachtet bei einer Kollegin, Dad im Tennisclub.« Sie führt ihn zu Mitschülern ins Wohnzimmer. »Captain Cola bring ich in die Küche.« Sie verschwindet mit seinem Rum und ihrer besten Freundin. Es bleibt ihm nichts übrig, er lässt sich auf ein Gespräch über ehemalige Lehrer ein, das ihn schnell langweilt. Er sieht ständig zur Tür und fragt sich, wann sie zurückkommt. Sein Plan ist schiefgegangen, nach dem gemeinsamen Longdrink den Abend mit ihr zu verbringen. Zweifel kriechen in ihm hoch. Sie haben zusammen für das Abi gepaukt, dazu bis in die Nächte hinein gechattet. Doch was heißt das schon? Die Schulzeit ist vorbei. Er hat ihr nichts mehr zu bieten, ist einer unter ihren vielen Followern auf Instagram. Die Fotos schießt sie mit ihrer besten Freundin. Sein Angebot, sie einmal zum Fotoshooting zu begleiten, hatte sie lachend abgelehnt.

Es klingelt an der Haustür. Er sieht Janina über den Flur flitzen. Wie schafft sie es mit dem Kleid und den High Heels? Sie kommt mit einer Baccara Rose ins Wohnzimmer, gefolgt von Sebastian, einem Mitschüler. Haben sie was zusammen? Janina und Sebastian? Sie verschwinden in die Küche. Der Abend fängt ja gut an. Hoffentlich bemerken die andere seine Enttäuschung nicht. Er kann den Gesprächen nicht mehr folgen. Soll er die Feier unter einem Vorwand verlassen, ohne sich von Janina zu verabschieden? Sie kann die anderen fragen, warum er so früh gegangen ist, wenn sie es überhaupt bemerkt. Er muss sich damit abfinden, Luft für sie zu sein, doch schafft es nicht. Gestern hat sie ihm eine Nachricht über WhatsApp geschickt, dass sie sich auf ihn freut und ein Herz angehängt. Es bringt nichts, darüber nachzudenken, am Ende hat sie es jedem gesendet. Bevor er sich von der Gruppe lösen kann, steht sie mit ihrem schönsten Lächeln an der Tür, um das Buffet zu eröffnen. Sofort verwirft er den Gedanken an ein vorzeitiges Verschwinden.

Beim Vorbeigehen hofft er, dass sie ihm in die Küche folgt, doch sie beachtet ihn nicht. Sebastian entdeckt er auch nicht am Buffet. Er nimmt sich von den angebotenen Tapas und stellt sich mit seinem Teller an das große Fenster mit Blick in den beleuchteten Garten. In der Schulzeit hat er nie etwas zwischen ihnen bemerkt, war zu sehr auf sich bedacht. Er betrachtet den kräftigen Nadelbaum vor dem Fenster und fragt sich, ob es sich um eine Kiefer oder eine Zeder handelt. Er gesteht sich ein, von Bäumen keine Ahnung zu haben.

»Was stehst du hier so alleine herum? Alles gut?«

Fast wäre ihm der Teller aus der Hand geglitten. Ihre großen Augen leuchten wie Sterne. Soll er sagen, dass er auf sie gewartet hat? Dass er vermutet hat, sie wäre mit Sebastian zusammen? Ja, dass er den Abend mit ihr verbringen möchte?

Band I der Justizkrimis um Marie Marler.

Bewährungshelfer Windich wird nach der Sprechstunde in seinem Büro ermordet. Die fieberhafte Suche nach dem Täter führt Hauptkommissar Christian Kramer und Marie Marler in ihrem ersten Fall zusammen. Der Täter versucht, jede Spur zu verwischen, die ihn belasten könnte, und schreckt dabei vor weiteren Taten nicht zurück.

Bd. III der Justizkrimis um Marie Marler.

Wo Janina auftritt, steht sie im Mittelpunkt. Dann ist sie tot, ermordet in den Ruhrwiesen. Verdächtigt werden ihre Freundin und ihr bester Freund.

Mit beiden unterhielt sie ein intimes Verhältnis. Beide wollte sie in den Ruhrwiesen treffen. Die Ermittlungen um die junge Abiturientin reißen Kramer und Marler in eine Beziehungskrise.

Band IV der Justizkrimis um Marie Marler.

»Nichts geschieht ohne Grund. Weißt du? Es ist immer nur ein Kreis, der sich schließt«. Christina stirbt nach einer Wohnungseinweihung an einer Überdosis K.-o.-Tropfen. In der Wohnung ihres Freundes findet Kramer das verräterische Fläschchen. Der Fall scheint gelöst. Wäre da nicht Marie Marler und ihre Freundin Lena.

Band V der Justizkrimis um Marie Marler.

Der angebliche Missbrauch eine Intrige? Der Mord ein Racheakt? Marie Marler zweifelt an der Schuld des Physiotherapeuten, der nach Verbüßung seiner Freiheitsstrafe unter ihrer Führungsaufsicht steht. Christian Kramer, der beim KK12 für die Überwachung von Sexualstraftätern zuständig ist, fehlt jegliches Verständnis für seine Freundin.

Bd. VI der Justizkrimis um Marie Marler

»Lieber allein - als in der Hölle mit anderen.«

Natalie Neumann

Ihr Vater ist tot, sein älterer Freund nutzt die Situation der vierzehnjährigen Natalie für sich aus. Mit zwei Freundinnen beschließt sie, ihn zu berauben. Es eskaliert. Bei der Flucht über den Balkon verlieren die Jugendlichen ein Smartphone. Vor der Festnahme packt Natalie einen Koffer mit wichtigen Sachen, den sie ihrer Mutter zur Aufbewahrung hinterlässt. Was befindet sich in dem verschlossenen Koffer? Diese Frage stellt sich Bewährungshelferin Marie Marler nach dem Besuch ihrer neuen Klientin in der JVA Köln.